Neue Rundschau

Begründet von S. Fischer
im Jahre 1890
S. Fischer Verlag

Herausgegeben von
Hans Jürgen Balmes, Jörg Bong und Helmut Mayer
Redaktion: Isabel Kupski

Die Neue Rundschau erscheint viermal jährlich
Preis des Einzelheftes: 9 €
Bezugspreis jährlich: 34 € (inkl. Porto)
Berechnung jährlich Ende Dezember
Das Abonnement verlängert sich automatisch, wenn die Kündigung
nicht bis zum 15.11. eines Jahres erfolgt.

Alle Zusendungen an die Redaktion erbeten an:
S. Fischer Verlag
Neue Rundschau
Hedderichstraße 114
60596 Frankfurt am Main
Telefax 069/60 62 370
eMail: NeueRundschau@fischerverlage.de

Heft 1/2004 115. Jahrgang
Veröffentlicht im S. Fischer Verlag GmbH, Frankfurt am Main

Druck und Bindung: Clausen & Bosse, Leck
Printed in Germany 2004
ISSN 0028-3347 ISBN 3-10-809056-9

Postvertriebsnummer D 21222 F

Inhalt

Editorial

Es ist Zeit, die Welt der Zivilisierten und ihre Aufgeklärtheit zu verlassen. Es ist zu spät, vernünftig und verständig sein zu wollen – das hat zu einem Leben ohne Reiz geführt. Heimlich oder nicht, es gilt ganz anders zu werden oder abzutreten.« Mit so herrischer Geste eröffnete Georges Bataille 1936 die kurzlebige Zeitschrift »Acéphale«. Die moderne westliche Welt als Verfallsstadium einstmals substantiellerer Weltverhältnisse: »In den untergegangenen Welten war es möglich, sich in der Ekstase zu verlieren, was unmöglich geworden ist in der Welt der vulgären Verständigkeit. Die Vorzüge der Zivilisation werden aufgewogen durch die Art und Weise, mit der die Menschen aus ihr Nutzen ziehen: die heutigen Menschen nützen sie, um die heruntergekommensten aller Wesen zu werden, die je existiert haben.«

Batailles Verbündete im kurze Zeit später gegründeten »Collège de Sociologie«, Roger Caillois und Michel Leiris, waren da sehr viel zurückhaltender. Aber die Notwendigkeit, in politisch immer prekärer werdender Lage nach einem neuen Verständnis des Zusammenhangs zwischen individueller Psychologie und sozialen Bewegungen zu suchen, schien ihnen unausweichlich. Auf eine »sociologie sacrée« sollte das hinauslaufen: »Der genauer umrissene Gegenstand der anvisierten Aktivitäten kann *sociologie sacrée* genannt werden insofern er die Untersuchung der sozialen Existenz in allen ihren Manifestationen meint, in denen sich die aktive Präsenz des Heiligen zeigt.« Ein politisches Programm, gemäß Kierkegaards Feststellung – es stand als Motto dem ersten Heft von »Acéphale« voran –, dass sich das Politische eines Tages als religiöse Bewegung enthüllen werde.

Und wo zeigt sich das Heilige? Die Antwort konnte und kann eigentlich nur lauten: potentiell überall. Leiris machte darauf die Probe mit seinem Text über »Das Heilige im alltäglichen Leben«: Erinnerungen an die elterliche Wohnung in Auteuil, in der er als Kind seine ersten Erfahrungen sammelte mit Orten, Gegenständen und Worten, die das psychologische Signum des Heiligen trugen, das ambivalente Zugleich von Anziehung und

Abstoßung, die »Mischung von Scheu, Verlangen und Schrecken«. Und der Ethnologe, der wenige Jahre zuvor seine erste große Forschungsreise mitgemacht hatte, versäumt auch nicht die ironisch gefärbte Parallelisierung von afrikanischem »Männerhaus« und abendlichen Sitzungen mit seinem älterem Bruder auf dem WC, dessen chthonischer Charakter fraglos ist, und bei denen mythologische Erzählungen entwickelt wurden nebst Hypothesen über die Natur sexueller Dinge. Heiliges also nicht nur abseits vom »offiziellen Heiligen (Religion, Vaterland, Moral)«, sondern auch von seiner exotischen Vergegenwärtigung (und von Batailles Kaprizieren auf ekstatische Entgrenzungen).

War das ein Rückzug ins ›bloß‹ Private, wie man Leiris schnell vorwarf? Das kam darauf an, welchen Begriff des Heiligen man in Anschlag bringen wollte, welche seiner Formen als die richtigen oder authentischen zu gelten hatten. Aber am Leitfaden dieser Frage kann man bekanntlich nicht nur Religionssoziologie, sondern auch substantielle Kirchengeschichte schreiben – sofern man das Terrain des »offiziellen Heiligen« nicht scheut. Im Thementeil dieses Hefts wird es einige Male Gegenstand, aus recht unterschiedlichen Perspektiven. Auch den ethnographischen Vergegenwärtigungen begegnet man, auf eigene und fremde religiöse Traditionen gerichtet. Dass das Heilige fortwährend produziert wird, darf als Banalität gelten; aber wie dies geschieht, bedarf der näheren Aufmerksamkeit, ob nun in alten Heiligenlegenden oder im Kino. Enzaubert wird es dadurch sowenig wie durch den Blick hinter die Kulissen heiliger Inzenierungen und Spektakel. Solange wir glauben, dass überhaupt etwas dahinter ist (und wie sollten wir davon lassen?), hält es seine immer auch bedrohlichen Versprechungen.

H.M.

Facetten des Heiligen

Karl-Heinz Kohl
Kulthöhlen verschiedener Art

Thomas Macho
Deus ex Machina

Albrecht Koschorke
Götterzeichen und Gründungsverbrechen

Christian Kiening
Ästhetische Heiligung

Wolfgang Sofsky
Der gemarterte Gott

Thomas Hauschild
Die Produktion des Heiligen

Hanno Helbling
Heiligkeit unter Kontrolle

KARL-HEINZ KOHL

Kulthöhlen verschiedener Art

Eine Geschichte von heiligen Dingen

I

Mag es auch richtig sein, dass das Heilige zu den »nichtdinglichen Grundgegebenheiten« gehört[1], so ist doch noch keine Religion ohne dingliche Verkörperungen des Heiligen ausgekommen. Lässt man die Gegenstände Revue passieren, die seiner Repräsentation gedient haben und auch heute noch dienen, dann erstaunt zunächst deren Mannigfaltigkeit. Fast scheint es, als könne nahezu jedes Ding als Verkörperung des Heiligen verwendet werden. Die Verknüpfung materieller Objekte mit der Erfahrung des Numinosen ist indes nur ein Sonderfall der Rolle, die sie als Zeichenträger im Allgemeinen spielen. Auch Dinge sind mit Bedeutungen geladen. Ähnlich wie das Sprechen dienen sie der zwischenmenschlichen Kommunikation. Und in bestimmten Fällen können sie das Sprechen sogar vollständig ersetzen. Der stumme Handel ist eine weltweit verbreitete Institution. Auch die europäischen Entdeckerberichte zeigen es: Begegnen sich Angehörige fremder Kulturen, die über keine gemeinsame Sprache verfügen, dann nimmt der Austausch von Dingen den Platz des Austausches von Worten ein.

Während die unbewussten Regeln der Sprache, die unserem Sprechen zugrunde liegen, inzwischen relativ gut erforscht sind, stehen ähnlich systematische Forschungen über die Regeln, die der Kommunikation mit Gegenständen zugrunde liegen, noch in ihren Anfängen. So viel steht indes schon fest: die von de Saussure aufgestellte Theorie von der Beliebigkeit des sprachlichen Zeichens ist auf materielle Objekte nur bedingt anwendbar. Dinge bedeuten zunächst das, wozu sie primär gebraucht werden oder hergestellt worden sind. Der pragmatische Verwendungszweck, dem ein Nahrungsmittel, ein Werkzeug oder auch ein Schmuckstück dient, setzt der Beliebigkeit seiner Verwendung als Zeichen bestimmte Grenzen. Hier liegt ein entscheidender Unterschied zum sprachlichen Morphem. Eine bestimmte Abfolge von Lauten bedeutet für sich nichts. Zum Zeichen ist sie erst durch die ihr durch soziale Konvention verliehene Bedeutung geworden. Ein Akt sozialer Übereinkunft bestimmt zwar auch die Bedeutungen, die materiellen Objekten zugeschrieben werden, doch sind diese immer nur sekundärer Natur. Sie können dessen primären Zweck zwar überlagern, ihn aber nie ganz verdecken. Um als Zeichenträger dienen zu können, muss ein Ding daher zunächst selbst bezeichnet: das heißt aus der Vielzahl aller anderen materiellen Gegenstände herausgehoben und besonders markiert werden. Dies geschieht nicht zuletzt durch das hohe Maß an sozialer Aufmerksamkeit, das ihm entgegengebracht wird.

Exemplarisch lässt sich dies an den Gegenständen verfolgen, die als materielle Verkörperungen des Heiligen, als sakrale Objekte dienen. In der Ordnung der Dinge den höchsten Rang einnehmend, sind sie dem ökonomischen Kreislauf entzogen, mit Tabus umgeben und in einem rein pragmatischen Sinn nutzlose Gegenstände. Man verehrt sie und fürchtet sie zugleich. Man schreibt ihnen eine geheimnisvolle Wirkmächtigkeit zu, da sie nicht nur den Zugang zum Heiligen vermitteln, sondern auch selbst an dessen Eigenschaften partizipieren. Ihre kollektive Anerkennung als Verkörperungen des Heiligen lässt sie zum Knotenpunkt der sozialen Beziehungen der Gruppe werden. Man separiert sie von allen gewöhnlichen Dingen und verleiht ihnen die Aura des Außergewöhnlichen, die sich freilich vor allem dem Umstand verdankt, dass sie im Fokus der Aufmerksamkeit aller stehen. Besser noch als an Repräsentationsgegenständen und Prestigegütern, die ihnen in der Hierarchie der Dinge folgen, lässt sich an den sakralen Objekten ablesen, dass die Bedeutung eines materiellen Gegenstands weder von dessen besonderem Gebrauchs- oder Tauschwert noch von dessen besonderen ästhetischen Qualitäten abhängt, sondern erst durch soziale Zuschreibungen generiert und durch soziale Transaktionen sanktioniert wird.

Da es immer der jeweilige kulturelle Kontext ist, der den sozialen Rang eines materiellen Objekts festlegt und seine Stellung in der Ordnung der Dinge bestimmt, erhebt sich die Frage, was geschieht, wenn es die Grenze zwischen den Kulturen überschreitet, sei es, dass Angehörige einer anderen Kultur es durch Tausch erworben, sei es auch, dass sie es sich durch Plünderung oder Raub angeeignet haben. Müsste dies im Fall der sakralen Objekte nicht bedeuten, dass sie in einem neuen kulturellen Kontext auch ihre Aura des Außergewöhnlichen verlieren? Dem scheint freilich entgegenzustehen, dass die dem sakralen Objekt gewidmete soziale Aufmerksamkeit, die ihnen entgegengebrachte Ehrfurcht und ihre Separierung von der Welt des Gewöhnlichen auch Außenstehenden in aller Regel nicht entgeht. Anders als die Sprache bedarf das Verhalten der Menschen zu ihren

Gegenständen keiner Übersetzung. Es ist der unmittelbaren Beobachtung zugänglich und lässt sich auch über die Kulturgrenzen hinweg verstehen. Die spanischen Eroberer des alten Mexiko haben die besondere Bedeutung der aztekischen Götterbilder spontan erkannt und einige von ihnen als Kriegstrophäen in ihre Heimat gebracht. Ebenso ist auch den christlichen Missionaren im Innern Afrikas die religiöse Bedeutung der Ahnenfiguren und der nichtfigürlichen sakralen Objekte der einheimischen Bevölkerung keineswegs entgangen. Die meisten »Fetische« sind von ihnen zwar dem Feuer übergeben worden, einige aber haben sie aufbewahrt und an europäische Museen geschickt. Zwar ist ihnen dort keine religiöse Verehrung mehr entgegengebracht worden, doch konnten sie aufgrund ihrer exotischen Herkunft den Rang von außergewöhnlichen Gegenständen bewahren.

Wie die Menschen, die sie mit den unterschiedlichsten Bedeutungen aufladen, können daher auch materielle Objekte individuelle Biographien durchlaufen, die durch Etappen des Aufstiegs und des Niedergangs gekennzeichnet sind. An der sozialen Lebensgeschichte der australischen Tjurungas, äußerlich eher unscheinbarer und in einem pragmatischen Sinn auch nutzloser Hölzer und Steine, die den Ureinwohnern als heilige Verkörperungen ihrer mythischen Ahnen galten, die von europäischen Forschungsreisenden als ethnographische Kuriositäten gesammelt wurden und als Zeugnisse einer »Steinzeitkultur« in die öffentlichen Museen Eingang fanden, die im Kampf der Aborigines um politische Selbstbestimmung als Symbole kultureller Identität wiederentdeckt wurden und heute erneut mit der Aura des Heiligen versehen werden, lassen sich die einzelnen Etappen eines solchen Wegs beispielhaft verfolgen.

II

Das Wort Tjurunga – in der älteren ethnographischen Literatur ist bisweilen auch von Churinga die Rede – stammt aus der Sprache der zentralaustralischen Aranda, einer ethnischen Gruppe von Jägern und Sammlerinnen, die zur Zeit der Ankunft der ersten weißen Siedler ein Gebiet von vielen hundert Quadratkilometern in der Umgebung von Alice Springs bewohnten.[2] Mit diesem Wort bezeichneten sie wie auch eine Reihe von benachbarten Sprachgruppen flache Steine und Holzbretter von länglicher Form, auf die beidseitig abstrakte Motive, Kreise, Spiralen, Schlangenlinien und Punkte eingeritzt waren. Die genaue Bedeutung dieser Zeichen war nur den

Eingeweihten bekannt. Die steinernen Tjurungas galten als von selbst entstanden. Von den hölzernen hieß es dagegen, dass sie als Ersatz für verloren gegangene Steintjurungas angefertigt worden seien.

Die Tjurungas spielten sowohl im totemistischen Vorstellungskomplex als auch im sozialen, wirtschaftlichen und rituellen Leben dieser nomadisierenden Wildbeutergruppen eine zentrale Rolle. Ihre Bedeutung hing eng mit der Wiedergeburtslehre der Aranda zusammen. Sie glaubten, dass sich in jedem der Steine einer ihrer tiergestaltigen Ahnen verkörperte, die in der Urzeit die Erde durchwandert und der Landschaft ihr charakteristisches Gepräge gegeben hatten. Durch die Tiergestaltigkeit ihrer Ahnen fühlten sich die Mitglieder eines Totemclans mit einer bestimmten Tiergattung verbunden, die ihnen heilig war, die sie nicht jagen durften und zu deren Verehrung sie verschiedene Rituale verrichteten. Ein Teil der Seelensubstanz des Ahnen war ihrer Auffassung nach in die Tjurunga eingegangen, ein anderer Teil aber hatte sich in einem der lebenden Aranda wiederverkörpert. Durch den so genannten Konzeptionstotemismus wurde noch vor der Geburt eines jeden Menschen festgelegt, welchem Totemclan er zukünftig angehören sollte und welche Tjurunga demzufolge als sein materielles Alter Ego anzusehen war. Die Zugehörigkeit zu einer Totemgruppe richtete sich nach dem Ort, an dem eine Frau ihre Schwangerschaft das erste Mal wahrgenommen hatte und an dem nach der Vorstellung der Aranda der Geist einer ihrer Ahnen in ihren Leib eingegangen war. Die Aranda glaubten, dass ihre Vorfahren auf ihren Wanderungen an besonders markanten Punkten der Landschaft Seelenkeime hinterlassen hatten. Da die an einzelne Lokalitäten gebundenen geheimen Überlieferungen nur den vollinitiierten alten Männern bekannt waren, befragten sie die Schwangere nach dem Ort ihrer »Geistempfängnis« und legten anschließend fest, welcher totemistische Ahne sich in dem Kind reinkarniert hatte.

Zwar lag der Konzeptionsort meist in der Nähe des Kultzentrums der Totemgruppe, aus dem deren tiergestaltige Ahnen in der Urzeit der Erde entstiegen oder wieder in den Boden eingegangen waren. Doch konnte das Kind auch einer weiter entfernten totemistischen Lokalgruppe zugeordnet werden, deren Ahnen den Ort seiner Empfängnis auf ihren Wanderungen berührt hatten. Da mit der Zugehörigkeit zu einem solchen lokalen Kultzentrum territoriale Vorrechte verbunden waren, erfolgte über das stochastische Prinzip des Konzeptionstotemismus eine Verteilung der Jagd- und Sammelrechte über die Mitglieder der wandernden Horden, die vor allem in Dürre- und Hungerzeiten für die einzelnen Gruppen von großer Bedeutung waren. Auch wurde so jedem Aranda eine Tjurunga zugewiesen, die sein gewissermaßen materiell verbrieftes Recht auf eine bestimmte Lokalität repräsentierte. Alle Tjurungas eines Totemclans wurden gemeinsam in dessen heiliger Kultstätte aufbewahrt, deren weiterer Umkreis sakrosankt war und nur von den initiierten Männern betreten werden durfte, wenn sie sich dort in periodischen Abständen zu Zeremonien trafen, die der Vermehrung ihrer totemistischen Tierart und der Einweihung von Neophyten galten. Die Aranda bezeichneten die einzelnen Kultstätten ihrer Clans als *pmara kutata*, ein Ausdruck, der sich mit »ewige Heimstätte« übersetzen lässt. Erst nachdem ein Mann die verschiedenen Initiationsgrade durchlaufen hatte, wurde er von den Ältesten zur *pmara kutata* seines Clans geführt, in der sich die mit Haarschnüren in Bündel gepackten Tjurungas aller Mitglieder der Gruppe befanden, entweder in einer Höhle oder auf Baumplattformen versteckt. Nachdem die Haarschnüre aufgelöst und die heiligen Steine mit Fett und Ocker bestrichen worden waren, musste sich der Neophyt noch einer letzten schmerzhaften Prozedur unterwerfen, die darin bestand, dass ihm die Daumennägel mit einem spitzen Opossumzahn aus dem Fleisch gelöst und ausgerissen wurden. Anschließend überreichte ihm der Zeremonialführer die Tjurunga des Ahnen, der sich in ihm reinkarniert hatte, und weihte ihn in die geheimen mythischen Traditionen seiner Totemgruppe ein. Bei den Aranda besaß nicht nur jeder Mann, sondern auch jede Frau eine persönliche Tjurunga. Den Frauen blieb der Zugang zu ihrem persönlichen Heiligtum jedoch versperrt. Ihre Tjurungas und die an sie gebundenen Überlieferungen wurden von den alten Männern verwaltet. Überschritt eine Frau die Grenzen des heiligen Bezirks, der die »ewige Heimstatt« umgab, dann musste sie ebenso wie alle Nichtinitiierten und Stammesfremden mit der Todesstrafe rechnen.

Die heiligen Steine und Hölzer der Aranda waren also mehr als bloß religiöse Symbole. In ihnen fokussierten sich gewissermaßen alle Aspekte des Lebens dieser kleinen zentralaustralischen Jäger- und Sammlergesellschaft: ihre soziale Ordnung ebenso wie ihre Beziehungen zur natürlichen Umwelt. Von der Zuordnung des Einzelnen zu einer bestimmten Tjurunga hing sein sozialer Status innerhalb der Gruppe ab. Wer als Reinkarnation des Führers der Gruppe der wandernden Ahnen galt, übernahm als Vollinitiierter auch das Amt des zeremoniellen Oberhaupts seines Totemclans. Jedes Mitglied der Gruppe wurde durch seine persönliche Tjurunga repräsentiert, während die in der *pmara kutata* aufbewahrten und zu Bündeln geschnürten Tjurungas die Gruppe in ihrer Gesamtheit symbolisierten. An jede Tjurunga war ein Teil der mythischen Überlieferung über die Wanderwege der Ahnen geknüpft, die dem Neophyten bei der feierlichen Übergabe des heiligen Steins erzählt wurde und die er fortan bei jedem Ritual vorzutragen hatte. Die Tjurungas waren insofern mnemotechnische Hilfsmittel, die der Erhaltung und Weitergabe des geographischen Wissens dienten, wie sie für eine Bevölkerungsgruppe überlebensnotwendig war, die von den kargen natürlichen Ressourcen einer der aridesten Zonen der Erde lebte. Die Tjurungas und die an sie gebundenen mythischen Traditionen dienten zugleich als eine Art von Rechtsurkunden, die den Zugang zu diesen Ressourcen regelten. Als materielle Verkörperungen der tiergestaltigen Urzeitheroen standen sie überdies für die mystischen Bindungen, die jede Gruppe zu der ihr heiligen Tierart unterhielt, die zu töten ihr verboten war. Die Umgebungen der oft in der Nähe von Wasserlöchern gelegenen totemistischen Kultzentren wurden auf diese Weise zu einer Art von Tierschutzreservaten, in denen sich das Jagdwild der Aranda ungestört aufhalten und vermehren konnte. Durch seine persönliche Tjurunga besaß der Einzelne hier zugleich selbst eine »ewige Heimstatt«. Das Recht auf diesen Zufluchtsort konnte ihm selbst dann nicht genommen werden, wenn er gegen die Stammesgesetze verstoßen hatte. Es war ebenso unveräußerlich wie die Tjurunga, die dieses Recht symbolisierte.

III

Seit den siebziger Jahren des 19. Jahrhunderts hatten europäische Wissenschaftler damit begonnen, die Wüstengebiete im Innern des australischen Kontinents systematisch zu erforschen. Sie kartographierten das Land, dokumentierten die geographischen Gegebenheiten, legten Sammlungen von geologischen Bodenproben, botanischen Specimen und ethnographischen Objekten an. Im Juni 1873 stieß Egerton Warburton, der Leiter einer dieser Expeditionen, in der Tanami-Wüste zufällig auf ein Versteck von Tjurungas, deren sakrale Bedeutung er aber noch nicht kannte. Warburton nahm einige der ovalen Steinplatten als »Kuriositäten« mit, entledigte sich ihrer aber im weiteren Verlauf der Reise wieder.[3] Die heiligen Steine der Aborigines wurden von den europäischen Reisenden zunächst also kaum beachtet. Warburtons Beispiel zeigt, dass sie mit den Gebrauchsgegenständen der einheimischen Kulturen, deren Verwendungszweck auf der Hand lag, offensichtlich entschieden mehr anfangen konnten. Die mit abstrakten Zeichen versehenen Steine und Hölzer waren nur Ballast, solange man von ihrer Bedeutung nichts wusste. Größere Aufmerksamkeit brachte man ihnen erst entgegen, als infolge der verstärkten Kontakte mit den Einheimischen deutlich wurde, welch zentraler Stellenwert ihnen im religiösen und sozialen Leben der verschiedenen Aborigines-Gruppen zukam. Die hohe soziale Wertigkeit dieser dem ersten Blick nach so nutzlosen Gegenstände ließ sie nun auch in den Augen der Forschungsreisenden zu begehrten Sammelobjekten werden. Richard Schomburgk, ein in Australien lebender deutscher Botaniker, veröffentlichte 1879 im elften Jahrgang der Berliner »Zeitschrift für Ethnologie« die wahrscheinlich früheste wissenschaftliche Abhandlung über die Tjurungas, in der er sie bereits als »Zauberhölzer« bezeichnete.[4]

Nachdem sie so erst einmal als sakrale Objekte identifiziert waren, schien das Interesse an den heiligen Steinen und Hölzern der Aborigines geradezu sprunghaft zugenommen zu haben. Seit den achtziger Jahren des 19. Jahrhunderts begannen sich australische Museen große Sammlungen von Tjurungas zuzulegen. Die europäischen Völkerkundemuseen folgten ihnen bald nach. Missionare ließen sie von ihren einheimischen Helfern einsammeln und schickten sie an die Museen ihrer Heimatländer. Forschungsreisende versuchten sie ihren Besitzern gegen Tabak und andere Kleinigkeiten abzuhandeln. Da sie dabei aber nur bei den frisch Konvertierten Erfolg hatten, machten sie sich auf die Suche nach ihren geheim gehaltenen Verstecken. Zu einem spektakulären Zwischenfall kam es 1894 in den MacDonell-Ranges während der so genannten Horn-Expedition. Ihr Leiter hatte einen Einheimischen namens Racehorse bestochen, ihn zu einem der totemistischen Kultzentren der Aranda zu führen. Die meisten der etwa sechzig Tjurungas und Schwirrhölzer, die man dort fand, wurden der Sammlung des South Australian Museum in Adelaide einverleibt, andere fanden ihren Weg in Privatsammlungen. Racehorse selbst aber wurde später für sein Vergehen von seinen Stammesgenossen mit dem Tod bestraft.[5]

Ein Mitglied der Horn-Expedition, das sich an diesem Raub allerdings nicht beteiligt hatte, war der Melbourner Zoologe Baldwin Spencer. Im Gegensatz zu den meisten seiner Kollegen respektierte Spencer die Aborigines und entwickelte ein genuines Interesse an ihrer Kultur. Diese Zuneigung teilte er mit dem Verwaltungsbeamten Francis J. Gillen, der als Regierungsbeauftragter zum Schutz der »Eingeborenen« nach Zentralaustralien geschickt worden war. Spencer freundete sich mit Gillen an und begleitete ihn auf seinen Inspektionsreisen. Gillen, der seine Aufgabe ernst nahm, stand bei den Aranda in hohem Ansehen. Er erwarb sich ihr Vertrauen nicht zuletzt dadurch, dass er kurz nach seiner Ankunft den Leiter der lokalen Polizeibehörde von Alice Springs, einen gewissen Willshire, absetzen und wegen Mordes verhaften ließ. Willshire hatte immer wieder blutige Treibjagden auf die Einheimischen veranstalten lassen, denen vermutlich Hunderte von Aranda zum Opfer gefallen waren. Zum Dank erhielt Gillen von ihnen die Erlaubnis, zusammen mit seinem Freund Baldwin Spencer an einer ihrer großen totemistischen Vermehrungszeremonien teilnehmen zu dürfen. Auch waren die beiden wohl die ersten Weißen, die eines der Kultzentren besuchten, in dem sie ihre Tjurungas lagerten. 1899 veröffentlichten Baldwin Spencer und Francis J. Gillen die erste große Monographie über die Aranda, eine Inkunabel der Ethnographie, die so unterschiedliche Denker wie Emile Durkheim, Sigmund Freud und Bronislaw Malinowski beeinflusste und auch heute noch als einer der Klassiker des Faches gilt. In *The Native Tribes of Central Australia* ist den religiösen Vorstellungen und rituellen Bräuchen breiter Raum gewidmet. Ein besonderes Schwergewicht liegt dabei auf den Tjurungas, deren Bedeutung für die Rechtsverhältnisse, das religiöse und soziale Leben der Aranda Spencer und Gillen das erste Mal ausführlich dokumentiert haben.

Ein gutes Jahrzehnt später sollte diese Studie zu einer der empirischen Grundlagen von Emile Durkheims großem Spätwerk über die *Formes élémentaires de la vie religieuse* von 1912 werden. Es waren nicht zuletzt die Tjurungas mit ihren geheimnisvollen symbolischen Zeichen, die Durkheim zu seiner Theorie über den Ursprung der Religion inspirierten. Nach den Auskünften von Spencers und Gillens Informanten stellten die abstrakten Linien, Kreise und Spiralen die dem jeweiligen Clan heiligen Tierarten wie auch die Wanderwege und Handlungen ihrer tiergestaltigen Ahnen dar. Durkheim selbst deutete sie allerdings anders. Er war der Auffassung, dass diese Zeichen ursprünglich einmal eine Art von Emblemen gewesen seien, die die Einheit des Clans symbolisierten. Da aber die Empfindungen der Abhängigkeit, die die Gemeinschaft im Einzelnen auslöse, abstrakt so schwer zu fassen seien, hätte man die Clansymbole später zu bestimmten Tierarten in Beziehung gesetzt. Die großen kollektiven Vermehrungszeremonien, die die Mitglieder eines Clans in periodischen Abständen durchführten, hätten daher gar nicht der Vermehrung einer bestimmten Tierart gegolten, sondern der Erneuerung des Gemeinschaftsgefühls der Gruppe. Auf diese Weise gelangte Durkheim zu der zentralen These seines Buches, dass der eigentliche Gegenstand der Religion die Gesellschaft sei, die sich in ihr gewissermaßen selbst anbete. Durkheims Theorie lag die von ihm selbst nicht weiter hinterfragte zeitgenössische Vorstellung zugrunde, dass die Aranda gleichsam am Ursprung der menschlichen Evolution stehengeblieben seien und dass sich infolgedessen anhand ihrer Riten und Glaubensvorstellungen auch die Elementarformen der Religion rekonstruieren ließen.

Seit der Veröffentlichung von Spencers und Gillens Pionierstudie und Durkheims Buch über den Ursprung der Religion hatten die zentralaustralischen Tjurungas im wissenschaftlichen Diskurs der Zeit einen festen Platz gefunden. Die öffentlichen Sammlungen legten großen Wert darauf, eines dieser Stücke in ihren Ausstellungsräumen zu zeigen. In eben dem Maße, in dem die Aranda selbst vom Aussterben bedroht schienen – bei Ankunft der ersten Weißen sollen sie etwa 2600 Personen gezählt haben, 1935 war ihre Zahl bereits auf ca. 500 gesunken[6] –, fanden ihre sakralen Objekte zu Tausenden in australische, europäische und amerikanische Museen Eingang.

Zu den immer rarer werdenden Stücken, die sich bis vor wenigen Jahrzehnten noch in Privatbesitz befanden, gehörten die aus der Sammlung, die sich der Sprachwissenschaftler und Ethnologe Theodor G. H. Strehlow seit den dreißiger Jahren angelegt hatte. Strehlow, der als Sohn eines deutschen Missionars 1908 auf der abgelegenen lutherischen Missionsstation Hermannsburg geboren wurde, hatte seine ganze Kindheit und frühe Jugend bei den Aranda verbracht. Die Kinder der Einheimischen blieben seine einzigen Spielgefährten, nachdem seine älteren Geschwister zur Ausbildung nach Deutschland geschickt worden waren. Theodor war bereits vierzehn Jahre alt, als er die Reservation das erste Mal verließ, um in Adelaide die Schule und die Universität zu besuchen. Nach Abschluss seines Studiums kehrte er ab 1932 als Regierungsbeauftragter für die Angelegenheiten der Aborigines immer wieder zu den Aranda zurück, um sich bis zu seinem Tod fast ausschließlich mit ihrer Sprache und Kultur zu beschäftigen.

Schon Theodors Vater Carl Strehlow hatte ein starkes Interesse an den religiösen Überlieferungen und sozialen Gebräuchen der Aranda entwickelt. Für einen Missionar mochte dies zwar nicht ungewöhnlich sein, doch haben sich nur wenige mit einem ähnlichen Eifer dem wissenschaftlichen Studium der traditionellen Glaubensvorstellungen und Rituale gewidmet, die durch christliche zu ersetzen doch ihre eigentliche Aufgabe war. Zwischen 1907 und 1920 veröffentlichte Carl Strehlow ein voluminöses Werk über die Aranda- und Loritja-Stämme Zentralaustraliens, das dem von Spencer und Gillen durchaus ebenbürtig, wenn in manchen Teilen nicht sogar überlegen ist.[7] Denn im Gegensatz zu den beiden britischen Forschern beherrschte er, nachdem er fast dreißig Jahre bei den Aranda verbracht hatte, deren Sprache nahezu perfekt. Carl Strehlow hatte sich bereits eine kleine Sammlung von Tjurungas und anderen Artefakten zugelegt, die er allerdings später an deutsche Museen verkaufte, um aus dem Erlös liturgische Gerätschaften für seine Kirche in Hermannsburg zu erwerben. Sein Sohn Theodor Strehlow stand der Arbeit der lutherischen Mission dagegen eher reserviert gegenüber. Er identifizierte sich mit den Aranda, bei denen er aufgewachsen war. Und auch die Aranda selbst betrachteten ihn als einen der ihren. Überzeugt davon, dass ihre Kultur zum Aussterben verurteilt sei, führten die Ältesten vor Theodor Strehlows Kamera noch einmal ihre heiligen Riten vor, erzählten ihm ihre geheimen mythischen Überlieferungen und vertrauten ihm die verbliebenen sakralen Objekte an, um auf diese Weise ihre Traditionen der Nachwelt zu erhalten. Ihre Befürchtungen bewahrheiteten sich jedoch nicht. Wie noch zu zeigen sein wird, sollte Strehlows umfangreiche Privatsammlung zum Gegenstand einer heftigen politischen Auseinandersetzung werden, als die Kultur der Aranda vierzig Jahre später eine unerwartete Wiederbelebung erfuhr.

Seit dem ersten großen Diebeszug der Horn-Expedition waren die Aranda wie auch viele andere Stammesgruppen der zentralaustralischen Wüste ihrer sakralen Objekte beraubt worden. Der Verlust der heiligen Gegenstände ging mit dem Niedergang der Kultur der Ureinwohner einher. Die wenigen Objekte, die Wissenschaftler und Missionare ihnen gelassen hatten, tauschten die zum Christentum konvertierten Stammesmitglieder bei Sammlern und Touristen gegen Tabak, Alkohol und andere Güter ein. In dieser Phase ihres »sozialen Lebens« waren die Tjurungas von sakralen Kultobjekten zu profanen Waren geworden. Ihr Wiederaufstieg begann mit ihrem Einzug in die Museen. In Glasvitrinen ausgestellt und vor profaner Berührung geschützt, erhielten sie einen Teil ihrer sakralen Aura zurück, um in ihrem neuen kulturellen Kontext freilich mit ganz anderen Bedeutungen versehen zu werden. Von Waren verwandelten sie sich in Zeichenträger, in »Semiophoren«[8], die nun für eine ebenso unerreichbare zeitliche wie räumliche Ferne standen. Für die Besucher der Museen repräsentierten sie eine der vermeintlich primitivsten Kulturen der Welt. Die Aborigines waren nomadisierende Jäger und Sammler, die weder die Domestikation von Tieren noch die von Pflanzen kannten. Alle ihre Werkzeuge waren aus Stein gefertigt, und selbst Pfeil und Bogen hatten sie noch nicht hervorgebracht. Waren die Aborigines nicht im Mesolithikum stehengeblieben? Zusammen mit ihren einfachen Waffen und Werkzeugen erschienen den Museumsbesuchern die Tjurungas als die materiellen Zeugnisse einer Vergangenheit, die das Abendland schon viele Tausende von Jahren hinter sich gelassen hatte. Im Ensemble mit allen anderen Trophäen der ethnologischen Museen symbolisierten sie zudem die Macht, die die europäische

Gesellschaft seit dem Beginn des imperialen Zeitalters über alle anderen Weltgesellschaften errungen hatte. Zugleich entzündeten sich an ihnen aber auch exotische Phantasien. Der Bezug der heiligen Steine zu einzelnen Tier- und Pflanzenarten sollte zeigen, dass sich die Aborigines den unmittelbaren Kontakt zur Natur noch bewahrt hatten. Mochten sie sich auch in einem täglichen Kampf ums Dasein befinden, so schien ihre Lebensform dem zivilisatorischen Dasein doch zumindest in dieser einen Hinsicht überlegen.

IV

In Anlehnung an Arnold van Genneps dreistufiges Schema der *Rites de passage* könnte man die verschiedenen Etappen, die die zentralaustralischen Tjurungas seit ihrer Entdeckung durch die Europäer durchliefen, als Trennungs-, Schwellen- und Wiederangliederungsphase bezeichnen.[9] Die dritte und vorläufig letzte Etappe im »sozialen Leben« dieser einst heilig gehaltenen Gegenstände, ihre kulturelle Reintegration nämlich, begann um 1970. Bis in die sechziger Jahre des 20. Jahrhunderts hinein hatte die australische Regierung gegenüber den Aborigines eine paternalistische Assimilationspolitik betrieben. Die Ureinwohner besaßen damals immer noch den rechtlosen Status von Staatsmündeln. Eigener Landbesitz war ihnen versagt, und nicht einmal ihre Berufswahl durften sie frei treffen. Ein Gesetz aus dem Jahre 1918 hatte bestimmt, dass so genannte Mischlinge ihren Familien entrissen und in eigenen Erziehungsheimen aufgezogen werden sollten. Das Schicksal dieser »lost generation« beschäftigt die australische Öffentlichkeit bis heute.

Widerstand gegen die Regierungspolitik hatte sich von Seiten der Aborigines zwar schon in den späten dreißiger Jahren artikuliert. Doch sollte es noch eine ganze Generation dauern, bis ihnen 1967 nach einem allgemeinen Referendum endlich die vollen Bürgerrechte gewährt wurden. Ein weiterer wichtiger Schritt zu ihrer Gleichstellung erfolgte am 16. Dezember 1976 mit der Verabschiedung des *Aboriginal Land Rights Act*. Durch dieses Gesetz wurde den Aborigines-Gruppen des *Northern Territory* das Recht auf ihre bis dahin als *terra nullius* geltenden eigenen Gebiete zugesprochen. Heute befinden sich etwa 49 Prozent des Territoriums dieses australischen Bundesstaates wieder im Besitz seiner ursprünglichen Eigentümer.

Die Bürger- und Landrechtsbewegung der Aborigines führte im selben

Zeitraum zu einer Wiederbelebung der alten kulturellen und religiösen Traditionen. In den Fällen, in denen sie tatsächlich in Vergessenheit geraten waren, wurden sie anhand der Aufzeichnungen und Veröffentlichungen früher Ethnologen rekonstruiert. Die Forderung nach der Rückgabe der Tjurungas und anderer sakraler Objekte spielte in diesem Zusammenhang eine zentrale Rolle. Bereits 1975, ein Jahr vor der Verabschiedung des *Aboriginal Land Rights Acts*, hatte eine Delegation aller größeren Aborigines-Gruppen Zentralaustraliens in Alice Springs eine Resolution verabschiedet, in der die australischen Museen und Sammlungen zur Rückerstattung der sakralen Objekte aufgefordert wurden. Nominell wurde die Forderung damit begründet, dass man sie zur Verrichtung der alten Rituale benötigte. Tatsächlich aber hatten die Tjurungas zwischenzeitlich einen zusätzlichen Bedeutungszuwachs erhalten. Als hätten sie sich Durkheims spekulative These zu Eigen gemacht, betrachteten die Aborigines die mit abstrakten Zeichen versehenen heiligen Steine und Hölzer nun als kollektive Gemeinschaftssymbole. Für die politischen Aktivisten der Bürger- und Landrechtsbewegungen wurden sie zu Markern ihrer eigenen ethnischen Identität. Durch ihre Rückgabe sollten die staatlichen Behörden beweisen, dass sie es mit der Gleichstellung der Aborigines tatsächlich ernst meinten. Hinzu kam ein pragmatischer Aspekt. Der ethnographischen Literatur ließ sich entnehmen, dass die in den Höhlen der Kultzentren gelagerten Tjurungas früher auch eine Art materieller Rechtsurkunden dargestellt hatten. Vor Gericht konnten sie daher als Belege für die Rechtmäßigkeit des Anspruchs einzelner Clans auf den Besitz des Landes vorgelegt werden, das sich weiße Rinderfarmer und Minenbesitzer widerrechtlich angeeignet hatten. Dadurch, dass die Tjurungas in den Museen, den säkularen Kultstätten der weißen Mehrheitsgesellschaft, aufbewahrt waren, war ihnen überdies ein symbolischer Mehrwert zugefallen, der ihren rechtlich-pragmatischen Gebrauchswert noch überstieg.

Nach einer neueren Schätzung dürften sich in den öffentlichen Ausstellungsräumen und Depots australischer, europäischer und amerikanischer Museen damals mehr als 10 000 Tjurungas verschiedener Aborigines-Gruppen befunden haben[10], davon fast ein Drittel im *South Australian* Museum in Adelaide. Dennoch weigerten sich die Museumsleiter zunächst, den Repatriierungsforderungen nachzugeben. Ein solcher Akt schien dem Selbstverständnis und der Ethik der Kustoden öffentlicher Sammlungen, die ihre zentrale Aufgabe im Bewahren des kulturellen Erbes sehen, allzu sehr zu widersprechen. Doch kam man zumindest in Australien den Forderungen der politischen Aktivisten so weit entgegen, dass alle Tjurungas und anderen heiligen Objekte, die bei den zentralaustralischen Aborigines vor den Augen der Frauen und nichteingeweihten Männer verborgen bleiben mussten, aus den Ausstellungsvitrinen entfernt wurden.

Der politische Druck auf die Museen wurde indes 1978 durch einen öffentlichen Eklat verstärkt, der sich um den damals siebzigjährigen Theodor G. H. Strehlow entzündete. Anders als er und die Ältesten noch in den dreißiger Jahren geglaubt hatten, konnten sich die Aranda von ihrem rapiden demographischen und kulturellen Niedergang schnell wieder erholen. Seit den sechziger Jahren stellten sie eine der aktivsten Gruppen in der Landrechtsbewegung des *Northern Territory*. Strehlows Privatsammlung von Tjurungas, auf Filmen und in Photos festgehaltenen geheimen Riten und mythischen Überlieferungen, die ihm vor über vierzig Jahren von den Zeremonialoberhäuptern anvertraut worden waren, schien durch die Rückgabeforderungen der jungen Arrernte – wie sich die Angehörigen dieser ethnischen Gruppe nun selbst bezeichneten – in ihrem Bestand gefährdet. Doch hatte er Mäzene gefunden, mit deren Hilfe er seine Sammlung in eine vor diesen Forderungen besser geschützte Stiftung verwandeln konnte, als deren Sitz das nach ihm benannte *Strehlow-Research-Center* in Alice Springs erbaut wurde. Einige Wochen vor der Stiftungsgründung waren in der deutschen Wochenzeitschrift »Stern« Bilder von geheimen Aranda-Zeremonien veröffentlicht worden, die Strehlow dem Magazin gegen einen erheblichen Geldbetrag und mit der Auflage überlassen hatte, sie nicht in Australien erscheinen zu lassen. Gleichwohl wurden die Photographien wenig später in der australischen Publikumszeitschrift »People« veröffentlicht. Ihre Publikation löste scharfen Protest unter den Sprechern der Aborigines aus. Sie warfen Strehlow unethisches Verhalten und einen schweren Verstoß gegen die heiligen Gesetze der Arrernte vor. Strehlow fühlte sich von diesen Angriffen tief getroffen. Am 8. September 1978, nur vier Stunden vor den offiziellen Feierlichkeiten zur Gründung seines *Research Center*, starb er an Herzversagen. Mit seinem plötzlichen Tod, um den sich bald die unterschiedlichsten Gerüchte rankten, war der Skandal noch nicht zu Ende. Strehlow hatte in seinem Testament seine zweite Frau Catherine Strehlow als Erbin und Betreuerin der Sammlung eingesetzt. Dass die heiligen Gegenstände, die bei den Aborigines vor Frauen streng geheimzuhalten waren, nun seiner Witwe anvertraut waren, erregte den Unmut der politischen Aktivisten noch mehr. Zudem tauchten auf dem Kunstmarkt in den folgenden Jahren immer wieder Tjurungas und andere Sakralobjekte auf, die offensichtlich aus dem Besitz seiner Familie stammten. Durch die mysteriösen Umstände von Strehlows Tod und das Verhalten seiner Witwe waren die Repatriierungsforderungen zu einem Politikum geworden, das die australische Öffentlichkeit über Jahre hin beschäftigte.[11]

Spätestens nach diesem Eklat mochten sich auch die australischen Museen den Repatriierungsforderungen nicht länger entziehen. Allerdings stellte sich ihnen das Problem, dass die meist jüngeren politischen Aktivisten der Aborigines nicht in jedem Fall den vollen Rückhalt ihrer eigenen Gruppe hatten. Oft glaubten die Ältesten die Tjurungas in den Museen weit sicherer aufbewahrt, fürchteten sie doch, dass die nichtinitiierten jungen Männer Missbrauch mit ihnen treiben könnten. Auch tauchten einige der von den Museen zurückerstatteten Kultobjekte bereits wenige Monate später wieder auf dem internationalen Kunstmarkt auf. Ein von der australischen Regierung erlassenes Verkaufsverbot und die öffentlichen Debatten hatten zu einer enormen Steigerung ihres Marktpreises geführt. Noch 1975 waren in Adelaide acht Tjurungas für 6000 $ verkauft worden. 1994 konnte eine einzige Tjurunga auf einer Auktion in New York bereits 50 000 $ erzielen.

Beide Seiten befanden sich in einer schwierigen Situation. Für die Aborigines-Gruppen, die ihre Tjurungas zurückerhalten hatten, war die Frage einer sicheren Aufbewahrung kaum zu lösen. Die strengen Stammesgesetze, die früher jeden Kontakt der Nichtinitiierten und der Frauen mit den *Sacra* mit drakonischen Strafen belegt hatten, ließen sich mit der modernen Gesetzgebung nicht mehr vereinbaren. In den Reservationsgebieten mochte noch ein höheres Maß an traditioneller Disziplin herrschen, in den Ghettos der Vorstädte ließen sich die Geheimhaltungsvorschriften dagegen kaum durchsetzen. Die Museen befanden sich ebenfalls in einer schwierigen Lage. In ihren Depots bewahrten sie Gegenstände auf, die sie nicht mehr öffentlich ausstellen durften und über die zu forschen ebenfalls mit Restriktionen belegt war. Denn nicht nur die Tjurungas selbst, sondern auch die Filme und wissenschaftlichen Abhandlungen, in denen ihr ritueller Gebrauch dokumentiert wurde, mussten auf Druck der Aborigines-Aktivisten aus den öffentlichen Bibliotheken entfernt werden.

Im *South Australian Museum* in Adelaide, das mit ca. 3000 Objekten über die weltweit größte Sammlung von heiligen Gegenständen der australischen Urbevölkerung verfügt, gelangte man in den achtziger Jahren schließlich zu einer Lösung, die beide Seiten bis heute gleichermaßen zufriedenstellt. Sämtliche sakralen Objekte werden dort in einem eigenen »Secret/Sacred«-Raum aufbewahrt, der so angelegt ist, dass jeweils nur die einer einzigen Gruppe gezeigt werden können. Frauen ist der Zutritt zu dieser Sammlung verwehrt. Sie steht unter der Obhut eines Museumskustoden, der – den traditionellen Vorschriften der Aborigines entsprechend – ein beschnittener und verheirateter Familienvater sein muss. Um jeden Missbrauch ihrer sakralen Objekte durch Angehörige einer anderer Gruppe zu vermeiden, legen die Aborigines allerdings Wert darauf, dass es sich bei dem Kustoden um einen weißen Wissenschaftler handelt. Aborigines, die ihren Besitzanspruch auf die hier gelagerten Tjurungas nachweisen können, erhalten in dieser im Museumskeller gelegenen »geheimen Höhle« Gelegenheit, ihre überlieferten Zeremonien mit den heiligen Steinen zu verrichten.[12]

So scheint sich der Zirkel heute wieder zu schließen. Einst als materielle Repräsentanten der Angehörigen eines jeden Clans, als Verkörperungen der tiergestaltigen Ahnen und Träger sakralen Wissens verehrt, waren die Tjurungas von Forschungsreisenden, Missionaren und Sammlern in Besitz genommen worden. Nach ihrem Übertritt in einen anderen kulturellen Kontext hatten sie sich zunächst von *Sacra* in profane Waren verwandelt, deren Marktwert das Gesetz von Angebot und Nachfrage bestimmte. Nachdem sie erst einmal ihren Weg in die Museen gefunden hatten, erfolgte eine weitere Verwandlung, die sie ihrer ursprünglichen Bedeutung wieder näherbrachte. In den öffentlichen Sammlungen erlangten sie erneut den Status von unveräußerlichen Objekten, dienten nun aber, in Entsprechung zu den evolutionistischen Denkmodellen und musealen Präsentationsformen der Zeit, als materielle Zeugnisse vergangener Epochen der Menschheitsgeschichte. Von Symbolen der Macht des Fortschritts und der Zivilisation wurden sie im Zuge der Bürger- und Landrechtsbewegung der Aborigines zu Symbolen des Unrechts, das der Urbevölkerung durch die europäische Kolonisation angetan worden war. In politischer Hinsicht erwies sich die Forderung nach ihrer Rückgabe als weit erfolgreicher als ihre Repatriierung selbst, die überdies an der partiell bereits erfolgten Integration der Aborigines in die weiße Mehrheitsgesellschaft scheiterte. Der Beschluss vieler Aborigines-Gruppen, sie in den Museen zu belassen, war insofern durchaus folgerichtig. Denn in diesen öffentlichen Institutionen können sie entschieden mehr politische Wirksamkeit entfalten als in den abgelegenen Reservationen und Vorstadtghettos, und zwar auch und gerade dann, wenn sie den Augen der Öffentlichkeit entzogen werden. In den geheimen Kellern der Museen gelagert und erneut zu Gegenständen archaischer Rituale geworden, haben die Tjurungas hier ihre neue »ewige Heimstatt« gefunden. An der Aura dieser Kultstätten der Moderne partizipierend und sie zugleich verstärkend, sind sie Sinnbilder des hybriden Charakters unserer zeitgenössischen Kultur.

1 Carsten Colpe, Über das Heilige. Versuch seiner Verkennung kritisch vorzubeugen, Frankfurt am Main 1990, S. 9

2 Vgl. zum folgenden ausführlicher: Karl-Heinz Kohl, Die Macht der Dinge. Geschichte und Theorie sakraler Objekte, München 2003, S. 174–188, mit den entsprechenden Belegen.

3 Philip Jones, »›Objects of Mystery and Concealment‹: A History of Tjurunga Collecting«, in: Christopher Anderson (Hrsg.), Politics of the Secret. Oceania Monograph 45, Sydney 1995, S. 67–96, hier S. 70.

4 Richard Schomburgk, »Ein Steinmesser und sieben Zauberhölzer aus Süd-Australien«, in: Zeitschrift für Ethnologie 11 (1879), S. 105–106. Vgl. hierzu auch P. Jones (Anm. 3), S. 70.

5 Vgl. Baldwin Spencer and Francis Gillen, *The Arunta. A Study of a Stone Age People*. London: MacMillan 1927, S. 101. Vgl. hierzu ferner: C. Anderson, »The Economics of Sacred Art: The Uses of a Secret Collection in the South Australian Museum«, in: Ders., *Politics of Secret*, a.a.O., S. 97–107, hier S. 98. Aufschlussreich ist allerdings, dass sich die Mitglieder der Expedition der Unrechtmässigkeit des Raubes bewußt waren. Wo sie die Schwirrhölzer und Tjurungas gefunden hatten, legten sie »tomahawks, large knives, and other things in their place, sufficient commercially to make the transaction an equitable exchange«. C. Winnecke, *Report of the Horn Scientific Expedition. South Australian Parliamentary Papers 2*, paper 19, S. 42, zit. nach P. Jones (Anm. 3), S. 73.

6 Nach einer Schätzung von Th. G. Strehlow; vgl. Philip Jones (Anm. 3), S. 69.

7 Vgl. Carl T. F. Strehlow, *Die Aranda und Loritja-Stämme in Zentralaustralien*, 5 Bde., Frankfurt am Main 1907–1920.

8 Vgl. Krzysztof Pomian, *Der Ursprung des Museums. Vom Sammeln*, Berlin 1993.

9 Vgl. Arnold van Gennep, Übergangsriten (Les rites de passage), Frankfurt am Main, New York, Paris 1986.

10 Vgl. C. Anderson (Anm. 5), S. 99.

11 Das Schicksal Theodor Strehlows und seiner Sammlung wurde u. a. zum Thema eines von Suzanne Spuler verfaßten Theaterstücks, das unter dem Titel »The Inkata's Wife« am 30. August 1990 in Alice Springs uraufgeführt wurde. Für diesen und andere Hinweise möchte ich Britta Duelke danken.

12 Vgl. Anderson (Anm. 5), S. 101ff.

THOMAS MACHO

Deus ex Machina

Bemerkungen zur Technikgeschichte der Religion

I

Religionen werden gefestigt und überliefert durch Rituale und Texte, die heilig sind, solange sie für wiederholbar und unveränderlich gehalten werden. Sie sind heilig in ihrer Zeitlosigkeit; und sie können – in zeremoniellen Praktiken und Lektüren – nur wiederholt werden, solange glaubhaft bleibt, dass sie nicht redigiert, angepasst oder dem historischen Wandel unterworfen wurden. Die wissenschaftliche Erforschung der Kanonisierungs- und Redaktionsgeschichte der Bibel war ebenso Anlass wie Ergebnis von Säkularisierungsprozessen im 19. Jahrhundert; umgekehrt bewirkte ein Roman über apokryphe Koranverse noch im Jahr 1989 die Ausrufung der *Fatwa*, des islamischen Todesurteils. Die Zeitlosigkeit der heiligen Rituale und Texte muss kontrafaktisch um so radikaler und kompromissloser behauptet werden, als sie wesentlich aus einmaligen Ereignissen abgeleitet wird – aus unwiederholbaren, seltenen, flüchtigen Momenten der Offenbarung, der Berufung, der Evidenz. Die Stimme aus dem brennenden Dornbusch ist verklungen; sie wird ebensowenig wiederkehren wie der Lichtblitz vor Damaskus, die Erscheinung eines Engels oder die Erleuchtung. Das Heilige ist demnach von Anfang an doppelgesichtig: heilige Rituale und Texte, bei denen es auf die exakte Repetition jeder Kniebeuge und jedes Buchstabens ankommt, bezeugen die heiligen Augenblicke einer kontingenten Erfahrung, einer unwiederholbaren Offenbarung.

Der Widerspruch ist evident; weniger evident sind die Strategien seiner Auflösung. Wenn Religion – nach Maßgabe der Definition in einer weitverbreiteten Enzyklopädie – »als erlebnishafte Begegnung mit heiliger Wirklichkeit und als antwortendes Handeln des vom Heiligen existentiell bestimmten Menschen«[1] verstanden werden soll, muss irgendwie sichergestellt werden, dass diese »Begegnung« nicht nur als historisch ferner Gegenstand von Ritualen und Texten oder als persönliche, kontingente und darum institutionell unverfügbare Erfahrung – etwa wie die »Feuernacht«

Pascals[2] am 23. November 1654 – auftreten kann. Genau an dieser prekären Stelle müssen also effiziente Unterstützungen geboten werden; als »Prothesen« einer Offenbarung fungieren Techniken. Seit der Antike tragen sie – als Medien- und Bühnentechniken – wesentlich bei zur Inszenierung von Ritualen und Texten als aktuellen »Begegnungen mit heiliger Wirklichkeit«. Sie verleihen dem Wiederholten die Aura des Einmaligen, des Unwiederholbaren. Am Pfingsttag des Jahres 1379 wurde etwa in Vicenza der Gesang der Gläubigen durch eine kunstvoll präparierte Taube illuminiert, die – als funkensprühende »Rakete« – an einer Schnur vom Turm des bischöflichen Palastes bis in die Kirche flog. Die Gemeinde warf sich, wie ein Chronist bezeugt, »erschüttert von dem Wunder« zu Boden und sprach »in fremden Zungen«.[3] Explodierende Tauben waren fortan sehr beliebt als »Medien« zur Aktualisierung des eigentlichen Mediums, des *sanctus spiritus* als Taube und Feuerzunge zugleich. Noch 1644 wurde die Inauguration des Papstes Innozenz X. auf solche Weise gefeiert.

1379 war das Schießpulver, mit dessen Hilfe die Wundertauben konstruiert werden konnten, noch ziemlich jung. Die ersten Explosivstoffe wurden in China – vermutlich im neunten Jahrhundert – gemischt, weshalb Salpeter bei den Arabern als »Schnee von China« und bei den Persern als »chinesisches Salz« bekannt war. Wenig später wurden die ersten »Raketen« konstruiert. In Europa setzte sich das Schießpulver um 1300 durch: als sein Erfinder galt Berthold Schwarz, gelegentlich auch Roger Bacon. 1334 kamen die ersten Geschütze zum Einsatz (bei der Verteidigung von Meersburg, dem Sitz der Konstanzer Bischöfe); Petrarca erwähnte 1344 die Verwendung von Geschossen, die ihren Antrieb dem Schießpulver verdankten. Erst im späten Mittelalter entwickelten sich also jene neuen Techniken, die nicht nur zum Krieg, sondern auch zur Inszenierung sakraler Überwältigungseffekte genutzt werden konnten. Das Schießpulver wurde dabei freilich nur eingegliedert in ein reichhaltiges Ensemble von Techniken, die bereits seit Jahrhunderten bekannt waren: Techniken der Optik (Spiegelung), der Akustik, der Hydraulik, Techniken der Faszination durch Spiele, Bilder, Figuren, Gesänge oder Gerüche. – Apropos Gerüche: Erst vor wenigen Jahrzehnten wurde entdeckt, dass *Olibanum* – das goldgelbe Harz der Boswellia-Sträucher aus Südarabien und Indien, der sogenannte Weihrauch – stimulierende, mild halluzinogene Wirkungen ausüben kann.

II

Deus ex Machina, der Gott aus der Maschine. Ursprünglich wurde der Begriff geprägt, um eine bestimmte Szene im griechischen Theater zu bezeichnen: die Lösung eines Konflikts oder Problems, die sich nicht aus der Handlung des Dramas, aus seiner Narration ergibt, sondern durch den unvermuteten Eingriff einer Gottheit. Ein berühmtes Beispiel kennen wir aus »Iphigenie in Tauris« von Euripides: Athene erscheint im letzten Augenblick über dem Tempel, um Iphigenie und Orest vor dem Zorn des taurischen Königs Thoas zu retten; sie fällt ein gerechtes Urteil, dem sich alle Protagonisten unterwerfen. Tatsächlich wurde der *Deus ex Machina* häufig mit einer Theatermaschine, einer Art von Kran, auf die Bühne herabgesenkt. Kräne mit Flaschenzügen waren seit 750 v. Chr. bekannt, und zwar als mit Seilen verspannte Einbaumkräne, die über drei (*Trispastos*) oder fünf Rollen (*Pentespastos*) liefen; um 225 v. Chr. soll Archimedes sogar einen Kran mit Vielrollenzug (*Polyspastos*) konstruiert haben. Die Kräne wurden verwendet beim Bau, in den Häfen und Steinbrüchen; sie mussten immerhin – etwa bei der Errichtung des Parthenon in Athen – Gewichte von neun Tonnen mehr als zehn Meter hoch hieven.[4] Im Theater kamen dagegen Schwenkkräne zum Einsatz. Mit ihrer Hilfe konnte die eingreifende Gottheit von außen auf die Bühne gehievt werden.

Artefakte von antiken Kränen wurden kaum gefunden; überliefert wurden indes – neben den Bauwerken, die nur durch Einsatz von Kränen errichtet werden konnten – Beschreibungen und Konstruktionszeichnungen. Zu den wichtigsten Autoren solcher Texte und Skizzen gehört der *mechanikos* Heron aus Alexandria, der wohl – die Daten sind nach wie vor umstritten – irgendwann zwischen dem zweiten vorchristlichen und dem ersten nachchristlichen Jahrhundert lebte. Herons Werke enthalten zahlreiche Informationen über Mathematik, Physik und Mechanik, vor allem aber konkrete Hinweise über Geräte und Apparate, deren Konstruktion und Bedienung. Manche Darstellungen Herons betreffen Kultobjekte, Tempel oder Altäre: Zauber- und Theatermaschinen zugleich. Er konstruierte beispielsweise (auf hydraulischer Basis) einen Tempel, dessen Türen sich automatisch öffnen, wenn und solange das Opferfeuer brennt; sobald das Feuer erlischt, schließen sich die Tempeltüren wie von selbst.[5] Er baute Altäre mit tanzenden Figuren, Springbrunnen, die – als »Heronsbrunnen« – nach ihm benannt wurden, künstliche Singvögel auf Bäumen, selbstklingende Trompeten, Wasserorgeln, katoptrische Spiegel, Zauberkrüge und -gefäße, ja sogar vielteilige Figurengruppen mit Göttern, Heroen oder Tieren, die hydraulisch in Bewegung gesetzt werden konnten. Zumindest theoretisch war ihm das Prinzip der Dampfmaschine klar, auch wenn die technischen Voraussetzungen für deren Herstellung – die Mittel zur Erzeugung höherer Temperaturen und eines höheren Dampfdrucks – noch fehlten. Nahezu komisch wirkt Herons »Weihwasserautomat«: in einen Opferstock sollte ein Mechanismus integriert werden, der nach Einwurf eines Fünfdrachmenstücks eine kleine Menge Weihwasser austreten lässt.[6]

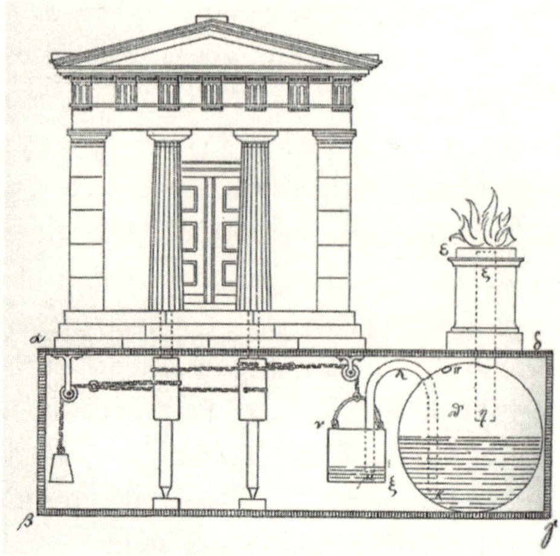

Herons Tempel mit automatischen Türen

Nicht erwähnt werden in Herons Schriften die »sprechenden Köpfe«, die Heron angeblich als Orakelmaschinen – mit Schallrohren für verborgene Priester – konstruiert haben soll, mehr als eintausendfünfhundert Jahre vor den *têtes parlantes* des Abbé Mical in Paris.[7] Aufgegriffen wurden diese Vorschläge anlässlich der Bemühungen um eine akustische Restauration der »singenden« Memnonskolosse. Diese berühmten Riesenstatuen in sitzender Haltung waren in der ersten Hälfte des vierzehnten vorchristlichen Jahrhunderts, während der Regierungszeit des Pharaos Amenophis III., aus gewaltigen Blöcken von rötlichem Quarzit gemeißelt worden; sie bewachten seither am Westufer des Nils, nahe von Luxor, den Eingang zum Friedhofsgebiet, dem Tal der Könige. In der Ptolemäerzeit wurde der nördliche Koloss mit Memnon identifiziert, dem legendären König, Sohn der Eos und des Titanos, der im Kampf um Troja gefallen sei. Eben dieser Koloss erhielt im Jahr 27 v. Chr. – nach einem heftigen Erdbeben bei Theben – verschiedene Risse und Sprünge, wodurch er jeden Morgen (etwa wie eine Äolsharfe oder Windorgel) zu »singen« begann. Dieser Gesang des Wächters zum Totenreich wurde rasch populär und zog zahlreiche Pilger an, die das Lied des toten Sohns für seine Mutter, die Göttin der Morgenröte, hören wollten. In bester Absicht ließ Kaiser Septimius Severus die Schäden an der Statue ausbessern, wonach der Morgengesang ausblieb und folgerichtig – schon wegen der ökonomischen Bedeutung der Pilgerwallfahrten – überlegt werden musste, wie auch eine restaurierte Statue wieder zum Singen gebracht werden konnte.

Die Memnonskolosse

III

Keine Religionsgeschichte erzählt indes von Herons technischen Künsten, im Unterschied zu verschiedenen Historien der Bühnenmagie.[8] Dabei ist evident, dass die Differenz zwischen sakraler und theatralischer Magie erst in der Moderne – womöglich lange nach den hitzigen Diskussionen um Mesmers oder Cagliostros Wirken – etabliert wurde; auf ähnliche Weise hat sich ja die Astrologie spät und langsam von der Astronomie getrennt – oder die Alchimie von der Chemie. Aber während es leicht zu fallen scheint, die Astrologie oder Alchimie in eine Wissensgeschichte von mehreren Jahrtausenden einzuordnen, wirkt der Entwurf einer technischen Geschichte der Religionen, die Untersuchung der engen Verwandtschaft zwischen Bühnenzauber und heiligen Ritualen, nach wie vor prekär: als würden durch solche Perspektiven nicht nur die Religionen diskreditiert, sondern auch die Wissenschaften selbst, die scheinbar beschuldigt werden, Beihilfe zum »Priesterbetrug« geleistet zu haben.[9] Dabei wird übersehen, dass die polemische Rede vom »Priesterbetrug« ihrerseits zu einem Diskurs der frühen Moderne gehört, dessen Legitimität inzwischen erfolgreich in Frage gestellt wird; zu Recht hat Wittgenstein schon 1931 gegen Frazers *Golden Bough* eingewendet, die performativen Elemente der Magie und Religion sollten nicht nach den Kriterien einer Wahrheitstafel beurteilt werden: »Frazers Darstellung der magischen und religiösen Anschauungen der Menschen ist unbefriedigend: sie läßt sie als *Irrtümer* erscheinen.«[10]

Irrtum, Täuschung, Betrug: diese Kategorien setzen voraus, dass eine Unterscheidung nicht getroffen werden kann – die Unterscheidung zwischen wahr und falsch, zwischen Wirklichkeit und Inszenierung, zwischen einer Offenbarung (wie sie sich am Berg Sinai ereignet haben soll) und einer Offenbarung auf der Theaterbühne oder in einem hellenistischen Tempel. Aber schon die Ureinwohner Australiens – beliebtes Forschungsobjekt der frühen Ethnologie – wussten, wie sie die Stimmen der Geister mit ihren Schwirrhölzern, den *churingas*, erzeugen konnten, ohne darum an der spirituellen Bedeutsamkeit dieser Manifestationen zweifeln zu müssen. Bei seiner Teilnahme an der heiligsten Zeremonie der Cheyenne-Indianer – dem Sonnentanz – erfuhr auch Hans Peter Duerr, dass es möglich ist, von rituellen Inszenierungen zu wissen (und sich dabei zu amüsieren), ohne sie fundamental in Frage zu stellen. In seinem Tagebuch von 1981 notierte Duerr am Freitag, dem 12. Juni: »Zweiter Abend des Sonnentanzes. Renate Schukies aus Hamburg, die eine Biographie des Arrow Keepers als Doktorarbeit schreibt, und ich sitzen dicht vor der Sun Dance Lodge. Es ist sehr stürmisch. Der Sun Dance Priest bringt gebückt das Heilige Feuer in den Kreis. Die Funken stieben, und brennende Zweige fliegen weg. Ein anderer Priester ruft ihm zu: ›Verbrenn dir nicht die Eier, alter Mann!‹ Der Sun Dance Priest und einige andere Indianer lachen. Ich frage Renate: ›Kannst du dir vorstellen, daß der Meßdiener während der Messe zum Priester sagt: ›Laß dir nicht die Bibel auf den Schwanz fallen‹? Renate kann es nicht.«[11] Dass dieser Satz unvorstellbar erscheint, ist zwar verständlich, ließe sich aber leicht historisch korrigieren – etwa durch Erinnerung an die mittelalterlichen Esels- und Narrenfeste in der Kirche, bei denen es mindestens so deftig herging wie beim Sonnentanz der Cheyenne in Oklahoma.[12]

Ebensowenig wie ein grober Witz von vornherein die Heiligkeit von Kultorten oder Ritualen aufheben muss, tritt die Technik der bühnenmagischen Produktion von Wundern stets in Widerspruch zur Religion, wie die Kritik am »Priesterbetrug« suggeriert. Dabei wurde auch im Altertum ein Zauberer gelegentlich als »Scharlatan« enttarnt, zumindest sofern er der »fahrenden Zunft« der Gaukler und Spieler angehörte. Im spätantiken Rom wurde beispielsweise die Wahrsagerei verboten, was die Kaiser nicht daran hinderte, auch weiterhin ihre Hof-Astrologen zu konsultieren[13]; doch selbst der berühmte Apollonios von Tyana wurde vor das kaiserliche Gericht Domitians zitiert. Zeitweise entbrannte in Rom ein regelrechter Wettstreit zwischen den Wundertätern um die Anerkennung ihrer magischen Fähigkeiten. Von einem solchen Wettstreit berichtet auch die Apostelgeschichte. Bei der Mission in Samarien stießen Philippus, Petrus und Johannes auf den Magier Simon, der ihnen Geld anbot, um auch die Kraft zu erhalten, durch Auflegung der Hände den Heiligen Geist zu verleihen. Natürlich lehnte Petrus ab.[14] Nach anderen Quellen (insbesondere den apokryphen Petrusakten) ging Simon Magus anschließend nach Rom und beeindruckte das Volk (und vor allem den Senator Marcellus) durch seine Schauflüge über den Stadttoren. Später kam es dann zu verschiedenen Konfrontationen zwischen Simon Magus und Simon Petrus. Um die Konkurrenten zu prüfen, befahl etwa der römische Präfekt Agrippa die magische Tötung eines Knaben (durch Simon Magus) und danach seine Auferweckung vom Tode (durch Petrus), eine Art von Test übrigens, den beide Kandidaten bestanden (freilich ohne damit die Frage des Präfekten zu beantworten, wer Gott »wohlgefälliger« sei – »der tötet oder der lebendig macht«). Der Wettstreit war erst zu Ende, als Simon neuerlich eine Levitation veranstaltete und dabei Petrus herausforderte. Buchstäblich nach einem Stoßgebet des Petrus – »Wenn du diesen tun läßt, was er unternommen hat, so werden jetzt alle, die an dich gläubig geworden sind, angefochten werden, und es werden die Zeichen und Wunder, die du ihnen durch mich gegeben hast, unglaubwürdig sein. Erzeige, Herr, schnell deine Gnade und [bewirke], daß er entkräftet von oben herabfällt, aber nicht sterbe, sondern unschädlich gemacht werde und den Schenkel an drei Stellen breche« – stürzte der fliegende Zauberer ab und kam wenig später zu Tode.[15]

Petrus holt den Magier Simon vom Himmel: Kapitell in der Kathedrale von Autun, frühes 12. Jahrhundert

IV

Wie Simon geflogen ist, lässt sich den Quellen nicht entnehmen; ebensowenig erfahren wir über Techniken der Tötung (durch ins Ohr geflüsterte Worte) oder der Erweckung vom Tode. Dass freilich schlichte Zauberworte das Leben oder den Tod beenden können, gehörte zu den Grundüberzeugungen der Magie in unterschiedlichen Kulturen, gleichgültig ob sie – wie die jüdisch-christliche Tradition – an die schöpferische Macht der Stimme glaubten oder nicht. Die Wirksamkeit sprachlicher Suggestionen kann nicht umsonst in den meisten Hypnosesitzungen anschaulich studiert werden; sie bildete den – jahrtausendelang verlässlichen – Resonanzboden zahlreicher Ekstasekulte, und zwar vom delphischen Orakel bis zur Zungenrede, mit der sich Paulus im ersten Brief an die Korinther auseinandersetzte, vom Schamanismus bis zum Spiritismus, von den – durch Bruce Chatwin popularisierten – Trancegesängen der australischen Ureinwohner bis zur Glossolalie in den nordamerikanischen Pfingstgemeinden.[16] Wer die Technikgeschichte der Religionen analysieren will, darf die akustischen oder musikalischen Strategien der Aktualisierung von Überwältigungserfahrungen nicht unterschätzen, zumal ja die Mehrzahl der Offenbarungsberichte von auditiven Ereignissen (wie der Stimme Gottes oder einer Berufung) erzählt – und nicht von Erscheinungen oder Visionen. So wie kein Text ohne laute oder leise Lektüre vergegenwärtigt werden kann, setzten die meisten Rituale eine spezifische Sphäre der rhythmischen Geräusche, Gesänge und Klänge voraus. Dabei benötigten sie jene Art von Maschinen, mit denen auch Heron experimentiert hatte: Musikinstrumente nämlich, Rasseln, Trommeln, Blas- und Saiteninstrumente, Klanginstallationen – und natürlich die Orgeln.

Mit großem Aufwand wurden in den mittelalterlichen Kathedralen regelrechte Gesamtkunstwerke, etwa zur Feier von Christi Himmelfahrt, inszeniert. Alle Sinne sollten gleichermaßen angesprochen und beeindruckt werden: Augen, Ohren, Nasen und Münder. In der Karmeliterkirche Santa Maria del Carmine von Florenz wurde beispielsweise seit dem Himmelfahrtstag des Jahres 1422 ein grandioses Schauspiel aufgeführt, bei dem auf der linken Seite des Mönchschors die Stadt Jerusalem, auf der rechten Seite der Ölberg aufgebaut wurde. In Begleitung von vier Engeln sowie von zwei Knaben (als Darstellern der Maria und der Maria Magdalena) betrat Jesus zunächst die Stadt, um die Apostel abzuholen. Anschließend schritt die Gruppe zum Ölberg, und jeder Apostel wurde mit einem symbolträchtigen Geschenk verabschiedet – Andreas etwa mit einem Netz, Petrus mit den

Schlüsseln. Danach bestieg Jesus – begleitet vom Klagegesang der Apostel – den Ölberg. »Als er die Spitze erreicht, hört man ein Donnern. Die über dieser Szene, im offenen Dachstuhl der Kirche hängende Sphaera öffnet sich und Gottvater erscheint im Glanze vieler Kerzen. Knaben, die Engel darstellen, umkreisen ihn. Größere Engel, auf Scheiben gemalt, drehen sich ebenfalls im Kreise. Von dieser Engelssphaera schwebt eine Wolke ins Kirchenschiff hinab. Auf ihr stehen zwei als Engel gekleidete Knaben mit goldenen Flügeln. [...] Daraufhin schwebt Christus mit Hilfe von sieben Seilen aufwärts der Wolke entgegen und segnet zugleich die beiden Marien und die Apostel. Als er die Wolke erreicht, knien die auf ihr stehenden Engel vor ihm nieder. Viele in der Wolke verborgene Lichter werden sichtbar und verbreiten überirdischen Glanz. Christus, nunmehr von Engeln begleitet, fährt weiter himmelwärts. In dem Augenblick aber, da er die Sphaera mit Gottvater erreicht, verstummt plötzlich die Musik und es ertönt ein Donnergrollen. Der Sohn Gottes ist zu Gottvater aufgefahren.«[17] Verantwortlich für die Architektur und die Konstruktion der Theater-Maschinerie war übrigens Filippo Brunelleschi.

Und es war ebenfalls Brunelleschi, der – nach dem Zeugnis Vasaris – die Maschinerie einer Verkündigungsszene in San Felice in Piazza entworfen hatte: für eine Aufführung, die 1497 vom florentinischen Magistrat, unter dem Einfluß Savonarolas, verboten wurde.[18] Auf einem Podest stand das Haus der Maria; an der Decke der Kirche hing dagegen das »Paradies« in Gestalt einer sich drehenden Hemisphäre. »Diese Halbkugel, aus Holzlatten über einem Eisengerippe konstruiert, hatte einen Durchmesser von etwa viereinhalb und einen Umfang von knapp vierzehn Metern. Darin standen zwölf Knaben, die, von Kerzen umgeben und mit goldenen Flügeln versehen, als Engel gekleidet waren. Innerhalb dieser Hemisphäre hing ein zweites halbkugelförmiges Eisengerippe mit weiteren acht Engeln. Diese zweite Sphäre konnte, während sich die erste drehte, ein Stück weit hinabgesenkt werden. Von unten ließ sich so der staunenden Gemeinde der Eindruck unterschiedlich hoher Himmelssphären suggerieren. Innerhalb der zweiten Sphäre hing zudem die kupferne Mandorla des Verkündigungsengels. Bei Aussendung Gabriels durch Gottvater drehte sich die erste Engelssphäre. Die zweite senkte sich währenddessen etwas ins Kirchenschiff hinab. Aus ihrer Mitte schwebte schließlich die Mandorla mit dem Himmelsboten aufs Podest mit dem Hause Mariens hernieder. Unten angekommen, überbrachte Gabriel die Frohe Botschaft, bestieg seine Mandorla aufs neue und flog zurück.«[19] Die eindrucksvolle Inszenierung der Verkündigung operierte also – auf technisch avanciertem Niveau – mit astronomischen Repräsentationen des Himmels, was den Unmut orthodox-puristischer Theologie verstärken mochte. Wenig später hatte ja beispielsweise Paolo dal Pozzo Toscanelli, Geograph und Mathematiker aus Florenz, den Auftrag erhalten, seine Berechnungen des Sonnenumlaufs und der Äquinoktialpunkte ausgerechnet in Sante Maria del Fiore, dem Dom von Florenz, voranzutreiben. 1475 konstruierte er in dieser Kirche ein »Sonnenloch« und einen »Meridian«. Dabei ging es um folgendes Verfahren: ein kleines Loch in einer Südwand oder im südlichen Dach sollte einen bogenförmig wandernden Sonnenstrahl auf den Boden projizieren; mit den Jahreszeiten verschob sich dieser Bogen – die Markierungen der Gipfelpunkte der verschiedenen Lichtbögen bildeten aber eine gerade Linie, den gesuchten »Meridian«. Solche Umwandlung mancher Kathedrale in ein Solar-Observatorium veranlasste noch Bernard de Fontenelle zu dem ironischen Kommentar, die Kirche sei nun ein neuer »Orakeltempel« Apolls, in dem die Sonne in allen astronomischen Fragen konsultiert werden könne.[20]

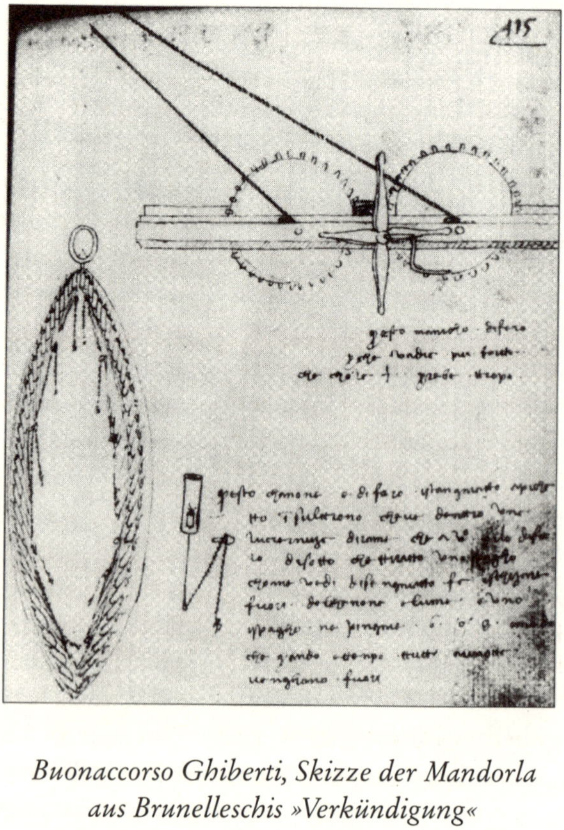

Buonaccorso Ghiberti, Skizze der Mandorla aus Brunelleschis »Verkündigung«

V

Himmelfahrten wurden also – mit Hilfe der Ingenieure – in Szenen des Auf- und Abstiegs zu den Sphären unter dem Kirchendach konvertiert; die Auferstehung vom Tode wurde dagegen mit beweglichen Heilanden und fahrbaren Grabschreinen in Szene gesetzt.[21] Die Verwendung von Puppen an Stelle von Schauspielern gehörte ja seit der Antike zu den theatralischen Elementen mancher Bestattungszeremonie, wie beispielsweise Appians Bericht von der öffentlichen Trauerfeier nach Caesars Ermordung deutlich macht. Damals wurde ein regelrechtes Zauberspiel veranstaltet: »Schon waren sie in dieser Stimmung nahe daran Gewalt zu brauchen, als jemand die Statue Caesars, aus Wachs geformt, über dem Lager emporhielt; denn der Leichnam war auf dem Lager so zurückgelegt, dass man ihn nicht sehen konnte. Die Statue wendete sich durch eine Vorrichtung nach allen Seiten; man sah an ihr die dreiundzwanzig Wunden, die sie ihm in wilder Wut an allen Teilen des Körpers, sogar ins Gesicht beigebracht hatten. Dieser Anblick schien dem Volke so bejammernswürdig, dass sie ihn nicht länger ertrugen; sie seufzten laut auf, umgürteten sich und verbrannten das Rathhaus, worin Caesar ermordet worden war.«[22] Im Hoch- und Spätmittelalter tauchten solche Puppen aus Holz oder Wachs – Effigies – wieder auf, nicht ohne die Historiker bis heute mit der Frage zu befassen, ob sich irgendein Zusammenhang zwischen den römischen und den mittelalterlichen Praktiken der Effigies-Verwendung rekonstruieren lässt. Zunächst waren es lebensgroße Porträt-Votivstatuen aus Wachs, die der Kirche SS. Annunziata in Florenz gespendet wurden; erstmals schriftlich dokumentiert wurden sie im Jahre 1260, als Papst Alexander IV. seine Wachsvotivplastik der Kirche stiftete (und mit diesem Akt wohl auch den Servitenorden anerkannte). Schon um 1380 »standen die lebensgroßen Wachsvoti der SS. Annunziata auf Gerüsten (›ballatoi‹) nebeneinander, andere hingen an Stricken von der Decke herab. Es bestand sogar eine Einsturzgefahr für die Kirche, so daß man die Mauern verstärken mußte.«[23]

Für das frühe 14. Jahrhundert ist in England die Verwendung einer Effigies im königlichen Funeralzeremoniell bezeugt: König Edward II. wurde zunächst – aufgrund erwiesener Regierungsunfähigkeit – zum Rücktritt gezwungen und schließlich am 21. September 1327 (in Berkeley Castle) ermordet. Die Umstände waren heikel, zumal der König nach wie vor als ein »gesalbtes Haupt« galt; er wurde also – nach geltender Regel – vier Wochen lang am Sterbeort verwahrt und einbalsamiert. Eine königliche Leichenfeier wurde für den 20. Dezember vorbereitet; dabei gelangte erstmals – offenbar auch aufgrund des Zustands der Leiche – eine aus Holz gefertigte Effigies zum Einsatz, die über dem fest verschlossenen Sarg aufgestellt wurde. Die späteren Königsbestattungen folgten demselben Muster; nach ihrem Gebrauch wurden die englischen Effigies übrigens in der Westminster-Abbey – »wie Gerümpel in einem Schrank«[24] – aufbewahrt. Während die englischen Königs-Effigies aus Holz bzw. Leder gefertigt wurden, verwendeten die Franzosen Stoffe und Wachs. Die erste Effigies wurde nach dem Tode Karls VI. (am 21. Oktober 1422) produziert; ihre Herstellung verdankte sich ähnlich kontingenten Umständen wie im Falle Edwards II.: Karl war in geistiger Umnachtung – und obendrein in den Händen der Engländer – verstorben; die Nachfolge musste geklärt und umfangreiche Vorbereitungen getroffen werden, sodass die Effigies (aus Leinenstoffen mit einem Weidenholzgerüst) einen nicht mehr verfügbaren Leichnam repräsentieren musste.

Erst 1643, nach dem Tode Ludwigs XIII., wurde auf die Effigies verzichtet, auch weil die Medizin inzwischen imstande war, halbwegs perfekte Einbalsamierungen vorzunehmen, die eine mehrwöchige Aufbahrung der Leiche gestatteten. Darüber hinaus sollte wohl im absolutistischen Staat jene Trennung zwischen Amt und Person wieder zurückgenommen werden, die Ernst H. Kantorowicz als theologisch-juristisches Fundament der Ritualisierung von Königsbestattungen ausgewiesen hat.[25] Die Effigies verlor sukzessiv ihren politisch-sakralen Status, was freilich ihre Verwendung im Umkreis der Funeralzeremonien nicht unbedingt ausschloss. So gelang es zwar dem habsburgischen Aufklärer Joseph II., die traditionellen Bestattungsrituale zu reformieren: unter seiner Regentschaft wurde der wiederverwendbare Klappsarg erfunden; auch für sein eigenes Begräbnis forderte Joseph äußerste Schlichtheit, und bis heute springt »in der Maria-Theresia-Gruft der effektvolle Kontrast seines einfachen Kistensarges zu Füßen des Monumentalstückes seiner Eltern ins Auge«. Dieser Rigorismus konnte allerdings nicht verhindern, dass Joseph Müller-Deym in seinem Wiener Kunstkabinett die Aufbahrung des Kaisers als eine Art von Mausoleum – mit einer Wachseffigies – naturgetreu nachstellte. »Dazu intonierte ein eingebautes Orgelwerk eine von Mozart komponierte Trauermusik.«[26]

VI

Bemerkungen zu einer Technikgeschichte der Religionen (und ihren vielfältigen Funktionen) lassen sich freilich nicht mit der Beschreibung von Inszenierungen und Maschinen zwischen Athen und Florenz, Heron und

Brunelleschi, Caesar und Joseph II. erschöpfen. Sie müssen auch jene Maschinen einschließen und berücksichtigen, die zumal für alle schriftgestützten Religionen unverzichtbar sind – die Medien. Zu Recht erinnert Jan Assmann an den engen Zusammenhang zwischen Religions- und Mediengeschichte: »Schon im 18. Jahrhundert brachte man die monotheistische Religion mit der Erfindung der Alphabetschrift in Verbindung, und die Verbindung zwischen Protestantismus und Buchdruck ist längst ein Gemeinplatz.«[27] Die Bedeutung der Medien wurde allerdings nicht nur durch den Übergang von polytheistischen zu monotheistischen Religionen gesteigert, sondern auch durch die Geschichte der Mission. In gewisser Hinsicht ist die Mission eine wesentliche Implikation des Monotheismus: wenn es nur einen einzigen Gott für alle Menschen – ob gläubig oder ungläubig – geben soll, so kann er nicht nur auf ein bestimmtes Volk oder eine bestimmte Kultur bezogen werden. Diese Konsequenz wurde eigentlich schon in der deuteronomistischen Kultreform des Judentums angelegt; spätestens mit dem Römerbrief des »dreizehnten Apostels« avancierte sie zum Programm, zum Motor eines historisch überwältigenden Prozesses, den wir gegenwärtig als »Globalisierung« zu charakterisieren pflegen.

Keine Mission ohne Medien, vielleicht aber auch keine Medien ohne Mission. Die ersten Übersetzerschulen wurden in Spanien eingerichtet, um den Transfer zwischen Islam, Judentum und Christentum zu erleichtern; die ersten Bücher, die gedruckt wurden, waren Bibeln. Missioniert wurde natürlich nicht nur mit Büchern oder Kirchenbauten, sondern auch mit Hilfe der Camera obscura, mit Hilfe der Photographie, des Films oder des Fernsehens. In meiner katholischen Kindheit wurde darüber diskutiert, ob es nötig ist, bei der TV-Übertragung des päpstlichen Segens *urbi et orbi* die Knie zu beugen – und ob der Segen auch wirksam bleibt, wenn er nicht live gesendet wird. Vor dem Hintergrund solcher Fragen lässt sich klarer verstehen, weshalb die sakramentale Transsubstantiationslehre (auf dem vierten Laterankonzil von 1215) dogmatisiert wurde: »Hoc est enim corpus meum« – so lautete die zum Wort »Hokuspokus« verballhornte Zauberformel, die eine Realpräsenz Christi (unter kirchlicher Aufsicht) garantieren sollte, die von keiner Repräsentation durch Texte, Bilder oder Maschinen mehr unterstützt werden musste. Wer durch die technischen Inszenierungen von Offenbarungen, Himmelfahrten und Auferstehungen, durch die Gesamtkunstwerke geistlicher Spiele, Gesänge, Bilder und Gerüche, nicht ausreichend überzeugt werden konnte, sah sich nun zum Glauben an die Gegenwart Gottes in einer weißen Oblate verpflichtet. Wie die Münzen waren Hostien bestens geeignet für eine universelle Verbreitung, auch wenn der Wortzauber neuerlich durch technische Apparate und Hilfsmaßnahmen – Monstranzen, Blutwunder, mystische Mühlen – unterstützt und begleitet werden musste.

Die Technik- und Mediengeschichte der Religionen ist nicht zu Ende. Doch hat sich unser Verhältnis zur technischen Aktualisierung religiöser Offenbarungen spürbar verändert. Seit ihrer Abwanderung auf die Varietébühnen genießt die Zauberkunst das Interesse eines aufgeklärten Publikums, das – durch unbekannte Tricks und Täuschungseffekte – unterhalten werden will; dieses Publikum bezahlt augenzwinkernd für die ästhetische Eleganz eines von vornherein als Betrug durchschauten Spektakels. Geglaubt wird nicht dem Zauberer, sondern seiner Technik; mit ähnlichen Erwartungen besuchen wir Märchenfilme wie *The Lord of the Rings*, stets im Bewusstsein, dass die Kreaturen oder Schlachtszenen am Bildschirm errechnet und komponiert wurden. Genauso verhält sich die Mehrheit der westlichen Welt zur Religion. Wir wissen Bescheid, im Varieté wie in der Kirche, im Kino wie in der Messe, im Internet wie im Yogatraining. Gerade darum hat sich die Wahrnehmung des Heiligen von den religiösen Inhalten verabschiedet, um sich verstärkt den technischen Formen ihrer Erzeugung zuzuwenden. Je sichtbarer wir im Zeitalter der technischen Reproduzierbarkeit religiöser Erfahrungen leben, desto religiöser erfahren wir die Technik. Nach wie vor treten Götter aus den Maschinen hervor; aber nicht die Götter erregen unsere Aufmerksamkeit, sondern die Maschinen: nicht der *Deus ex Machina*, sondern der *Deus in Machina*, die Gottesmaschine, die das Erscheinen von Göttern regelt. Die Technik- und Mediengeschichte der Religionen ist nicht zu Ende; aber sie hat inzwischen das Subjekt gewechselt – und fesselt uns neuerdings in Gestalt einer Religionsgeschichte der Technik und der Medien.

1 Gustav Mensching: *Artikel »Religion« I.* In: *Die Religion in Geschichte und Gegenwart.* Handwörterbuch für Theologie und Religionswissenschaft. Herausgegeben von Kurt Galling. Band V. Tübingen: J.C.B. Mohr/Paul Siebeck [3]1986. Spalte 961.

2 Vgl. Blaise Pascal: *Über die Religion und über einige andere Gegenstände.* Übersetzt und herausgegeben von Ewald Wasmuth. Frankfurt/Main: Insel 1987. Seite 248.

3 Vgl. Alice Villon-Lechner: *Sprühende Tauben und flammende Bauten.* Das römische Feuerwerk als Friedensfest und Glaubenspropagandatheater. In: Georg Kohler/Alice Villon-Lechner (Hrsg.): *Die schöne Kunst der Verschwendung.* Fest und Feuerwerk in der europäischen Geschichte. Zürich/München: Artemis 1988. Seite 20.

4 Vgl. John Gray Landels: *Die Technik in der antiken Welt.* Übersetzt von Kurt Mauel. München: C.H. Beck 1979. Seite 101–117.

5 Vgl. Heron von Alexandria: *Druckwerke und Automatentheater.* Übersetzt und herausgegeben von Wilhelm Schmidt. Leipzig: B.G. Teubner 1899. Seite 175–179 (Abbildung 1 auf Seite 176).

6 Vgl. Ebd. Seite 111–113.

7 Vgl. Thomas L. Hankins/Robert J. Silverman: *Instruments and the Imagination.* Princeton/N.J.: Princeton University Press 1995. Seite 186–188. Vgl. auch Alexandre Métraux, »Marginalien zur Geschichte der Automaten: Die *têtes parlantes* des Abbé Mical«, in: Neue Rundschau 114/2 (2003), S. 70ff.

8 Vgl. etwa Carl Graf von Klinckowstroem: *Die Zauberkunst.* München: Heimeran 1954. Seite 10.

9 Vgl. Benjamin Farrington: *Greek science: its meaning for us.* Harmondsworth: Penguin 1953. Seite 199f.

10 Ludwig Wittgenstein: *Bemerkungen über Frazers* Golden Bough. In: *Vortrag über Ethik und andere kleine Schriften.* Herausgegeben und übersetzt von Joachim Schulte. Frankfurt/Main: Suhrkamp 1989. Seite 29–46; hier: Seite 29.

11 Hans Peter Duerr: *Fragmente eines Tagebuchs (1981).* In: *Satyricon.* Essays und Interviews. Frankfurt/Main: Suhrkamp 1985. Seite 79–96; hier: Seite 81.

12 Vgl. Jacques Heers: *Vom Mummenschanz zum Machttheater.* Europäische Festkultur im Mittelalter. Übersetzt von Grete Osterwald. Frankfurt/Main: S. Fischer 1986.

13 Vgl. Marie Theres Fögen: *Die Enteignung der Wahrsager.* Studien zum kaiserlichen Wissensmonopol in der Spätantike. Frankfurt/Main: Suhrkamp 1993.

14 *Apostelgeschichte 8,9–25.* Zitiert nach: *Neue Jerusalemer Bibel.* Herausgegeben von Alfons Deissler und Anton Vögtle. Freiburg/Brsg.: Herder 1985. Seite 1569.

15 *Petrusakten.* In: *Neuzeitliche Apokryphen in deutscher Übersetzung.* Herausgegeben von Wilhelm Schneemelcher. Band II. Tübingen: J.C.B. Mohr/Paul Siebeck [5]1989. Seite 261, 268f., 278–283, 284f.; Zitate: Seite 279 und 285.

16 Vgl. Thomas Macho: *Glossolalie in der Theologie.* In: Friedrich Kittler / Thomas Macho / Sigrid Weigel (Hrsg.): *Zwischen Rauschen und Offenbarung.* Zur Kultur- und Mediengeschichte der Stimme. Berlin: Akademie Verlag 2002. Seite 3–17.

17 Johannes Tripps: *Das handelnde Bildwerk in der Gotik.* Forschungen zu den Bedeutungsschichten und der Funktion des Kirchengebäudes und seiner Ausstattung in der Hoch- und Spätgotik. Berlin: Gebrüder Mann [2]2000. Seite 128. Für den Hinweis auf dieses materialreiche Werk danke ich Horst Wenzel.

18 Vgl. Götz Pochat: *Theater und Bildende Kunst im Mittelalter und in der Renaissance in Italien.* Graz: Akademische Verlagsanstalt 1990. Seite 95.

19 Johannes Tripps: *Das handelnde Bildwerk in der Gotik.* A.a.O. Seite 90 (Abbildung 3 auf Seite 344).

20 Vgl. John L. Heilbron: *The Sun in the Church.* Cathedrals as Solar Observatories. Cambridge (Massachusetts)/London: Harvard University Press 1999. Seite 91.

21 Vgl. Johannes Tripps: *Das handelnde Bildwerk in der Gotik.* A.a.O. Seite 129–141.

22 Appian: *De bello civili II, 147.* Zitiert nach Julius von Schlosser: *Tote Blicke [1910–11].* Geschichte der Porträtbildnerei in Wachs. Ein Versuch. Herausgegeben von Thomas Medicus. Berlin: Akademie Verlag 1993. Seite 21f.

23 Susann Waldmann: *Die lebensgroße Wachsfigur.* Eine Studie zu Funktion und Bedeutung der keroplastischen Porträtfigur vom Spätmittelalter bis zum 18. Jahrhundert. München: tuduv-Verlag 1990. Seite 23.

24 Wolfgang Brückner: *Bildnis und Brauch.* Studien zur Bildfunktion der Effigies. Berlin: Erich Schmidt 1966. Seite 79.

25 Vgl. Ernst H. Kantorowicz: *Die zwei Körper des Königs [1957].* Eine Studie zur politischen Theologie des Mittelalters. Übersetzt von Walter Theimer. München: dtv 1990. Vgl. auch Ralph Giesey: *The Royal Funerary Ceremony in Renaissance France.* Travaux d'Humanisme et Renaissance 37. Genf: Librairie Droz 1960.

26 Wolfgang Brückner: *Bildnis und Brauch.* A.a.O. Seite 47.

27 Jan Assmann: *Text und Ritus.* Die Bedeutung der Medien für die Religionsgeschichte. In: Horst Wenzel/Wilfried Seipel/Gotthart Wunberg (Hrsg.): *Audiovisualität vor und nach Gutenberg.* Zur Kulturgeschichte der medialen Umbrüche. Wien/Milano: Kunsthistorisches Museum/Skira 2001. Seite 97–106; hier: Seite 97.

ALBRECHT KOSCHORKE

Götterzeichen und Gründungsverbrechen

Die zwei Anfänge des Staates

I

Über das Schicksal der Religion in der politischen Welt der Moderne werden vorzugsweise zwei Geschichten erzählt. Sie finden Anwendung unabhängig davon, ob man den Umbruch zur Moderne im 20. oder 19. Jahrhundert, in der Aufklärung, Frühen Neuzeit, Renaissance oder im Spätmittelalter ansetzt – je nach Sprachgebrauch und geistesgeschichtlicher Perspektive[1]. Beide großen geschichtsphilosophischen Narrative handeln vom Rückbau religiöser Bindungen und Werte, allerdings mit entgegengesetzten Konnotationen: Was die eine als Fortschritt, Emanzipation und Autonomiegewinn der Politik gegenüber theologischen Rücksichten verbucht, erscheint in der anderen unter Schlagworten wie ›Entzauberung‹ oder ›Verlust der Transzendenz‹. Auf augenfällige Weise manifestiert sich in diesem Widerstreit das tiefe Zerwürfnis der Moderne mit sich selbst.

Doch so folgenreich es auch sein mag, sich zwischen der optimistischen und der pessimistischen Version der Erzählung zu entscheiden – ihrer Struktur nach verhalten beide sich komplementär, wenn nicht spiegelbildlich zueinander. Sie stimmen darin überein, dass die Funktion der Religion einstmals darin bestand, politisches Handeln zu autorisieren, ihm ein Fundament und einen sichernden Rahmen zu unterlegen (oder anders gewendet: es ideologisch zu untermauern), während dies unter den Bedingungen der Moderne unmöglich wird. Wer in der Moderne den Anspruch auf ein göttliches Mandat erhebt, setzt sich umgehend dem Vorwurf aus, hinter einen historisch erworbenen Stand von Rationalität zurückzufallen. Die Metapher des Rückfalls bestätigt dabei nur den normativen Charakter des evolutionsgeschichtlichen Plans, demzufolge die Leistung der säkularen Moderne darin bestand, den Primat der Religion zu überwinden.

Nun wird kaum jemand solche evolutionistischen Großnarrative heute noch auf platte Art nachbuchstabieren. Sie sind bekanntlich unter Druck geraten und mit einem elaborierten Theoriediskurs unvereinbar[2]. Aber das hindert sie erstens nicht daran, als gesunkenes Theoriegut im öffentlichen Bewusstsein ein vielfältiges Nachleben zu führen, und schließt zweitens nicht aus, dass sie in der Form von Abbreviaturen, mehr oder minder kryptogrammatischen Diskurszeichen, von zeitlichen Indikatoren wie ›nicht mehr‹ oder ›noch nicht‹ auf uneingestandene Weise fortexistieren. Für alles, was nicht mehr gesagt werden darf, gibt es ja semantische und grammatikalische Rückzugsgebiete. Im Begriff der Moderne selbst steckt ein agonales Moment gegenüber dem Vergangenen, Nichtmodernen, ohne den er seine Konturen verlöre. Im Hinblick auf das hier zu verhandelnde Thema scheint die innere Logik dieses Begriffs zu erzwingen, einen in der modernen Welt gekappten oder verloren geglaubten Gottesbezug anderen Epochen gleichsam als Besitzstand zu unterstellen. Wenn in der Moderne religiöse Autoritäten in Zweifel gezogen werden, so lautet der Umkehrschluss, müssen sie in vormodernen Zeiten unbezweifelbar und mächtig genug gewesen sein, um eine den Widerstreit politischer Optionen umschließende kosmische Ordnung zu konstituieren.

Tatsache ist aber, dass derartige Vergangenheitsprojektionen bei näherem Hinsehen unhaltbar sind. Keine einigermaßen konkrete historische Analyse wird auf Verhältnisse stoßen, die dem Bild einer heilen Welt religiöser Geborgenheit (anders gewendet: einer blind mythischen, politisch über sich selbst gänzlich unaufgeklärten Welt) auch nur annähernd entsprechen. Und das betrifft nicht erst die Ebene faktischer politischer Kämpfe, die irgendwelchen metaphysischen Idealen Abbruch tun, sondern die *Instituierung des Politischen* selbst.

Der Akt der Instituierung führt die Grenzbedingungen des politischen Raumes und seine Berührung mit einer ihn transzendierenden Sphäre vor Augen; er markiert die Schwelle zwischen dem Heiligen und der Politik. Darüber gibt ein bestimmter Typus von Narrativen Auskunft: nämlich Gründungsmythen, die greifbar machen, wie die jeweils herrschende Staats- und Rechtsordnung entstanden sein soll und auf welche Ursprungsautorität sie sich beruft. Solche Erzählungen müssen eine paradoxe Leistung erbringen. Das wird am sinnfälligsten, wenn man die Frage nach dem Ursprung des Rechts heraushebt. Es ist eine schlichte Feststellung, dass das Recht gesetzt, kodifiziert und mit Sanktionsmacht ausgerüstet worden sein muss, bevor es Geltung erlangt. Wenn jedoch die Instituierung des Rechts dem Recht *zuvorkommt*, wenn sie sich gleichsam im Vorfeld des Rechts zuträgt, dann ist sie ihrerseits kein rechtlicher Akt. Das bedeutet, dass die wesentlichen Unterscheidungen, die das Rechtssystem einführen und stabilisieren soll, auf diesen ursprünglichen Einsetzungsakt nicht angewandt werden können: die Unterscheidung zwischen göttlicher Weisung und autonomem menschlichen Handeln, zwischen Gesetzlichkeit und Willkür, zwischen Recht und Unrecht und damit zwischen Recht und Gewalt.

Der Ursprung des Rechts ist also zugleich sein kritischer Punkt, ja man könnte sagen: seine offene Wunde, die sich mit rein juridischen Kategorien nicht heilen und schließen lässt. Das Rechtssystem ist hier unvollständig, eben weil es *angefangen* hat und diesen Anfang nicht als ein Moment *im* System behandeln kann. Es bedarf einer Ergänzung mit außerjuridischen Mitteln. In diese Lücke springen andere diskursive Instanzen ein. Das geschieht in Form einer Gründungserzählung, die den Weg von einem Zustand *vor* dem Recht in den Rechtszustand selbst weisen muss und dabei eine ganze Reihe von heiklen Fragen zu beantworten hat: Wer hat das Recht eingesetzt? Warum hat er es getan? In welcher Form wurde es von denen angenommen, für die es seither gilt? Wen schließt es ein, und wen schließt es aus? Vor allem aber: War die Einsetzung des Rechts ein rechtmäßiger Akt, und vor welchem Gerichtshof ist das zu entscheiden?

Von der Art, wie solche Einsetzungsfiktionen gestaltet werden, hängt die Beschaffenheit der Rechts- und Staatsordnung insgesamt ab. Entstand das Recht – wie Rousseau argwöhnte – durch einen Oktroi der Reichen und Mächtigen, die auf diesem Weg ihre Privilegien auf Dauer zu stellen versuchten? Oder entstand es – wie der gleiche Rousseau an anderer Stelle behauptet hat – durch den freien, gemeinschaftlichen Entschluss der Menschen im Naturzustand? Ist also das Recht durch den Rechtsakt des Vertrags (ein zeitliches Paradox!) oder zur Festschreibung von Unrecht (auch ein Paradox!) zustande gekommen?[3]

II

Wer vormoderne Gründungsmythen in der Annahme studiert, dass sie die gegebene politische Ordnung theologisch absichern, muss sich auf eine Reihe von Irritationen einstellen.

Man würde erwarten, dass Geschichten vom Ursprung des Rechts in der Regel dazu nützlich sein sollen, dem Rechtssystem Legitimation zu verleihen, indem es seinerseits als wesenhaft rechtmäßig und gerecht dargestellt wird. Aber ein vergleichendes Studium kultureller Anfangserzählungen zeigt, dass staatliche Ordnung, Institutionen und Recht häufig aus einem Akt der Usurpation, ja aus irgendeinem sagenhaften Urverbrechen entspringen. Das Verbrechen geht dem Gesetz also nicht nur in dem Sinn voraus, dass außerhalb eines geordneten Staatswesens Anarchie und das Recht des Stärkeren gelten. Vielmehr erscheint der herrschende Rechtszustand selbst als Frucht einer verbrecherischen Tat – eine kontraintuitive und verstörende Erzählkonvention.

Man würde weiter vermuten, dass Legenden, die sich um die Figur des Staatsgründers ranken, diesen gottlosen, ja verbrecherischen Charakter der Staatsgründung wenigstens verheimlichen wollten, um der etablierten politisch-rechtlichen Ordnung nicht von Anfang an den Boden zu entziehen. (Systemtheoretisch spricht man hier von Invisibilisierung der Gründungsparadoxie.) Aber das Gegenteil ist der Fall. Und dies nicht erst in einer skeptisch gewordenen Neuzeit, die nicht mehr an die gute Einrichtung des Kosmos und entsprechend der Polis glauben mag, sondern schon in den antiken Anfängen des europäischen Staatsdenkens. Ein plastisches und äußerst folgenreiches Beispiel liefern die durch Livius und andere Chronisten überlieferten Geschichten von der Gründung der Stadt Rom – als Urmodell des Machtstaates europäischer Prägung. Insbesondere Romulus soll der Held der folgenden Erörterung sein.

Schließlich würde man davon ausgehen, dass die Götter jenen Willkürakt gewalttätiger Einrichtung des Staates wenigstens durch ein Zeichen der Gunst bestätigen und mit höherer Weihe ausstatten. Aber auch diese Annahme findet sich häufig enttäuscht. Die Verfasser der betreffenden Gründungslegenden leisten dem Bedürfnis nach einer stabilen und unhinterfragbaren Ordnung offenbar einen schlechten Dienst. Eher scheint ihre Erzählkunst das Ziel zu verfolgen, diese Ordnung zu diskreditieren – was aber im Widerspruch zu der Tatsache steht, dass ihre Erzählungen innerhalb der herrschenden Staatsmythologie offizielle Geltung erlangen und oft über Jahrhunderte hinweg traditionsmächtig sind.

Ich will die Frage, auf welchen Wegen sich Politik und Recht religiöse Validierung verschaffen, zunächst probeweise in der Form eines rein logischen Problems abhandeln. Relevant wird diese Frage vor allem in zwei kritischen Situationen: am *Anfang*, das heißt im Moment der Stiftung politischer Ordnung, und in *Entscheidungskrisen*, in denen die Systemroutinen der etablierten politisch-rechtlichen Ordnung überfordert sind und vorübergehend ausgesetzt werden.

In beiden Fällen öffnet sich das System, es exteriorisiert sich und sucht Anschlüsse an außerpolitische Instanzen. Das herkömmliche Verfahren der

Auslagerung politischer Entscheidungen besteht darin, göttlichen Rat einzuholen. Auch dafür stehen Regelwerke bereit, die zumeist rituellen Charakter besitzen. Gewöhnlich ist eine eigene Expertengruppe mit dieser außerpolitischen Entscheidungsfindung betraut. Es handelt sich um Kult-, aber auch um Deutungsexperten, denn zum einen muss die Befragung der Gottheit bestimmten zeremoniellen Bedingungen entsprechen, zum anderen bedürfen die von den Göttern ausgesandten Signale der Auslegung, um als Handlungsanweisung nutzbar zu sein. Allerdings wird eine solche deutende Aneignung des göttlichen Spruchs, etwa im Fall des griechischen Orakels, oft der begrenzten Weisheit des Ratsuchenden selbst überlassen.

Überhaupt bleibt eine mehr oder minder schroffe Unvereinbarkeit zwischen dem jeweiligen politischen Frageinteresse und der Artikulationsweise der göttlichen Antwort bestehen. Um beide miteinander in Einklang zu bringen, bildet eine eigene Deutungskunst, die Mantik, sich aus. Als Arkanwissen einiger weniger Initiierter wird sie dem politischen Zugriff nach Möglichkeit entrückt. Umso größer ist die Macht der Priester, die alle empfangenen Götterzeichen in die Sprache politischer Entscheidung zurückübersetzen, und umso heikler ist die Aufgabe, die sie als Grenzwächter und Vermittler zwischen göttlicher und politischer Sphäre zu bewältigen haben.

Der Rekurs auf göttliche Zeichen soll offenkundig dem Zweck dienen, strittige Entscheidungslagen dadurch zu deblockieren, dass sie aus dem Raum der sozialen Verhandlungen herausgenommen und einer als höherrangig angesehenen externen Macht anheimgestellt werden. Über den einzelnen Entscheidungsfall hinaus könnte dies zur kultischen Rückversicherung und damit letztlich Legitimation des jeweiligen politischen Systems und seiner Akteure beitragen. Damit die Götterzeichen jedoch tatsächlich eine solche stabilisierende Wirkung entfalten, müsste eine Reihe von Bedingungen erfüllt sein, die hier nur stichpunktartig aufgelistet sein sollen:

1) Die angerufene göttliche Autorität muss von allen Beteiligten anerkannt sein.
2) Das von der Gottheit gesandte Zeichen muss Konsens stiftend wirken. Es muss die gleiche quasi magische Wirkung haben wie ein Mehrheitsbeschluss in Demokratien: nämlich auch die unterlegene Seite zu binden und sich *als höherer Wille* allen am politischen Konflikt beteiligten Personen zu oktroyieren (statt nur als Schützenhilfe für die Siegerpartei wahrgenommen zu werden).

3) Logische Bedingung dafür ist die *Kontingenz* des durch Anrufung der Gottheit erwirkten Schiedsspruches, das heißt seine Unbeeinflussbarkeit mit den Mitteln des politischen Machtkampfes, über den er ja hinausführen soll. Ideologisch würde es indessen auf Dauer nicht reichen, bloß ein Los zu werfen und allein dem nackten Zufall ein derart weit reichendes überpolitisches Entscheidungsrecht einzuräumen. Deshalb wird die Kontingenz des Verfahrens gewöhnlich verborgen, indem man es eben in einen kultischen Zusammenhang stellt und sein Ergebnis als göttlichen Willen auslegt, gegen den aufzubegehren nicht allein die jeweilige politische Ordnung, sondern die Weltordnung als ganze verletzt.
4) Dies hat eine zeichentheoretische Implikation. Während der politische Streit der Herrschaft der Arbitrarität unterliegt – um diese Arbitrarität und das in ihr steckende Gewaltpotential zu überwinden, wird ja die Gottheit angerufen –, muss der Wille der Götter über allem Meinungsstreit stehen. Die göttlichen Zeichen müssen also ein *Jenseits der Arbitrarität* bilden.
5) Die am Kultritual der Gottesanrufung beteiligten Priester muss man sich der sich offenbarenden Autorität der Gottheit unterstellt denken. Sie gehören ihrerseits der Sakralsphäre an, die von allen profanen Rücksichten und damit von politischer Einflussnahme abgeschirmt bleiben soll. Sollte die Priesterschaft diese Bedingung nicht erfüllen, ist es auch um die Autorität und Heiligkeit der von ihr übermittelten Götterzeichen geschehen. Sobald ein Priester sich als Person zwischen Götter und Menschen zu stellen wagt, ist die schlichtende Kraft des göttlichen Spruchs in Gefahr. Oder umgekehrt: wenn die Autorität der Götter nicht hinreicht, den menschlichen Streit zu befrieden, schlägt den professionellen Deutern des göttlichen Willens hermeneutisches Misstrauen entgegen. Sie werden dann der Eigenmächtigkeit bezichtigt oder als korrupte Manipulateure entlarvt, die nur vortäuschen, eine besondere Verbindung zur übernatürlichen Welt zu unterhalten.

Es geht, was den letzten Punkt betrifft, um die Konkurrenz zweier ›Figuren des Dritten‹[4], die man voneinander getrennt halten muss, obwohl sie sich doch notwendigerweise wechselseitig affizieren. Wer im politischen Konfliktfall die Entscheidung eines Gottes anruft, weist ihm die Rolle eines außerweltlichen und dadurch überparteilichen Dritten zu. Aber die Auskunft des Gottes ist nur durch Vermittlung eines anderen, innerweltlichen Dritten, nämlich des Priesters, zu erlangen. Aus einer schiedsrichterlichen

Instanz, die ins Spiel gebracht wurde, um in einer Streitfrage Eindeutigkeit zu erzielen, ist damit selbst eine doppelte, zweideutige geworden – wobei allerdings die Unentscheidbarkeit aus der Horizontalen (zwischen den Kontrahenten) in die Vertikale gerückt ist, in die Frage nach dem Machtverhältnis zwischen den beiden in den Streit intervenierenden Dritten. Hat der Gott sich die Stimme seines Deuters einverleibt oder der Deuter die Stimme Gottes? Handelt es sich zwischen beiden um ein Verhältnis der Transzendierung oder der Korruption?

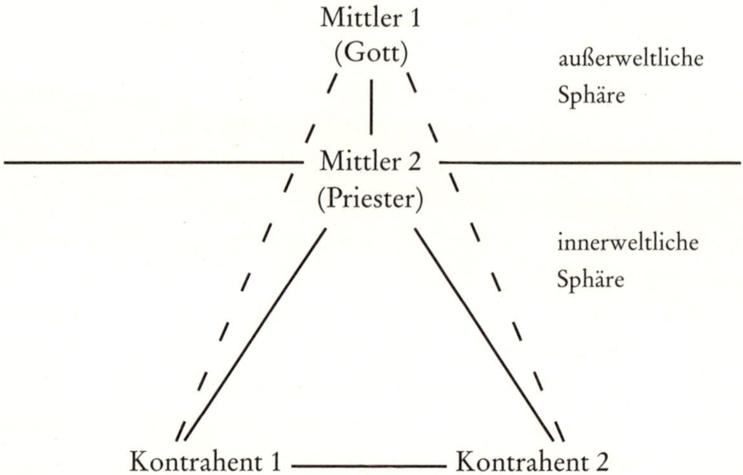

III

Wenn man die genannten Wahrheitsbedingungen für ein verbürgendes göttliches Urteil zugrunde legt, so gelangt man zu dem irritierenden Befund, dass ihnen die großen politischen Historiographen nur selten Genüge tun. Man muss vielmehr den Eindruck gewinnen, dass die kanonischen Gründungsurkunden im Hinblick auf eine transzendente Beglaubigung von Macht geradezu zweckwidrig verfahren. Ein lehrreiches Beispiel dafür bieten, wie schon bemerkt, die antiken Chroniken, von denen hier die römischen herausgegriffen seien, an deren Anfang – neben Aeneas, von der ich hier absehen will – die Gestalt des Städtebauers und Kultstifters Romulus steht. Eine knappe Erörterung der betreffenden Texte wird ausreichen, um das Problem in groben Umrissen zu exemplifizieren.

Ganz gleich, ob man Dionysius von Halicarnassus, Livius oder Plutarch liest, überall werden neben der heroischen Version der Stadtgründung auch deren Dementis geliefert. Stammen Romulus und Remus, Söhne der zur Vestalin gemachten Königstochter Rhea Silvia, väterlicherseits wirklich von dem Kriegsgott Mars ab, oder sind sie die Frucht einer Vergewaltigung der keuschen Priesterin durch ihren Onkel Amulius? Livius beschränkt sich auf den Hinweis, sie habe Mars »als den Vater ihrer zweifelhaften Nachkommenschaft« angegeben, »sei es, daß sie wirklich daran glaubte, sei es, weil es ehrenvoller war, einem Gott die Schuld zu geben«[5]. Wurden sie nach ihrer Aussetzung von einer Wölfin gesäugt? Keiner der Autoren versäumt es zu erwähnen, Larentia, die Frau des Hirten Faustulus, der die Zwillinge rettete und aufzog, sei als Hure (*lupa*) verschrien gewesen, was ein etymologischer Grund für das Märchen von der Wölfin (*lupa*) gewesen sein könnte[6].

So konterkarieren die Chronisten der Stadt Rom die offizielle Heldensage durch Lesarten, die tief hinab in menschliche Niederungen führen: statt der Gottessohnschaft des Stadtgründers die Vergewaltigung einer Vestalin durch ihren eigenen Onkel; statt der Wölfin, die wieder auf Mars zurückweist, eine Hure, die ein Ammenmärchen über die Herkunft der Kinder erfindet.

Nicht einmal der Bericht von der Apotheose des Romulus, der während eines Unwetters plötzlich aus der Volksversammlung verschwand, blieb unwiedersprochen. Die einen, überliefert Plutarch,

> glaubten dies, gingen freudig nach Hause und beteten mit froher Hoffnung zu Romulus. Doch fanden sich auch einige, welche die Sache mit hämischer Bitterkeit in Zweifel zogen und die Patrizier durch die Beschuldigung in Furcht setzten, daß sie wohl selbst den König umgebracht hätten und nun dem Volke solche einfältigen Märchen aufbinden wollten.[7]

Diese offene Distanz der Historiographen zur religiösen Verankerung des römischen Ursprungs ist deshalb erstaunlich, weil sich andererseits keiner von ihnen scheut, Romulus' Leistungen als Kulturstifter ins Licht zu rücken. Wenn etwa Livius davon berichtet, dass Romulus die Stadt erbaute und befestigte, Rechtsnormen aufstellte, wichtige kultische, bevölkerungspolitische und institutionelle Voraussetzungen schuf und dadurch den Grundstein noch für das römische Imperium der Kaiserzeit legte – wie kann er es sich dann leisten, die göttliche Herkunft und Bestimmung dieses Ahnherrn so ostentativ in Zweifel zu ziehen, und stattdessen Umstände auszubreiten, die auf krasseste Illegitimität hindeuten? »Man sieht es der alten Zeit nach«, heißt es in der Vorrede von *Ab urbe condita*, »daß sie den Anbeginn der Städte verklärt, indem sie das Menschliche mit Göttlichem vermischt.«[8] Doch was entlastet den Historiographen des augusteischen Zeitalters, das ja sehr wohl die Praxis der Vergöttlichung des Herrschers kannte, von der Notwendigkeit, das Gleiche zu tun? Das ist mit der Tatsache der ausdrücklich nichtsakralen Verfasstheit des römischen Staates[9], die Livius Freiräume für religiöse Skepsis gelassen haben mag, wohl nicht hinreichend zu erklären. Was erlaubt es ihm, sich zu dem Bedürfnis nach Heiligung des Ursprungs so indifferent zu verhalten? Warum sind überhaupt die ganz offenkundig dysfunktionalen Elemente der römischen Gründungslegende konserviert worden, statt ihre Spuren aus dem kollektiven Gedächtnis zu tilgen?

Am deutlichsten zeigt die Erzählung von dem Bruderzwist zwischen Romulus und Remus, wie der Versuch, einen politischen Legitimationsanspruch auf Götterzeichen zu gründen, im römischen Gründungsmythos selbst schon ins Leere läuft. Die Zwillinge können sich nicht darauf einigen, »wer der neuen Stadt den Namen geben und wer sie nach ihrer Gründung regieren sollte«. Weil es zwischen ihnen kein Recht des Älteren gibt, befragen sie den Vogelflug über zwei Hügeln der Stadt. Bekanntlich entbrennt aber zwischen den Brüdern ein Zwist um die Deutbarkeit der Auspizien:

> Zuerst soll Remus ein Zeichen erhalten haben, sechs Geier; das Zeichen war bereits gemeldet, da hatte sich dem Romulus die doppelte Anzahl gezeigt, und beide waren von ihrem Anhang als König begrüßt worden. Die einen leiteten den Anspruch auf die Königswürde von dem früheren Zeitpunkt ab, die anderen dagegen von der Anzahl der Vögel. Darüber gerieten sie in Streit, und die zornige Auseinandersetzung führte zu blutigem Kampf. Dabei wurde Remus im Getümmel getroffen und fiel.[10]

Diese Episode ist natürlich vor allem deshalb skandalös, weil sie das Imperium Romanum sich auf einen Brudermord gründen lässt, also auf ein besonders schändliches Verbrechen[11]. Aber sie desavouiert überdies und grundsätzlich den Sinn göttlicher Offenbarung. Statt über einen Streitfall zwischen Menschen letztinstanzlich zu richten, provoziert das ausdeutbare Votum der Gottheit nur neuen Streit. Es verlagert das Problem der Unentscheidbarkeit auf eine neue Ebene, mehr nicht. Was gilt mehr, die größere Zahl oder der frühere Augenblick? Die Götter verweigern auf diese Frage eine klärende Auskunft. Systemtheoretisch ließe sich der kontroverse Ausgang dieses Auspiziums als *re-entry* einer Unterscheidung in sich selber beschreiben. Das Götterzeichen soll Arbitrarität überwinden – das heißt die Möglichkeit, ja und nein zu sagen. Doch es zieht in den entgegengesetzten Deutungen, die es erlaubt, seinerseits ein Ja/Nein-Dilemma auf sich. Statt eine saubere Ebenenhierarchie zu etablieren, führt es nur wieder in den *circulus vitiosus* gegenläufiger Auffassungen zurück.

IV

Hans Jürgen Hillen hat in einem jüngst erschienenen Buch die Bedingungen rekapituliert, unter denen die römischen Gründungslegenden entstanden sind und überliefert wurden[12]. Ein Grund für die Widersprüche, die sie in sich bergen, liegt in der außerordentlichen Vielfalt und Adaptabilität der lokalen mündlichen Traditionen, auf die auch griechische Einflüsse einwirken[13]. Der Sagenstoff wird »in den innenpolitischen Auseinandersetzungen der ausgehenden Republik« neu interpretiert, wobei Romulus zusehends despotische Züge erhält, um schon an seinem frühen Beispiel die Gefahren der Alleinherrschaft herauszukehren[14]. Wenn die Anhänger der Republik den Stadtgründer als Manipulateur der göttlichen Auspizien und kaltblütigen Mörder schildern, der seinerseits am Ende einem Tyrannenmord zum Opfer fällt – statt, wie von den Parteigängern des Königtums behauptet, zum Himmel aufzufahren –, dann zielen sie damit indirekt auf das Machtstreben Caesars ab. Insbesondere Ciceros Darstellung des Romulus wandelt sich in dem Jahrzehnt, das zwischen seinem Traktat über das Gemeinwesen und dem Werk *De officiis* liegt, auf dramatische Weise[15]. Umgekehrt bemühen sich die poetischen Propagandisten des augusteischen Zeitalters, allen voran Ovid, um Romulus' Exkulpierung und Vergöttlichung[16]. So bemächtigt sich die Politik der Gründungslegende zu ihren Zwecken.

Mit einer solchen ideologiekritischen Entzifferung der kontroversen mythischen Narrative ist es jedoch nicht getan. Man muss das Problem grundsätzlicher angehen und fragen, ob es überhaupt politische Erzählungen von Rang gibt, in denen der Rekurs menschlicher Entscheidungsträger auf göttliche Erscheinungen ohne jede Ambiguität vor sich geht. Schon Herodot unterscheidet zwischen wahrhaftigen göttlichen Interventionen und Priestermythen, die ihm ausdrücklich »nicht glaubhaft« erscheinen[17]. In der bekannten Geschichte, in der Krösus vor seinem Feldzug gegen die Perser das Orakel von Delphi befragt, dessen Prophezeiung, er werde ein großes Reich zerstören, sich gegen ihn selbst wendet[18], wird die Zweideutigkeit des göttlichen Wortes ja auf sprichwörtliche Weise zum Thema. Die Pythia lässt den zornig aufbegehrenden König wissen, er hätte nachfragen sollen, welches Reich gemeint gewesen war; das habe er versäumt. »Da erkannte er, daß er selber die Schuld trage und nicht der Gott«, heißt es lakonisch.[19] Man kann aber auch meinen, sein Fehler habe darin bestanden, überhaupt göttlichen Rat einzuholen und sich dadurch jener Willkür zweiten Grades zu überantworten, die untrennbar mit den Götterzeichen verbunden scheint.

Nichts anderes ist Thema der antiken Tragödie. Vielleicht sollte man die Tragödie weniger aus der Perspektive der tragischen Helden als aus dem Blickwinkel derjenigen verstehen, die sich *nicht* auf sie einlassen wollen – die überleben oder jedenfalls versuchen, zu überleben.[20] Ist nicht Iokaste die Klügste von allen, wenn sie in Sophokles' *König Ödipus* die »Wahrsprüche der Götter« für nichtig erklärt?

Was fürchtet sich der Mensch! wo über ihn
Der Zufall herrscht und sichere Voraussicht
Für nichts besteht! Dahinzuleben, ist das Beste,
So wie nur einer kann![21]

Der Fortgang der Handlung, das ist richtig, wird Iokaste eines Besseren belehren. Aber spricht sie nicht dennoch eine größere Wahrheit aus als der »Wahrheitssucher« Ödipus, der sich in der Fatalität des Orakels verstrickt? Denn wenn man es recht besieht, wäre ja Ödipus gar nicht in den Machtbereich der verhängnisvollen Prophezeiung gekommen, hätte er von Anfang an Iokastes Rat befolgt, »dahinzuleben« und dem Zufall sein Recht zu lassen: dann wäre er nicht von Korinth aufgebrochen, niemals nach Theben gelangt und hätte weder seinen Vater getötet noch seine Mutter heiraten können.

Es sind bezeichnenderweise Frauen, deren vergebliche Interventionen die Entscheidung zur Tragödie selbst in Zweifel ziehen, indem sie ihr gleichsam eine nackte Alternative vorschalten. Euripides lässt Klytämnestra sagen:

Wenn Götter sind, wirst du, weil du gerecht bist,
Auch glücklich sein; wenn nicht, ist's eitle Müh'.[22]

Wenn Menschen in Augenblicken der Unentscheidbarkeit die Götter um ein Zeichen anflehen, dann erhoffen sie sich eine autoritative Auskunft, die der Arbitrarität und damit der Gefahr gewalttätiger Machtkämpfe ein Ende setzt. Aber viele der Geschichten, die darüber erzählt werden, fügen sich dieser Hoffnung auf unbedingte Gewissheit nicht. Sie prozessieren die Möglichkeit mit, dass sich die Arbitrarität angesichts der Götterzeichen nur verdoppelt, entweder weil die Zeichen in sich den Charakter der Doppeldeutigkeit tragen oder weil strittig ist, ob sie als Zeichen der Götter anerkannt werden sollen. Es entsteht also fortwährend ein meta-hermeneutisches Problem: welche Zeichen sind überhaupt *signifikant*, und wer entscheidet darüber?

Wo immer ein Traum ausgelegt wird, bekundet sich eine abweichende Meinung, die Träume für unbedeutend erklärt. Und wo immer man Auspizien liest, entbrennt der Streit darum, ob eine Erscheinung von göttlichem

Willen herrührt oder bloß zufällig ist – ja ob es die Götter überhaupt gibt[23]. Erstaunlicherweise verdecken die betreffenden Texte diesen Meta-Binarismus nicht, sondern leihen ihm eine Stimme und rücken damit ihre eigene Botschaft in einen Zustand der Ungewissheit. Aber wenn auch die göttliche Intervention nicht über die unvermeidlichen Ja/Nein-Alternativen binärer Codes und damit über die Sphäre der Unentscheidbarkeit hinaushebt, welchen Gewinn trägt dann der Exkurs über das Göttliche ein? Welche Funktion hat eine solche Umwegsemantik, wenn sie weder eine verlässliche Legitimations- noch Entscheidungshilfe bereitstellt noch zur Invisibilisierung von Gründungsaporien tauglich ist, sondern im Gegenteil den aporetischen und gewaltsamen Charakter von sozialen Ordnungsstiftungen in ein unangenehm gleißendes Licht taucht?

V

Vertreter der Dekonstruktion mögen sich dadurch bestätigt fühlen, dass religiöse Legitimationserzählungen ihren Sinn so offen durchkreuzen. Doch eine dekonstruktive Lektüre, die auf kein vereindeutigendes Sinnbeharren und damit auf keinen Widerstand trifft, macht auf die Dauer nur wenig Freude. Ihr Verfahren lebt ja von der Erwartung, dass die Geschichten einen bestimmten intentionalen Zweck zu erfüllen versuchen; immerhin so viel hat sie mit der älteren Ideologiekritik gemein. Hier sei dagegen die Hypothese vertreten, dass eine solche Erwartung die Faktur der entsprechenden Texte von Grund auf missversteht: dass der in sie eingebaute Mechanismus der Selbstdekonstruktion *Bestandteil ihrer Funktionsweise* ist und nicht als verfehlte Intention einzelner Redaktoren verbucht werden darf, die das kakophone Gewirr von teils konstruktiven, teils obstruktiven Stimmen in ihren eigenen Texten nicht meistern.

Worin könnte die Funktionalität der Dysfunktionalität, worin könnte die ›höhere‹ Rationalität des unterminierten Erzählsinns bestehen? Die einzig mögliche Antwort scheint zu sein, dass Zeichenoperationen, die zwischen Gottesbezug und Autonomie des politischen Systems fortwährend changieren, in ihrer Gesamtheit eben nicht auf hegemoniale Vereinheitlichung, sondern auf eine *Balance* zwischen den Kräften hinwirken: also darauf, *den Zustand der Unentschiedenheit und Unabgeschlossenheit als solchen aufrechtzuerhalten*. Man hätte es dann nicht mit einem gerichteten geschichtsphilosophischen Prozess zu tun (etwa Entmythologisierung), sondern mit einer oszillierenden Bewegung zwischen der einen Tendenz des politischen Systems, sich symbolisch auf ein Draußen hin zu öffnen, und der anderen Tendenz zur Rücknahme der Öffnung, das heißt zum Einzug der religiösen beziehungsweise symbolischen Dimension[24].

So würde dem politischen System zwar ein metaphysischer Rahmen gegeben; aber es wäre in diesem Rahmen nicht auf starre Weise fixiert. Im Gegenteil, die Bezugnahme auf eine hinausweisende Größe würde das System in seinen Operationen enttautologisieren: das heißt, seine Nichtübereinstimmung mit sich selbst sicherstellen. Ein Machtgefüge, das sich nur auf seine internen Entscheidungen gründet, würde in seiner Allmacht unwiderleglich, denn nur das Offenhalten einer religiösen Dimension erlaubt es, einen Standpunkt außerhalb des Machtfeldes zumindest in Anspruch zu nehmen. Eine Macht hingegen, die sich von einem direkten, unbezweifelbaren Mandat Gottes herleitet, wäre auf andere, nämlich theokratische Weise totalitär. Eine glückliche Mitte zwischen der Option auf politische Autonomie und religiöse Heteronomie gibt es nicht. Man kann nur beide Ordnungen in permanente *Verhandlungen* bringen und sich dadurch wechselseitig durchkreuzen, relativieren, begrenzen lassen. Gründungsmythen sind ein privilegierter Ort solcher Verhandlungen, die nicht enden können und dürfen. Ihre Funktion liegt nicht, wie man ihnen nachsagt, in religiöser Affirmation, sondern in einer Art theopolitischer Ökologie, einer instabilen, aber hinreichend elastischen Interferenz zwischen Glauben und Skepsis, Essentialisierung und Betonung der Künstlichkeit[25]. Und das gilt nicht erst für die Moderne.

Wenn diese Spekulationen etwas Richtiges treffen, dann stellt sich die Erfindung von Ursprungsfiktionen und kulturellen Anfangserzählungen als eine eigentümlich zwiespältige Aufgabe dar. Die erzählerischen Arrangements der Staatsordnung müssen dann nämlich zwei gegenläufige Zwecke gleichzeitig erfüllen: einerseits das irdische Geschehen an einen göttlichen Willen knüpfen und damit gleichsam einen Kanal für das Heilige offen halten; andererseits dafür Sorge tragen, dass der göttliche Wille unbestimmt und unbestimmbar bleibt, um das Gut politischer Handlungsfreiheit nicht im Übermaß zu beschneiden. Sie müssen also sowohl Legitimität spenden als auch entziehen: Narrative bereitstellen, die Staats- und Rechtsordnung als eine gerechte, gottgewollte Einrichtung denken lassen, und zugleich die Option darauf wahren, dass die politisch-rechtliche Monopolisierung der Gewalt ihrerseits als initiale Gewalttat diskreditiert (oder nobilitiert) werden kann.

Auch innerhalb des Christentums finden sich übrigens beide Erzählversionen: einerseits die paulinische, deren Bild von der Gemeinde als Leib

Christi auf das weltliche Königtum und schließlich, über die Brücke der Organismus-Metapher, auf die modernen Nationalstaaten übertragbar war; und andererseits die augustinische, die der *civitas terrena* alle theologische Substanz abspricht. Für Augustinus sind sämtliche Begründer des irdischen Staates Verbrecher. Kain, den er als »ersten Gründer des irdischen Staates« bezeichnet[26], eröffnet die Reihe, die über Nimrod, den Erbauer von Babylon, bis hin zu Romulus führt – einem zweiten Kain, der den Grundstein für Rom legt, indem er das Orakel verfälscht und dafür sogar den Tod seines brüderlichen Rivalen Remus in Kauf nimmt, seines Spiegelbildes, seines anderen Selbst[27].

– Diese Überlegungen, das sei offen eingestanden, sind noch sehr ins Unreine gesprochen und bedürfen der Durcharbeitung am historischen Material. Vielleicht kann die vorliegende Skizze dazu einige Anstöße bieten. Wie gezeigt werden sollte, weisen Staats- und Rechtsordnung eine systemische Lücke auf, und zwar am Punkt ihrer historischen Instituierung. Diese Einsetzungslücke bildet den Kristallisationspunkt von Gründungsnarrativen. Insofern ist die Instituierung des Staatswesens nicht ihrerseits ein politisch-rechtlicher, sondern ein ästhetischer Akt. Sie fällt in den Aufgabenbereich der Kunst: nämlich der Kunst zu erzählen. Anders als man erwarten würde, arbeiten die kulturellen Anfangserzählungen jedoch nicht einsinnig daran, die Legitimationslücke des Systems durch religiöse oder andere Substruktionen zu schließen, sondern halten sie durch Bereitstellung einer gegenläufigen Version offen. Man kann so oder so an sie anschließen: die Gründung Roms, die hier exemplarisch behandelt wurde, genealogisch auf Mars und Venus gegründet sein lassen, wie es etwa Vergil in der *Aeneis* tut, oder sie auf eine Serie von Monstrositäten zurückführen wie bei Lukan und Augustinus. Die Alternative heißt göttlicher Auftrag oder willkürliche Gründungsgewalt, mit einem Wort: Heil oder Verbrechen. Das Erzählkunstwerk Staat lässt beide Alternativen, die doch eigentlich unvereinbar sind, nebeneinander bestehen.

1 Zu den unterschiedlichen Extensionen des Moderne-Begriffs vgl. die Beiträge in: Gerhart von Graevenitz (Hg.), Konzepte der Moderne. DFG-Symposion 1997. Stuttgart/Weimar 1999

2 Vgl. nur als einen unter vielen wichtigen neueren Beiträgen zur Problematisierung des Begriffs der Moderne: Bruno Latour, Nous n'avons jamais été modernes. Essai d'anthropologie symétrique. Paris 1991 (dt.: Wir sind nie modern gewesen. Versuch einer symmetrischen Anthropologie. Frankfurt/M. 1998)

3 Ausführlicher dazu: Albrecht Koschorke, Vor der Gesellschaft. Das Anfangsproblem der Anthropologie. In: Bernhard Kleeberg u.a. (Hg.), Urmensch und Wissenschaftskultur. Festschrift für Dieter Groh (erscheint demnächst). – Zur allgemeinen Problematik von Anfangsnarrativen in Auseinandersetzung mit der Systemtheorie: A.K., System. Die Ästhe-

tik und das Anfangsproblem. In: Robert Stockhammer (Hg.), Grenzwerte des Ästhetischen. Frankfurt/M. 2002. S. 146–163

4 Dies ist in Anlehnung an das theoretische Programm des Konstanzer Graduiertenkollegs ›Die Figur des Dritten‹ formuliert (www.uni-konstanz.de/figur3/Kurzdeu.htm).

5 Titus Livius, Römische Geschichte. Buch 1. Ab urbe condita. Liber I. Lateinisch-deutsch. Hg. Hans Jürgen Hillen. Düsseldorf Zürich 2000. S. 17

6 Livius, ebd., 19. – Dionysius of Halicarnassus, The Roman Antiquities. With an English Tradition by Earnest Carly. 7 Bde. Bd. 1. London Cambridge/Mass. 1963. S. 289. – Plutarch, Lebensbeschreibungen. Bearbeitet von Hanns Floerke. Bd. 1. München Leipzig 1913. S. 51

7 Plutarch, a.a.O., 90

8 Livius, a.a.O., 7

9 Vgl. Marie Theres Fögen, Römische Rechtsgeschichten. Über Ursprung und Evolution eines sozialen Systems. Göttingen 2002. S. 86ff

10 Ebd., 23

11 Was bekanntlich Augustinus' Polemik herausforderte: Aurelius Augustinus, Vom Gottesstaat (De civitate dei). Übers. Wilhelm Thimme. 2 Bde. 4. Aufl. München 1997. Bd. 1, Drittes Buch, Kap. 6, S. 117f

12 Hans Jürgen Hillen, Von Aeneas zu Romulus. Die Legenden von der Gründung Roms. Düsseldorf/Zürich 2003

13 So scheint die Einführung der Figur des Remus (ursprünglich: Romus) eine Kompromissbildung aus griechischen und römischen Sagen des 4. Jahrhunderts zu sein. Dadurch erklärt sich das überraschende »Auftauchen des Zwillingsbruders, der in der Sage keine rechte Aufgabe hat und der durch seinen gewaltsamen Tod auch sehr bald wieder aus ihr verschwindet« (Hillen, a. a. O., 76). Für eine mythologische Analyse des Zustandekommens von Staatsgewalt ist es indessen bedeutsam, dass der Aufstieg des Imperium Romanum mit dem Mord des Staatsgründers an seinem Zwillingsbruder beginnt.

14 Ebd., 152

15 Ebd., 142f. Dieser Wandel spiegle, schreibt Hillen, »das Entsetzen wider, das Cicero angesichts der seit 49 nicht mehr zu übersehenden Entwicklung Caesars zum Alleinherrscher ergriffen hatte. Das hemmungslose Streben nach dem Alleinbesitz der Macht, das Caesar zum ›Mord an der Vaterstadt‹ (*parricidium patriae*) getrieben hatte, sieht er jetzt auch in Romulus.« (S. 143)

16 Ebd., 153f und passim. Allerdings bleibt der im frühen Kaiserreich geförderte Romulus-Kult inkonsistent, denn trotz der Apotheose wird auch sein Grab verehrt (Hillen, 154). – Vgl. auch Paul Zanker, Augustus und die Macht der Bilder. 3. Aufl. München 1997, bes. S. 198ff.
In einer interessanten Spekulation hat Christine Korten, ohne dies allerdings eigens zu thematisieren, den Machterwerb des Kaisers Augustus zu der Herkunftslegende des ersten Königs der Stadt in direkte Beziehung gesetzt (Christine Korten, Ovid, Augustus und der Kult der Vestalinnen. Eine religionspolitische These zur Verbannung Ovids. Frankfurt/M. u. a. 1992). Octavian, schreibt sie, habe den Bürger- und Propagandakrieg gegen Antonius am Ende dadurch entschieden, dass er sich in den Besitz von dessen Testament brachte. Dieses Testament war von Antonius unter dem Schutz der Vestalinnen, das heißt im Heiligtum der Vesta, zurückgelassen worden. Es ließ sich als Beweismittel dafür verwenden, dass Antonius »gegen *mos* und *lex* des römischen Volkes« verstieß (Korten, S. 30). Um sich des Testaments zu bemächtigen, musste aber Octavian selbst ein Sakrileg begehen: nämlich gewaltsam in den Tempel der Vesta eindringen. »Dabei war es für ihn allem Anschein nach unumgänglich, eine Verletzung des von alters her strengen Keuschheitsgebots zu erzwingen. Zu einem derartigen *incestum* sah sich der spätere *princeps* offenbar deswegen genötigt, weil es ihm nur mit jener tödlichen Gefährdung der Priesterinnen der Vesta möglich zu sein schien, die Wächterinnen über die wichtigsten Unterpfänder der römischen Herrschaft dauerhaft, zumindest aber bis zum Tode des amtierenden *pontifex maximus* Lapidus an sich zu binden.« (S. 18f) Für die Vestalinnen war Geschlechtsverkehr, selbst bei Vergewaltigung, ein todwürdiges Verbrechen.

Ovids Verbannung rührt Korten zufolge daher, dass er in den ›Fasti‹ auf dieses anfängliche Sakrileg der augusteischen Herrschaft angespielt und damit ein Majestätsverbrechen begangen habe. Korten lässt sich die Pointe entgehen, dass Augustus' *incestum* das Gründungsverbrechen der Stadt Rom, nämlich die Vergewaltigung der Rhea Silvia durch ihren Onkel Amulius, wiederholt – was ein eigenes Licht auf das Bestreben wirft, Romulus als Sohn des Mars (statt als Frucht eines Übergriffs) zu deifizieren.

17 Herodot, Historien. Deutsche Gesamtausgabe. Hg. H.W. Haussig. Stuttgart 1971. 1. Buch, S. 82

18 Ebd., 43

19 Ebd.

20 Dies ist ein Forschungsprojekt von Elisabeth Bronfen, der ich für Anregungen in einem Gespräch im Januar 2003 danken möchte.

21 Sophokles, König Ödipus. Hg. Wolfgang Schadewaldt. Frankfurt/M. 1973. Dritter Auftritt, S. 47

22 Euripides, Iphigenie in Aulis. In: Euripides, Tragödien. Hg. Manfred Fuhrmann. München 1990. S. 582

23 Vgl. zu dieser umfassenden Problematik: Paul Veyne, Les Grecs ont-ils cru à leurs mythes? Paris 1983. – Auf dieses Buch hat mich Helmut Müller-Sievers aufmerksam gemacht.

24 Vieles an diesen Überlegungen ist der Auseinandersetzung mit Claude Lefort geschuldet, ohne dass dessen Theorie hier ausführlich diskutiert werden kann. Immerhin sei an Leforts wichtige Unterscheidung zwischen *der Politik* (der instituierten Verteilung und Ausübung von Macht) und *dem Politischen* erinnert, das noch ursprünglicher den Vorgang der Instituierung, des »In-Form-Setzens« sozialer Beziehungen impliziert (Claude Lefort, Fortdauer des Theologisch-Politischen? Wien 1999, S. 35ff, Zitat S. 39). Lefort will mit dem Begriff des Politischen deutlich machen, »daß eine Gesellschaft in einer Anordnung ihrer Beziehungen nur zu sich kommt, wenn sie die Bedingungen ihrer Intelligibilität instituiert, indem sie sich über zahllose Zeichen eine quasi-Repräsentation ihrer selbst gibt« (ebd., 39). Das bedeutet, dass die Gesellschaft sich zu sich selbst gewissermaßen exzentrisch verhält, und darin liegt die »symbolische Dimension des Religiösen«, ohne die das Politische, Lefort zufolge, nicht denkbar ist: »Daß die menschliche Gesellschaft nur eine Öffnung auf sich selbst hat, indem sie in eine Öffnung hineingenommen wird, die sie nicht erzeugt, genau das *sagt* jede Religion [...].« (S. 45)

25 Ein Gesichtspunkt wurde hier außer Acht gelassen, nämlich das Publikumskalkül der betreffenden Autoren. Es ist geradezu ein Topos unter den Gebildeten, dass man den Ungebildeten, der Masse des Volkes, Staatsgründung und Rechtsetzung als einen heiligen, von Gott mandatierten Vorgang vorspiegeln muss. Belege dafür lassen sich (mindestens) von Plutarch bis Rousseau finden. Generell werden aber diejenigen, die den Staat in Zweifel ziehen, seine religiöse Genealogie als Aberglauben abtun, während seine Verteidiger Glauben und Ehrfurcht fordern. Diese Art von Aufklärung – als gleichsam halbierter Atheismus, nämlich mit Blick auf den Glauben der anderen – hat es zu allen Zeiten gegeben.

26 Augustinus, Gottesstaat, a. a. O., 15. Buch, 5. Kap., Bd. 2, S. 218

27 Zu Alter-Ego-Effekten in der politischen Mythologie vgl. meinen Artikel »Nimrods Erben. Israel und die USA belegen ein Wort des Thukydides über den etwas zweifelhaften Ursprung der Staatsgewalt«, Süddeutsche Zeitung, 6./7. 4. 2002, S. 14

CHRISTIAN KIENING

Ästhetische Heiligung

Von Hartmann von Aue zu Lars von Trier

Einer entzauberten Welt gilt Heiligkeit als Ergebnis von Zuschreibungen an Objekte und Personen, Orte und Zeiten. Einer Welt, in der Übersinnliches eine zentrale Rolle spielt, gilt sie als Phänomen eines Erscheinens, einer Epiphanie, einer Manifestation. In ihr wird ein sonst Unverfügbares gegenwärtig, zeigt sich die Fülle des Sinns. Eben dieses Sich-Zeigen heißt aber auch: Heiligkeit konstituiert sich in Räumen der Wahrnehmung und der Kommunikation. Sie braucht Zuschauer oder zumindest die Möglichkeit von Öffentlichkeit – als Partner oder Gegner, Entfaltungsraum oder Kontrastfolie. Sie braucht Medien, die sie übertragen und die zugleich prekären Status besitzen. Körper und Objekte können die Unmittelbarkeit eines Sinns *präsent* machen. Worte und Bilder aber, die Heiligkeit *repräsentieren*, können deren Erscheinen nur entsprechen, wenn sie selbst zu auratischen materiellen Zeugnissen des Übersinnlichen werden. Sie stehen also in der Spannung zwischen der Gegenwart, die sie mit ihren jeweiligen Mitteln *darbieten*, und der, die sie als konkrete Gefüge *sind*.[1] Und auch die Heiligkeit, die in ihnen erscheint, kann als bloß dargestellte oder als voll gegenwärtige gelten.

In der christlichen Tradition wurde diese Spannung zum prägenden Faktor. Seit dem Frühchristentum ist der Umgang mit Überlieferung gekennzeichnet von einer ambivalenten Haltung gegenüber dem Status der Textur und den Prinzipien der Rhetorik. Einerseits gibt es eine grundsätzliche Skepsis angesichts des menschlichen Wortes: Im Verhältnis zum göttlichen Schöpfungswort kann dieses nie mehr als sekundären Charakter haben. Andererseits gibt es eine spezifische Skepsis hinsichtlich sprachlicher Elaboriertheit: Der Erniedrigung des Gottessohnes in Inkarnation und Passion scheint ein niederer, mehr den Inhalt als die Form betonender Stil (*sermo humilis*) angemessen. Das erste Bedenken ließ sich auffangen durch die Idee des heiligen Textes und der Offenbarung in der Schrift: Verstand man die Bibel als (wenn auch verhülltes) Zeugnis des göttlichen Wortes, so war auch die Anknüpfung an sie in *imitatio*, Kommentar und Konkretisierung eine Chance, an den Heilsereignissen teilzuhaben und den (göttlich inspirierten) Autor in den Rang des Sehers zu erheben. Dem zweiten Bedenken ließ sich begegnen durch die Idee, zur Vermittlung der Heilsereignisse im Hier und Jetzt könne die rhetorische oder synästhetische Ausgestaltung eines Textes beitragen. Auf diese Weise kam es seit der Spätantike zu einem nuancenreichen Wechselspiel von Rhetorisierung und Derhetorisierung, nuancenreich nicht zuletzt deshalb, weil explizite poetologische Aussagen und konkrete rhetorische Praxis sich nicht immer zur Deckung brachten. Die Notwendigkeit, eine Legende in einfachere Sprache umzuschreiben, konnte damit begründet werden, dass sich so ihr ursprünglicher und wahrer Gehalt deutlicher sichtbar machen lasse. Umgekehrt konnte die Verfeinerung der Form dazu dienen, eine größere Wirksamkeit des religiösen Gehalts herzustellen.

Im Falle der Legende vollzieht sich die Heilsvermittlung in gedoppelter Form. Der/die Heilige ist Figur der Vermittlung zwischen Göttlichem und Menschlichem. In ihm/ihr wiederholt sich das kosmische Gegeneinander von gut und böse und erneuert sich das christologische Ereignis. Die Texte wiederum, die das Leben und Sterben der Heiligen erzählen, sind ihrerseits Formen der Vermittlung: zwischen den altehrwürdigen kanonischen Urkunden des Heils und den sich historisch wandelnden Bedürfnissen sozialer Gefüge. Es entstehen mimetische Ketten, die zwar die Ursprungsereignisse durch Einführung von Binnengliedern als vermittelt kennzeichnen, zugleich aber dem jeweils letzten Glied eine volle, nämlich doppelte Gegenwärtigkeit sichern: die eines Erscheinens von Heiligkeit im Rahmen zeitgeschichtlicher Aktualität. Sie erlaubt es, das Erzählen des Immergleichen als ein Immerneues erscheinen zu lassen, das für Autor, Schreiber und Publikum je neue Wirkung zu entfalten vermag.

Diese Wirkung basiert auf der Herstellung von Präsenz, die hier indes nicht nur wie bei Reliquien und heiligen Orten eine metonymische ist, in der ein vergangenes Geschehen in Überresten oder Spuren gegenwärtig wird. Sie ergibt sich aus dem (Nach-)Vollzug einer Ereigniskette, die sich als Heiligung des Heiligen zeigt und durch Teilhabe am Kult auch am Heilsereignis teilhat. Während die Teilhabe Authentizität sichert, sichert der Traditionsbezug Autorität. Heiligenlegenden setzen – solange sie Teil eines Systems sind, in dem Immanenz und Transzendenz sich verschränken – eine Geltung von autoritativen Mustern voraus, die sie zugleich konfigurieren.[2] Es sind dies mythische und heroische, biographische, geschlechterspezifische und soziale Muster: Vorzeichen bei der Geburt und Anzeichen in der Kindheit, Konversion, Absonderung, Heraustreten aus familiären und verwandtschaftlichen Bindungen, Keuschheit, Askese. Es sind personelle Konstellationen (Helfer, Gegner, Tiere), historische Dimensionen (Heidentum/Christentum) und räumliche Semantiken (Wald/Wildnis/Wüste vs. Stadt/Hof/Kloster, Wasser vs. Land). Und es sind verschiedenste Formen von Wundern: Heilungen, Rettungen und Hilfestellungen, Verwandlungen, Vermehrungen und Offenbarungen.

Alle diese Muster dienen dazu, in der Dialektik von Ausgrenzung und Auszeichnung Heiligkeit herzustellen und in den irdischen Kontingenzen eine überirdische Providenz sichtbar zu machen. Gleichzeitig dienen sie dazu, Heiligkeit der Gemeinschaft zu vermitteln – mit Hilfe von Medien, die an der Macht des Heiligen partizipieren, diese aber auch kanalisieren, indem sie sie Konventionen unterwerfen. Sie besitzen die Möglichkeit, die Macht des Heiligen auf sich selbst zu übertragen und sich als Sinnträger und -quellen besonderer Güte zu profilieren: als selbst heilige Texte. Sie werden zugleich aber in dieser Möglichkeit beschränkt durch die pragmatisch-historischen Rahmenbedingungen: Das ganze Mittelalter und die frühe Neuzeit hindurch blieben die Formen der ›Textheiligung‹[3] gebunden an die Prämisse der religiösen Wirksamkeit und der mimetischen Verkörperung des Göttlichen. Die Variationen der Legende vollzogen sich in dem Spielraum, den eine wesentlich auf dem Prinzip des Wiedererzählens basierende Kultur bereitstellte. Sie vollzogen sich in einem sozialen Resonanzraum, in dem Texte gehört oder gelesen, betrachtet oder verkörperlicht wurden und die Übertragung des Heils theologisch kontrollierbar war.

Experimente sind am ehesten dort angesiedelt, wo die Bindung an den Kult schwach und die Beziehung zu den Instanzen klerikaler Kontrolle locker war. Das ist bei den so genannten Sünderheiligen der Fall. Die Legende des durch doppelten Inzest befleckten Gregorius, der zum asketischen Büßer und schließlich zum Papst wird, ist zwar in zahlreichen Versionen überliefert, kaum aber von kultischer Verehrung begleitet. Hartmann von Aue konnte aus ihr um 1200 ein raffiniertes Spiel mit dem Verhältnis von Weltlichem und Geistlichem machen: Die Welt, gekennzeichnet durch Belange der Familie, des Hofes, der Ritterschaft und der Macht, ist hier nicht der Ort der Sünde schlechthin und nicht die Negativfolie für den Einbruch der Transzendenz.[4] Ihre Krisenanfälligkeit, sichtbar am Problem des Herrschaftsübergangs und der -sicherung, ist Bedingung der Möglichkeit von Heiligkeit – einer Heiligkeit, die ihrerseits das Weltliche eher in sich aufhebt als bloß abblendet: Der zum Papst Gewordene begegnet am Ende »seine[r] Mutter, Vaterschwester und Frau – diese drei waren eine Person«. Eine trinitarische Formel überführt das Szenario des Unheils in eines des Heils und hält zugleich in diesem jenes als dessen Ursprung fest.

Doch nicht nur das. Die Formel lenkt den Blick auch auf die ebenso prekären wie reizvollen Modalitäten einer Repräsentation des Heiligen in einem Raum abseits des Kults. Rhetorische Effekte verweisen darauf, welche Bedeutung der Sprache für die Engführung zwischen der Logik der Katastrophe und der Logik des Heils zukommt. Ein handlungsbestimmender Sinnträger, die Gregorius auf den Weg mitgegebene Schrifttafel, verweist darauf, welche Bedeutung Körper und Text für den Prozess der Heiligung wie deren Repräsentation besitzen.

*

Der mittelalterliche *Gregorius* steht nicht ganz allein. Es gibt andere Beispiele, in denen die Partizipation des Textes an der Heiligkeit, die er erscheinen lässt, ebenfalls paradoxe Züge annimmt, in denen die Auratisierung eines im Text vorkommenden Textkörpers eine Brücke schlägt zwischen der dargebotenen Welt und der sinnlichen Gegenwart der Legende.[5] Auch kunstgeschichtlich kennt man Fälle, in denen sich das darstellende Medium einerseits als Erscheinungsort des Heiligen, andererseits als Reflexionsort für die Bedingungen der Darstellung profilierte. Doch waren mit den Grenzen ästhetischer Autonomie auch die Grenzen der Aufladungsbewegung zwischen Kult und Kunst gezogen.[6] Aufs Ganze gesehen ermöglichten erst die Umstrukturierungen des religiösen Systems und die Ausdifferenzierungen des literarischen und künstlerischen, mit den Mustern der Legende – jenseits von Affirmation oder Kritik – so umzugehen, dass eine Emphase ästhetischer Bedeutung denkbar wurde. Erst die Unselbstverständlichkeit des Heiligen machte dieses zum ästhetischen Gegenstand eigenen Rechts.[7]

Eine der Gründungsurkunden des angedeuteten Prozesses findet sich in Heinrich von Kleists Erzählung *Die heilige Cäcilie oder die Gewalt der Musik* (1810/11). Sie nennt sich im Untertitel Legende, doch der Gattungshinweis steht in Klammern und verweist auf eine Neukonfigurierung, die weder mit der romantischen Wiederentdeckung mittelalterlicher Legendenstoffe noch mit der romantischen Vorstellung einer die Aporien der Sprache übersteigenden Musik in eins fällt.[8] Weniger um das Erzählen einer Legende geht es als um das Erzählen von den Bedingungen des Legendarischen, und auch dies in mehrfach gebrochener Perspektive. Den Rahmen bildet die Zeit des niederländischen Bildersturms gegen Ende des 16. Jahrhunderts und damit die Verabschiedung katholischer Vorstellungen der realen und medialen Präsenz des Heiligen. Doch im Zentrum stehen zwei Wunder: die Aufführung eines uralten feierlichen Oratoriums im Aachener

Frauenkloster durch die an Nervenfieber erkrankte Schwester Antonia, die kurz danach stirbt; und die Wirkung der Musik, durch die vier dem reformierten Glauben anhängende Brüder am Fronleichnamsabend (also im Kontext der Vergegenwärtigung des Erlösers in der Einheit von Körper und Zeichen) daran gehindert werden, das Kloster zu stürmen. Verbunden damit sind zwei Konversionen: Die Brüder kehren ebenso zum katholischen Glauben zurück wie sechs Jahre später ihre die Ereignisse rekonstruierende Mutter. Das Kloster wiederum erlebt eine Phase der Blüte, um am Ende des Dreißigjährigen Krieges doch noch säkularisiert zu werden.

Nicht nur erweist sich die Durchschlagskraft der Wunder als begrenzt. Auch bleibt ihre Wirkung ambivalent. Die rekatholisierten Brüder verbleiben in einem Zustand des Wahnsinns. Sie führen, fixiert auf das Kruzifix, ein »geisterartige[s]« asketisches Leben im städtischen Irrenhaus. Ihre einzige Artikulation besteht darin, um Mitternacht »mit einer entsetzlichen und gräßlichen Stimme«, dem Menschlichen entfremdet, »das gloria in excelsis zu intonieren«. Die Idee, durch die Präsenz einer selbst uralten Musik könne in einer präsenzfeindlichen Zeit der alte Glauben wieder zu Wirkung gelangen, rückt im selben Moment, in dem sie auftaucht, schon wieder ins Zwielicht. Die auratische Partitur des alten Oratoriums, für die Mutter ein Ensemble aus »unbekannten zauberischen Zeichen, womit sich ein fürchterlicher Geist geheimnisvoll den Kreis abzustecken schien«, ersetzt zwar die gewöhnliche Partitur eines Stücks, das die Nonnen ersatzweise zu spielen gedenken. Doch die himmlische Musik wird, wiederholt von den Bekehrten, zur tierischen. Ihre Aufführung wiederum wird retrospektiv vereinnahmt von den kirchlichen Praktiken der Attribuierung von Heiligkeit: Kloster, Bischof und Papst schreiben die Aufführung der Messe, die scheinbar von der todkranken Antonia geleitet wurde, der für Musik zuständigen Heiligen Cäcilie zu.

Damit scheinen auch die Medien der Präsenz letztlich doch von denen der Repräsentation dominiert. Zwar entfaltet die alte Partitur, als die Mutter sie bei der Äbtissin »nachlässig über dem Pult aufgeschlagen« findet, noch einmal ihre Wirkung, aber nur eine subjektive. Für die allgemeine Sprachregelung gilt das autoritative Instrument klerikaler Schriftlichkeit: das Breve des Papstes, nachträglich angefertigt im Gegensatz zu jenem vorgängigen Brief, entstanden am Vorabend des Fronleichnamsfestes, in dem einer der Bilderstürmer von der geplanten Unternehmung berichtete. Das Spektrum der Zeugnisse deckt also die ganze Spanne der Ereignisse ab – und ergibt doch kein klares Bild. Zwischen Aufführung, Partitur, mündlichen Berichten und schriftlichen Texten verschwimmen die Ereignisse, und genau darum geht es: Der Brief des Bilderstürmers wird von mehreren Personen gelesen, in seinem genauen Inhalt aber dem Leser vorenthalten – die Perspektive des unmittelbar Betroffenen bleibt ungewiss, das ganze Geschehen geheimnisvoll. Zugleich aber wird selbst der Versuch einer Aufklärung fragwürdig: Auch die Kenntnis des Schreibens wäre nur weiterer Bestandteil des Rätsels, nicht dessen Lösung.

So wie die verschiedenen Schriftstücke die Unbestimmbarkeit der Wahrheit sichtbar machen, so machen unterschiedliche Erzählperspektiven und zeitliche Sprünge auf die ästhetische Dimension der Geschichte aufmerksam. Die ›Legende‹ überführt das (scheiternde) Schauspiel der Bilderstürmerei in das Schauspiel einer zugleich konstruierten wie dekonstruierten Heilsgeschichte. Sie basiert also tatsächlich, wie mit dem Titel angedeutet, auf einer Einklammerung. Sie lässt sich als Legende rezipieren – und wäre dann Ausdruck von Kleists ›katholisierender‹ Phase. Sie lässt sich aber auch als ein Spiel mit den Mustern der Legende begreifen, in dem der vorliegende ›zu lesende‹ Text selbst paradoxen Status gewinnt, indem er die Paradoxie von Heiligkeit vorführt: wirksam nur für die, die (an sie) glauben, genau dann aber nicht mehr sagbar; sagbar nur für die, die nicht (an sie) glauben, genau dann aber nicht mehr wirksam. Doch eben dies, dass die Gegenwart des Heiligen im Geflecht geschlechterspezifischer, psychiatrischer und konfessioneller, juristischer, politischer und ökonomischer Aspekte verloren zu gehen droht, bringt die Gegenwärtigkeit des ästhetischen Verfahrens ans Licht – die Gegenwärtigkeit einer ›Legende‹, »die nichts weiß als das, was man nicht wissen kann: ihr Geheimnis«.[9]

*

Andere Texte suchen andere Möglichkeiten, das Heilige in nachmetaphysischem Kontext aufzugreifen. Joseph Roths *Legende vom Heiligen Trinker* (1939) erzählt von Heiligkeit im Modus der Profanierung.[10] Der unter den Pariser Seinebrücken lebende Andreas besitzt Momente des Heiligen zunächst nur in struktureller Hinsicht: Er lebt inmitten und zugleich am Rande der Gesellschaft. Er erlebt Wunder, die vor allem mit einem zu tun haben: Geld. Zweihundert Francs erhält er eingangs von einem wohlgekleideten »Herrn gesetzten Alters« – eine eigentümliche Figur, die »den Eindruck eines Reisenden machte, der die Sehenswürdigkeiten fremder Städte in Augenschein zu nehmen gesonnen war«. Ebenfalls ohne Adresse und unter den Brücken lebend, ist der Fremde ein Spiegel des Obdachlosen und zugleich dessen Transformation. Schillernd unbestimmt, verkörpert er sowohl die Schicksalsmacht, die dem Protagonisten begegnet, wie den

Impulsgeber, der ihm aus eigener Erfahrung heraus einen neuen Weg zeigt. Die Lektüre der Geschichte der Heiligen Therese (von Lisieux) machte den »Herrn« zum Christen, ihre Statue in der Kirche Ste Marie de Batignolles verehrt er, und eben diese Kirche gibt er Andreas zum Ziel für die Rückerstattung der zweihundert Francs. Schon hier erscheint das Heilige in verschiedenen medialen Formen, Formen der Übertragung, unter denen das Geld eine besondere Rolle spielt: als Medium scheinbar totaler Veräußerlichung, in dem gleichwohl eine soziale Energie transportiert werden kann, die sich als das Heilige der entzauberten Welt erweist.

Das Geld führt Andreas in die Gesellschaft zurück. Es erlaubt den Wiedereintritt in die Zeit und die Welt, die Wiederbegegnung mit dem eigenen Selbst und der eigenen Vergangenheit, die Wiedergeburt des sozialen Individuums. Es erlaubt die Wiederbelebung der Erinnerung an ein früheres Leben und der Erfahrung von Genuss und Sinnlichkeit. Das Geld setzt Aktivitäten in Gang, lässt die Entschlusskraft erwachen. Doch es zerrinnt. Der Trinker bleibt Trinker. Was er in einer Begegnung gewinnt, verliert er in der andern. Zweimal scheitert die Rückerstattung des Geldes an die Heilige Therese. Zweimal kehrt Andreas unter die Seinebrücken zurück. Und zweimal ereignen sich traumartige Begegnungen, die ihn, verbunden mit neuem Geldbesitz, wieder auf den Weg bringen – den Weg zur Heiligen Therese, die eine Figuration der eigenen erträumten Tochter darstellt und am Ende in Gestalt eines jungen Mädchens real wird. Indem sich der Kreislauf des Geldes vollendet, verschmelzen schließlich auch die beiden Theresen. Der Obdachlose stirbt in der Sakristei – mit dem Geld in der Tasche und dem »Fräulein, das Therese heißt«, an seiner Seite. Ein erfüllter Tod, doch erfüllt nicht im Sinne der allgemeinen Norm der klassischen Legende, sondern im Sinne des Traums der Trinkergemeinde: »Gebe Gott uns allen, uns Trinkern, einen so leichten und schönen Tod!«

Nur aus dieser Perspektive ist Andreas ein Heiliger. Nur aus ihr behält das Prinzip der Heiligenlegende, der Heilige tritt aus der Gesellschaft heraus und wirkt doch auf diese zurück, seine Gültigkeit. Nur aus ihr lässt sich der schräge Blick auf die Konstituenten des Heiligen überhaupt entwickeln. Roth spielt mit dem Verhältnis von Zufall und Vorsehung und damit auch mit den verschiedenen Lesarten der Geschichte. Nach der einen entsteht aus dem Auf und Ab der Ereignisse ein Szenario des Untergangs des Trinkers, nach der andern ergibt sich aus den Unwahrscheinlichkeiten und Unerklärtheiten der Ereignisse die Möglichkeit einer Transzendenzerfahrung – die allerdings ihrerseits an die energetische Funktion des Geldes und die subjektive Sicht des Trinkers gebunden bleibt. Andreas begreift, je länger, je mehr, die sich häufenden Situationen des Geldgewinns als Wunder und ist überzeugt davon, dass »sich die Gnade auf ihn niedergelassen hatte«. Die Erzählung indes changiert zwischen Innensicht und Außensicht und lässt offen, ob Heiligkeit nach wie vor im alltäglichen Elend schlummern oder nurmehr als Wahn gedacht werden könne. Sie setzt ein Spiel des Austauschs, der Zirkulation und Übertragung in Gang, das Heiligkeit nicht in Form ihrer Einklammerung, sondern in Form ihrer Verfremdung präsentiert: eine fragile, zwischen Ironie, Illusion und Entlarvung oszillierende Selbstheiligung dessen, der die Entstehung seiner als ›Testament‹ bezeichneten Legende selbst nur um Wochen überlebte.

*

Dreimal geht der Clochard Andreas ins Kino. Zweimal in Begleitung einer Frau, einmal allein. Von den Filmen, die er in Begleitung erlebt, sieht er nicht viel: Das eine Mal schläft er ein, das andere verlassen sie den Saal in der Pause. Nur von dem allein besuchten Film erfährt der Leser Details. Vor dem Eintritt ins Kino steht die Lockung des Plakats: ein Mann, »der in einem fernen Abenteuer unterzugehen« gedenkt und sich »durch eine erbarmungslose, sonnverbrannte Wüste« bewegt. Andreas identifiziert sich mit dem Helden, verliert aber das Interesse, als dieser »von einer vorbeiziehenden, wissenschaftlichen Karawane gerettet und in den Schoß der europäischen Zivilisation zurückgeführt« wird. Plakat und Film bringen sich nicht zur Deckung. Den Trinker interessiert der selbstbestimmte Untergang, nicht die fremdbestimmte Rettung. Der Film wird zum Zeichen der Fremdheitserfahrung, welche die ›unheilige Heiligkeit‹ trägt. Zugleich wird das Kino zum Unort für deren mögliche Entfaltung oder Übertragung. In ihm vereinen sich Langeweile, Unentschlossenheit und Enttäuschung. In ihm findet sich ein Gegenpol zu jenen Ereignissen der Intensität, die dem Clochard Sinn vermitteln und ihm den Weg zum Tod bzw. Heil bahnen.

Die Distanz zwischen dem Film und dem Heiligen in der *Legende* verweist auf die Schwierigkeiten des Films, das Heilige zu repräsentieren.[11] Als synästhetisches Medium des Imaginären ermöglicht er Wahrnehmungen, die jene der Alltagswelt übersteigen. Als visuelles Medium droht er aber auch, ins Bild zu bannen, was der Imagination bedarf, um Erfahrungen zu eröffnen. Historisch-Legendarisches kann in ihm anschaulich und damit wirksam werden, kann aber auch zur bloßen Konkretisierung verkommen und damit an Wirksamkeit verlieren. Intensive mediale Gegenwärtigkeit stellt sich vor allem dann ein, wenn im Prozess der Heiligung der Prozess ästhetischer Selbstausstellung miterscheint.

Das ist der Fall in Ingmar Bergmans *Jungfrauenquelle* (1959/60).[12] Zugrunde liegt eine spätmittelalterliche schwedische Legende, die in Balladen des 19. Jahrhunderts fortlebte. Ein junges Mädchen, Tochter eines Gutsbesitzers, wird auf dem Weg zur Kirche von zwei Hirten geschändet und ermordet. Der Vater rächt die Tat, indem er nicht nur die beiden Vergewaltiger, sondern auch den nur als Zuschauer beteiligten Hirtenjungen tötet. Nachdem er an dem Ort, an dem die Tochter ermordet wurde, versprochen hat, die Bluttat durch einen Kirchenbau zu sühnen, bricht eine Quelle aus dem Boden hervor: Zeichen für die Reinheit der Toten wie die Reinigung der Familienmitglieder.

Inspiriert von Kurosawa, ist der Film, gedreht auf Schwarzweißmaterial und ausgeleuchet in harten Kontrasten, mehr als nur die Visualisierung der Ballade. Er reflektiert die Bedingungen der Möglichkeit des Heiligen und zugleich die Bedingungen der Möglichkeit seiner Repräsentation. Der Blick richtet sich auf das Wesentliche. Klar der Handlungsaufbau, strukturiert durch die Gewalttaten und das Wunder. Knapp die Handlungszeit: kaum mehr als 24 Stunden. Spärlich die Schauplätze: das abgelegene Gut, der Weg zur Kirche, ein Haus im Wald, die Lichtung, auf der der Mord stattfindet. Überschaubar die Figurenzahl, gruppiert um das Dreieck der Familie und jenes der Hirten. Der Film als Modell existentieller Befindlichkeiten: Im Modus des Archaischen verhandelt er die Frage nach dem Zusammenhang von Schuld und Erlösung, von Selbstbestimmung und Unverfügbarkeit des Geschicks, von Kontingenz und Providenz.

Das Familiendrama wird durch den Tod ins Extreme voran- und zugleich seiner Aufhebung entgegengetrieben. Es wird seinerseits aber transparent für ein religionsgeschichtliches Drama: die Übergangssituation zwischen Heidentum und Christentum. Christliche Praktiken sind etabliert, aber nicht immer verinnerlicht, heidnische noch nicht verschwunden. Der Vater gähnt beim Morgengebet. Das Ritual, mit dem er sich vor der Tötung der Hirten reinigt, bleibt kulturell unbestimmt. Relikte des alten Götterglaubens leben fort. Eingangs ruft die schwangere Stieftochter Ingeri den Gott Odin an. Später begegnet sie am Waldrand einem unheimlichen alten Mann, von dessen Verbindung zur Überwelt sie sich Hilfe erhofft, vor dessen archaischer Gewalt sie aber auch zurückschreckt. Am Ende scheint der Übergang zum christlichen Glauben vollzogen, doch trägt dieser Glaube nun selbst Züge eines Mythos, in dem sich die Logik von Gewalt und Opfer in die Logik des Heilsplans verwandelt.

Der Film zeigt einen Kreislauf der Gewalt.[13] Die Gewalt gegenüber dem Mädchen bringt weitere Gewalt hervor. Sie birgt allerdings auch schon die

Möglichkeit von deren Aufhebung: Indem das profane Opfer zu einem religiösen wird, wird auch der die Familie betreffende Verlust in einen die Familie überhöhenden Gewinn überführt. Diese Überführung wird sichtbar zunächst an einer Doppelung: Zweimal fallen die Unschuldigsten einer brutalen Gewalt zum Opfer, wobei die zweite Tötung die erste zugleich aufnimmt und verwandelt. In der Tötung des Hirtenjungen wiederholt sich die Tötung der Tochter, mit ihr wird aber auch der Bogen der Rache überspannt. Der Vater lädt Schuld auf sich, die abzuwaschen er an den Ort der ersten Tat zurückkehrt, wo die Reinigung sich nunmehr faktisch ereignet. Ein Passionsgeschehen kommt damit zum Abschluss: Zu Beginn des Films, ein Freitagmorgen, träufelt sich die Mutter heißes Wachs auf die Handgelenke, um die Leiden des Heilands körperlich zu memorieren. Im Laufe des Tages schlägt die Vergegenwärtigung in Gegenwärtigkeit um: Das Leiden betrifft nun die Familie selbst, betrifft den Familienkörper, an dem die Passion nicht nur symbolisch, sondern konkret zu erfahren ist. Die Segnungsworte beim Mahl (»Empfangt dieses körperliche Brot«), gesprochen zweimal zu den Hirten, von Karin vor dem Picknick und von ihrem Vater vor dem Abendessen, schillern zwischen verschiedenen Bedeutungsdimensionen. Im Mahl ist die Eucharistie präsent, die ihrerseits in den ›Opferlämmern‹ neubegründet wird. Am Ende ist das Gesicht des Vaters selbst zu dem des leidenden Christus geworden, den man zu Beginn am Kreuz hängen sieht. Am Ende spiegelt sich im Gesicht der dunklen und wilden Ingeri die Größe des (christlichen) Wunders, so wie sich zuvor in ihm das Ungeheuerliche der Vergewaltigung spiegelte.

Das Passionsgeschehen ist ein Wahrnehmungsgeschehen, und sein Nachvollzug *im* Film ist zugleich Mittel *des* Films, auf die Medialität des Gezeigten aufmerksam zu machen. Der verzweifelte Monolog des Vaters mit Gott ist aus der Perspektive der andern gefilmt, sein Gesicht bleibt vom Zuschauer abgewandt und wird erst in Großaufnahme sichtbar, als sich das Wunder ereignet – es wird wie jenes Ingeris zur ›Erscheinungsfläche‹ des Wunders. Die Vergewaltigung und Tötung Karins ist durch mehrfache Zwischenschnitte als von zwei Augenzeugen beobachtetes Ereignis gezeigt, und diese Augenzeugen stehen selbst an der Grenze von archaischer Gewalt und kultureller Reglementierung. An sie knüpfen sich Schlüsselmomente des Erlösungsprozesses. Der Hirtenjunge wechselt im folgenden in die Rolle des Opfers, Ingeri wird zur Kristallisationsfigur der Erlösung. Ihr schmerzvolles Miterleben, ihre *compassio* erweist sich als Schnittstelle, über die der Zusammenhang von Sehen und Handeln jene Dimension gewinnt, die für die Wirkung des Heiligen immer schon unerlässlich war.

Doch diese Wirkung ist nun eine genuin filmische. Kameraperspektiven und -einstellungen, das Spiel von Hell und Dunkel, von Ton und Stille, die Heraushebung von Gesichtern, Händen und Objekten schaffen einen eigenen Zeitenraum für das Erscheinen des Heiligen. Eine besondere Rolle spielt das bewegte Wasser. Es ist in fast allen Situationen präsent: auf dem Hof der Familie, in der Hütte des alten Odinanbeters, am Rand des Waldes, schließlich auf der Lichtung, auf der die Ermordung stattfand. Das Wasser ist ein traditionelles Element der Heiligenlegende: als Medium der göttlichen Steuerung oder der Reinigung, als Zeichen von Grenzüberschreitungen. Im Film ist es nicht nur dasjenige, in dem sich schließlich die Oppositionen auflösen und die Opfer aufheben. Es ist auch dasjenige, in dem die filmische Konstruktion des Heiligen ihren ureigensten Ausdruck findet. Das hervorbrechende Wasser verkörpert ein Moment der Bewegung, in dem zugleich die Minimaldifferenz zum unbewegten Bild sichtbar wird, in dem erscheint, was als Zeichen des Heiligen und als Form des bewegten Bildes untrennbar ist.

*

So wie Kleist im historischen Rückgriff auf die Krise der Realpräsenz die Konstitutionsbedingungen des Heiligen als literarisches Paradox neu entwarf, so entwirft Bergman im Rückgriff auf die Situation eines noch ungefestigten Christentums die Erfahrung einer die Kette der Gewalt durchbrechenden Passion neu im filmischen Medium. So wie andererseits Roth die Möglichkeit des Heiligen unter dem Blickwinkel des Profanen verfremdend freilegte, so legt Lars von Trier die Möglichkeit des Heiligen als (Liebes-)Passion unter den Bedingungen religiöser und sozialer Zwänge frei. Der Film *Breaking the Waves* (1996) erzählt, in sieben Kapiteln und einem Epilog, die Geschichte der Liebe zwischen Bess und Jan.[14] Schauplatz ist eine geschlossene Dorfgemeinde an der britischen Nordseeküste, in der puritanische Sinnenfeindlichkeit und moralischer Rigorismus den Alltag bestimmen. Jan, der auf einer Ölbohrinsel im Meer arbeitet, kommt von außerhalb, und Bess muss die Heirat mit dem Fremden vor dem Ältestenrat rechtfertigen. Doch sie ist selbst eine Außenseiterin. Naiv und tiefreligiös zugleich, steht sie in einem eindringlichen persönlichen Dialog mit Gott. Einige Jahre zuvor kam sie nach dem Tod ihres Bruders in psychiatrische Behandlung. Schon zu Beginn, als Jan mit dem Hubschrauber eintrifft, reagiert sie mit einer emotionalen Heftigkeit, in der Glück und Schmerz zusammenfallen. Für die jungfräuliche Bess ist der sinnenfreudige Jan der Mann ihres Lebens, auf die Hochzeit folgt eine Phase intensiven, glück-

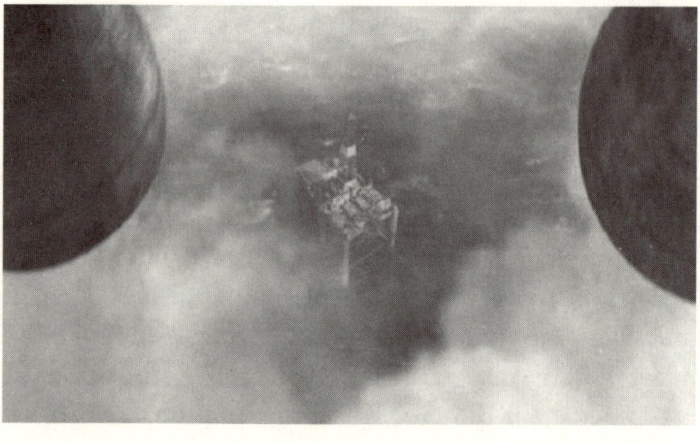

lichen Beisammenseins und sexuellen Entdeckens. Doch mit Jans Abwesenheit tritt die Instabilität wieder hervor. Bess wünscht sich von Gott, der Geliebte möge heimkehren. Das geschieht, doch anders als erhofft: Jan erleidet einen schweren Unfall und liegt gelähmt im Krankenhaus. Bess fühlt sich schuldig. Sie gibt sich anderen Männern hin, um Jan in der Phantasie zu ermöglichen, was ihm in der Wirklichkeit versagt bleibt, und um im Erzählen ihrer Erlebnisse eine paradoxe Gemeinschaft mit ihm herzustellen. Ihr Weg wird zu einem Passionsweg: mit Selbstzweifeln kämpfend, aus der Gemeinschaft ausgestoßen, von den Kindern mit Steinen beworfen, sucht sie das Opfer, das die Rettung ermöglicht. Schließlich liefert sie sich einer brutalen Schiffsbesatzung aus. Schwerverletzt in das Krankenhaus gebracht, in dem auch Jan liegt, stirbt sie wenige Meter von ihm entfernt. Bei ihrem Begräbnis ist auch Jan anwesend: Er kann plötzlich wieder gehen – in medizinischer Hinsicht ein Wunder. Es wird durch ein Zeichen ›von oben‹ ergänzt: Als Jan und seine Freunde den Leichnam von Bess auf See bestatten, läuten die Glocken, obschon man weit vom Land entfernt ist und die Kirche des Heimatorts überhaupt keine Glocken besitzt.

Liebeswunder und Glaubenswunder durchdringen sich. Aus Liebe zu Jan unternimmt Bess ihr Opfer, und die Stimme Gottes ist es, die sie dabei unterstützt. Doch diese Stimme kommt aus ihr selbst. Zwei Stimmen, eine flehende, weinerliche, und eine tiefe, autoritäre, vereinen sich in Bess bei den Dialogen mit Gott, und zwei Gesichtsausdrücke und Kopfhaltungen zeigen an, wem die Rede gehört. So erscheint die Gottesbegegnung als subjektive, deren Wirklichkeit fraglich ist und jenem mentalen Derangement nahe steht, das bei Bess immer wieder durchbricht. Doch mit der Heilung und dem Glockenläuten erhält das Unerklärliche intersubjektiven Status, erweist sich das scheinbar absurde Vertrauen des Mädchens in die Kraft des eigenen Handelns postum als gerechtfertigt – wenn man jener Kausalität von Hingabe und Rettung folgt, die der Film selbst nicht darstellen, sondern nur nahe legen kann. Das Schlussbild bietet einen Blick von oben, zwischen den scheinbar im leeren Raum hängenden Glocken hindurch, auf die Ölbohrinsel – ein ›göttlicher‹ Blick, möglich so nur im visuellen Medium, das eben deshalb aber auch nicht in der schlichten Erneuerung eines katholischen Wunderglaubens aufgeht.

Der Film betreibt eine konsequente Ausstellung seiner eigenen Mittel. Wackelnde Bilder, Reißschwenks, Unschärfen und low-key-Ausleuchtung betonen schon eingangs den Bruch mit visuellen Gewohnheiten.[15] Mehrfach blickt Bess direkt in die Kamera – den Zuschauer zum Konspirateur machend, aber auch auf den filmischen Charakter des Dargestellten hinweisend. Die Suggestion von Nähe und Natürlichkeit kann sich so im gleichen Moment als Suggestion erweisen und in Distanz und Künstlichkeit umschlagen. Die Kapiteleinteilung zeigt eine kompositorische Ordnung, welche die (scheinbare) stilistische Unordnung konterkariert. Sie wird überdies monumentalisiert durch die Verbindung mit poetischen Landschaftsbildern und Ausschnitten aus Rockklassikern. Diese Bilder stellen Momente der Ruhe dar, gegenläufig zur oft hektischen Bewegung von Handlung und Kamera. Zugleich zielen sie nicht weniger auf die Emotion als jene und nicht weniger auf den Status des Films als Medium der Emotion. Was zunächst fotografisch oder malerisch wirkt, zeigt sich nach einigen Sekunden als Bild, in dem verschiedene Bewegungen zum Vorschein kommen und Momente der Handlung zeichenhaft aufgenommen sind: ein Hubschrauber in den Lüften, ein Auto auf einer Bergstraße, ein sich bildender Regenbogen, Wellen, die sich am Strand brechen, Licht, das sich verändert. Als Einleitung des Epilogs sieht man einen Fluss, unter einer Brücke hindurch in eine zunehmende Helle fließend: Wie bei Bergman ist das Wasser mit dem Erscheinen sowohl des Heiligen wie seiner medialen Repräsentation verbunden.

Nicht um den dokumentarischen Gestus allein geht es also, sondern um die Grenzen zwischen Dokumentation und Fiktion und damit die Prinzipien der filmischen Realität. Im Wechselspiel zwischen Identifikationslenkung und -brechung, zwischen Nähe und Distanz, Pathos und Ironie sucht der Film eine Direktheit, in der sinnliche und übersinnliche Erfahrung verschmelzen. Das Wunder nicht schlechterdings beschwörend, sondern aus dem emotionalen Extrem heraus neu begründend, nutzt er die Transgression gesellschaftlicher Konventionen, um eine Transgression grundsätzlicherer Art ins Werk zu setzen – eine Transgression, die wiederum den Status des Films selbst betrifft. So wie Bess, die ›heilige Hure‹, als Exzentrikerin erscheint, die quer zur Norm ihrer Bestimmung folgt, so ist die Präsenz des Heiligen im Film eine exzentrische, die sich nur im räumlichen und emotionalen Abseits einer alle Grenzen überschreitenden Intensität manifestieren kann. Und so wie Bess Jans Phantasie in die Realität umsetzt, um sie dann wiederum dem Geliebten erzählen zu können, so erzählt der Film von einer Liebe, die, indem sie den Glauben absorbiert, auch von diesem zu erzählen erlaubt. Auf die halbtotale ›Titeleinstellung‹, nur wenige Sekunden sichtbar, in der Bess auf einem von Gischt umtosten Felsen ihren Schmerz über Jans Abwesenheit hinausschreit, folgt die Nahaufnahme ihres Gesichts beim ›fatalen‹ Dialog mit Gott. Vor Bess brechen sich die Wellen und in ihr werden sie in eine heilige Liebe überführt, aus der sich wiederum die Authentizität des Films speist. Im Schlussbild schauen wir zwar durch das Glockenwerk hindurch und sehen, was die Protagonisten nicht sehen. Doch das ›Augenzwinkern‹ Gottes entlarvt weder die Naivität des Glaubens noch die Unbedingtheit der Liebe oder den Geltungsanspruch des Films. Es verweist vielmehr auf den Modus, in dem Heiligkeit in einer entzauberten Welt diesseits religiöser Systeme zu erfahren ist: im Prozess einer sich selbst aufs Spiel setzenden ästhetischen Heiligung.

1 Allgemein zum Status der Kunst Martin Seel, Ästhetik des Erscheinens, München, Wien 2000, S. 172–214.

2 A.-J. Festugière, La sainteté, Paris 1942; Heinrich Günter, Psychologie der Heiligenlegende. Studien zu einer wissenschaftlichen Heiligengeschichte, Freiburg 1949; Alison Goddard Elliott, Roads to Paradise. Reading the Lives of the Early Saints, Hanover, London 1987; Alain Boureau, L'événement sans fin. Récit et christianisme au Moyen Age, Paris 1993.

3 Peter Strohschneider, »Textheiligung. Geltungsstrategien legendarischen Erzählens im Mittelalter am Beispiel von Konrads von Würzburg ›Alexius‹«, in: Geltungsgeschichten. Über die Stabilisierung und Legitimierung institutioneller Ordnungen, hg. von Gert Melville und Hans Vorländer, Köln u. a. 2002, S. 109–147.

4 Hartmann von Aue, Gregorius, hg. von Burghart Wachinger, Tübingen [15]2004 (ATB 2); Geistliches in weltlicher und Weltliches in geistlicher Literatur des Mittelalters, hg. von Christoph Huber u. a., Tübingen 2000.

5 Christian Kiening, Zwischen Körper und Schrift. Texte vor dem Zeitalter der Literatur, Frankfurt/M. 2003 (Fischer 15951).

6 Bruno Quast, Vom Kult zur Kunst. Öffnungen des rituellen Textes in Mittelalter und früher Neuzeit, Tübingen 2003.

7 Das Heilige. Seine Spur in der Moderne, hg. von Dietmar Kamper, Christoph Wulf, Frankfurt/M. 1987.

8 Heinrich von Kleist, Sämtliche Werke und Briefe, hg. von Helmut Sembdner, München 1961, Bd. 2, S. 216–228, 293–298 (Erstfassung); Christine Lubkoll, »Die heilige Musik oder Die Gewalt der Zeichen. Zur musikalischen Poetik in Heinrich von Kleists *Cäcilien*-Novelle«, in: Heinrich von Kleist, hg. von Gerhard Neumann, Freiburg/Br. 1994, S. 337– 364.

9 Barbara Naumann, »Zur Legende des Geschlechts in Kleists Erzählung *Die heilige Cäcilie oder Die Gewalt der Musik*«, in: Das Geschlecht der Künste, hg. von Sigrid Weigel, Corina Caduff, Köln u. a. 1996, S. 105–135.

10 Joseph Roth, Die Legende vom heiligen Trinker, Köln 1976 u. ö. (KiWi 27); zum Text Lothar Pikulik, »Joseph Roths Traum von Wiedergeburt und Tod. Über die *Legende vom heiligen Trinker*«, in: Euphorion 83 (1989) S. 214–225.

11 Die Verfilmung der *Legende* (*The Legend of the Holy Drinker*, Ermanno Olmi, Italien 1988) versucht vor allem das Mirakelhafte des wiederholten Geldgewinns herauszustellen.

12 *Jungfrukällan* (S 1959/60). R: Ingmar Bergman; B: Ulla Isakson; K: Sven Nykvist; Sch: Oscar Rosander; M: Eric Nordgren; D: Max von Sydow (Töre), Birgitta Walberg (seine Frau Märeta), Birgitta Pettersson (Karin), Gunnel Lindblom (Ingeri). 88 Minuten.

13 René Girard, Die Gewalt und das Heilige (frz. 1972), Freiburg/Br. 1987 u. ö.

14 *Breaking the Waves* (DK 1996). R/B: Lars von Trier; P: Vibeke Windelow, Peter Aalbek Jensen; K: Robby Müller; Sch: Anders Refn; M: Joachim Holbek; D: Emily Watson (Bess McNeill), Stellan Skarsgård (Jan), Katrin Cartlidge (Dodo McNeill). 158 Minuten. Würdigung des (häufig abgelehnten) Films bei Achim Forst, Breaking the Dreams. Das Kino des Lars von Trier, Marburg 1998, S. 126–151.

15 Lars-Olav Beier, »Respektvolle Nähe, pulsierende Lebendigkeit. Die bewegende Kamera in *Breaking the Waves*«, in: Kamerastile im aktuellen Film. Berichte und Analysen, hg. von Karl Prümm u. a., München [3]2002, S. 139–148.

WOLFGANG SOFSKY

Der gemarterte Gott

Grünewalds Karlsruher »Kreuzigung«

Schwer hängt der tote Gott am Kreuz. Unter seiner Last verbiegt sich der rohe Querbalken. Das Gewicht hat ihm die Schultern ausgekugelt und die Arme verdreht. Derart sind die Sehnen angespannt, dass sich die Finger im Krampf aufspreizen, als wollten sie in den Himmel hinausgreifen. Die Wunden an den Händen sind eingerissen, Dornen und Holzsplitter stechen ins Fleisch. Die Tortur der Geißelung hat scharfe Striemen hinterlassen. Das Blut aus der Seitenwunde ist bereits angetrocknet. Schroff treten die ausgerenkten Rippen über dem Unterleib hervor. Es ist, als sei der Brustkorb bis zum Bersten aufgetrieben. Die Knie sind nach innen gedreht, die beiden Füße übereinandergezogen und mit einem einzigen Eisennagel durchbohrt. Bis an den Nagelkopf ist das Fleisch aufgequollen, die Zehen sind blau angelaufen. Knapp über der Fußrast hat man die Füße angenagelt, damit sich der Gekreuzigte nicht abstützen kann.

Die Dornenkrone drückt den Kopf auf die Brust herab. Dunkel sind die Augen unterlaufen, unter den halb geschlossenen Lidern zeichnen sich die Pupillen ab. Über dem ausgebluteten Antlitz liegt die Starre des Todes. Im letzten Schmerz hat sich der Unterkiefer nach vorn geschoben. Der Krampf hält den Mund halb geöffnet, sodass die Zähne sichtbar werden.

Überlebensgroß erhebt sich der gemarterte Gott. Das Geschehnis des Heils ist dicht an die Bildrampe gesetzt. Aus unmittelbarer Nähe überfällt es den Betrachter. Die Seitenfiguren, Maria und Johannes, gehören einer anderen Größenordnung an als der Gott am Kreuz. Den gesamten Bildraum füllt seine Erscheinung. So nahe steht der Pfahl am vorderen Bildrand, dass Haupt und Füße des Gekreuzigten fast aus dem Bild herauszutreten scheinen. Der Rahmen überschneidet den Mittelbalken, die Zehenspitzen und den Mantel des Jüngers. Noch im Tod ist der Gott physisch übermächtig. Sein Körper zieht alle Blicke auf sich: die Finger, das zerrissene Lendentuch, der eingeknickte Leib, die ineinander verkrallten Zehenglieder. Von der räumlichen Präsenz rührt die Bannkraft des Bildes. Es gewinnt seine Heilswirkung durch die Kraft der Wunden. Der Blick unterliegt dem Zwang der Passion.

Die »Kreuzigung«, die einst für die Stadtkirche von Tauberbischofsheim bestimmt war und seit einem Jahrhundert in Karlsruhe aufbewahrt wird, ist Grünewalds fünfte und letzte Version des Themas.[1] Angefertigt wurde sie rund zwanzig Jahre nach dem frühesten Tafelbild, der Basler »Kreuzigung« von 1505, und rund zehn Jahre nach der Vollendung des »Isenheimer Altars«, der heute in Colmar zu sehen ist. Gegenüber allen früheren Fassungen ist die Darstellung reduziert und der Ausdruck ins Extrem gesteigert. Das Lendentuch wirkt noch zerschlissener als in der Isenheimer Version, die Dornenkrone wuchert wilder, das Antlitz des Toten ist von Pein verwüstet. Die Stelle des Täufers hat der wütend klagende Johannes eingenommen. Die Figur der Magdalena und das Gotteslamm sind gestrichen. Maria sinkt nicht ohnmächtig in sich zusammen, sondern scheint in Trauer zu Stein erstarrt.

Wir wissen nicht, was Grünewalds Zeitgenossen beim Anblick dieses Kruzifixus empfanden. Im allgemeinen kann ein Kreuzigungsbild diverse Aufgaben erfüllen. Am Altar verleiht es der rituellen Wiederholung des Opfertodes sinnliche Anschaulichkeit. Es kann als Kultobjekt in der Liturgie dienen oder als privates Andachtsbild. In den Passionsspielen ahmen die Akteure das heilige Opfer in lebenden Bildern nach. Angesichts des Gekreuzigten suchen gläubige Christen einen unmittelbaren Zugang zu ihrem Gott. Das Bildnis weckt ihr Mitgefühl und stärkt ihren Glauben. Es ist eine Quelle des Mitleids, des Trostes, der Heilsgewissheit – und der Selbsterkenntnis. Denn an den Qualen des gekreuzigten Gottes soll der Gläubige das Ausmaß seiner Sündhaftigkeit erfahren. Es sind die Untaten der menschlichen Spezies, welche die heilige Marter verschuldet haben. So unermesslich war ihr Frevel, dass er allein durch Gottes Tod zu sühnen war. Eine Gnadengabe ist sein Tod, ein Selbstopfer, das auf immer Vergebung und Erlösung verheißt. Nicht die Gebote zur moralischen Verbesserung stehen am Anfang der christlichen Religion, sondern Schuldangst und die Sehnsucht nach Rettung. Die Sündenlast der gesamten Menschheit hat der Gekreuzigte auf sich genommen. Die fromme Empathie und das Gottvertrauen auf gute Werke finden ihre Ergänzung in der strengen Passionsmeditation. Sie erhebt die Not des Leidens nicht zur Tugend des Mitleids. An den Wunden seines toten Gottes erkennt der reumütige Gläubige seine Schuld. Zugleich aber erlangt er die Gewissheit, von der verdienten Strafe für immer verschont zu sein.

Die Andacht vor den Wunden gehörte zu den rituellen Praktiken spätmittelalterlicher Christus- und Passionsmystik. Die Zeichen des Todes und die Gerätschaften der Marter wurden zunächst in den Bettelorden verehrt,

bevor sie als Utensilien der Volksfrömmigkeit verwendet wurden und auf den Bannern der rebellischen Bauern auftauchten. Nicht der Weltenrichter und göttliche Himmelsherr, der für immer über den Tod triumphiert hat, ist seit dem frühen 14. Jahrhundert in den populären Cruzifixi dolorosi dargestellt, sondern der leidende Erlöser. Der »Mann der Schmerzen« spricht zu denen, die in Schmerzen vergehen und zu denen niemand mehr spricht, weil niemand ihnen mehr helfen kann. Nicht der Sieg der Unsterblichkeit, der Opfertod am Kreuz ist die Botschaft dieser Bildwerke. Eine wunderbare Kraft soll von ihnen ausgegangen sein. »Die Augen des Herzens soll man reinigen durch Versenkung in die Wunden Christi«, empfahl Luther den Gläubigen. Sieche und Krüppel wurden vor die Bilder und Statuen gebracht und erfuhren in der Anbetung Linderung. Den Todgeweihten führt der Blick aufs Kruzifix sicher ins Jenseits. Mit seinen Wunden, seiner Angst und Pein hilft der Gekreuzigte den Beladenen. Durch sein Leiden bringt er das Heil zu den Heillosen. Sein Tod schenkt den Sterbenden das ewige Leben. Gottes Schmerz tilgt die Qualen der Menschen, in seiner Gottverlassenheit bringt der Gekreuzigte Gott zu den Verlassenen.

Im Mittelpunkt aller Passionsmystik steht der Leib des Gemarterten. Die rheinischen Gabelkruzifixe, die Christusfiguren der Ulmer Bildschnitzer Hans Multscher und Michel Erhart, des Niederländers Niclaus Gerhaert oder auch die frühe Kreuzigung am Lettner des Naumburger Doms, unter dem die Gläubigen hindurchgehen müssen, um in den Chor zu gelangen, alle diese Bildwerke[2] sprechen von einem ausgeprägten Sinn für die Verletzbarkeit des menschlichen Körpers. In diese Tradition hat man auch Grünewalds Kreuzigungen gestellt. Aber der Maler wurde auch Luthers Reformation zugerechnet[3], sogar zum Sympathisanten des Bauernaufstands hat man ihn erklärt. Doch so umstritten seine Identität, so zweifelhaft sind zuletzt seine religiösen oder politischen Neigungen.[4]

Im Kruzifix gelangt die Quintessenz des christlichen Glaubens zur Darstellung.[5] Jesu Tod bedeutet für die Christenheit das Ende des Alten Bundes, die Überwindung des Gesetzes und den Anfang der Kirche. Am Kreuz hat Jesus den Tod besiegt, die Vorfahren aus dem Limbus befreit und den Gläubigen den Himmel erschlossen. Indem er die Todesstrafe auf sich nahm, hat er alle menschliche Schuld gesühnt. Doch so eindeutig der Sinn der Szene zu sein scheint, jede Darstellung der Kreuzigung ist ästhetisch prekär.[6] Den Fallstricken der theologischen Paradoxien ist kaum zu entkommen. Wie lässt sich eine Gottheit am Kreuz zeigen, die zugleich tot und lebendig, Mensch und Gott ist? Wie kann ein Leichnam den lebenden Gott verkörpern? Christus als Toten abzubilden, verleitet zu dem Irrglauben, er sei nur ein Mensch gewesen und als Gott gestorben. Aber kann ein Gott, dessen Essenz seine Unsterblichkeit ist, überhaupt der übelsten Strafe unterworfen werden, die sich denken lässt, der Strafe der Sklaven, Straßenräuber und Wegelagerer? So schändlich war sie, dass sie nicht nur den Henker und seine Knechte befleckte, sondern jeden Zuschauer. Für einen römischen Bürger von Stand ziemte es sich nicht, einer Kreuzigung beizuwohnen. Wie aber kann der Betrachter eines Kreuzigungsbildes vor der schwarzen Magie der Schandstrafe, vor der vernichtenden Kraft des Unheils bewahrt werden?

Kaum weniger strittig ist die Darstellung des gekreuzigten Körpers. Ist der Leichnam vor Verwesung bewahrt, weil Gottes Leib unvergänglich ist? Das Kruzifix zeigt Leiden und Sterben eines Gottes, der Fleisch geworden ist und sich im Leib eines Menschen offenbart hat. Der Gekreuzigte ist die Verkörperung des unsichtbaren Gottes. Es ist Gott selbst, der getötet wird. Sein Leib ist entstellt, preisgegeben der Marter. Nur im nackten, vergänglichen Körper ist Gott erkennbar. Das Blut beweist seine Existenz. Es kündet von der Wahrheit seines Opfers. Das Kreuz der Verbrecher und Aufrührer ist sein Thron. Doch dies widerspricht allen Idealbildern, die sich Gläubige von der Schönheit und Unversehrtheit ihres Gottes zu machen pflegen. Die Kunst des Mittelalters war weitgehend eine Kunst des bekleideten Menschen, dessen Körper von Gewändern kunstvoll umspielt wird. Die Darstellung maßvoller Nacktheit war allein den Bildnissen des Heiligen Sebastian und des Gekreuzigten vorbehalten. Doch bewegt sich jedes Passionsbild zwischen der Verheißung, der Messias sei das schönste aller Menschenkinder, und dem Wort des Propheten, wonach das Antlitz des Gekreuzigten verhüllt und verachtet sein würde.

Das Bildnis macht das heilige Wort sinnfällig und verleiht ihm Wirklichkeit. Keineswegs kommt dem Bild geringere Autorität zu als dem Wort. Durch Bilder finden Worte und Ideen Eingang in die Tiefen der Person. Der Glaube gewinnt anschauliche Evidenz, die Sinne stützen die Frömmigkeit. Die Gläubigen sollen nicht nur Gottes Wort hören und lesen, sie sollen sich eine Vorstellung von seinen Werken machen. Es ist der aufmerksame Blick, der zum Glauben führt. Auf dem Weg nach Golgatha hat der Gläubige, nach einer Weisung Bonaventuras, des Blicks seiner Seele gewärtig zu sein. Sorgsam soll er alle Dinge betrachten, die gegen den Herrn sind. Die Anschauung geht dem Glauben voraus. Durch das Licht verbreitet sich die Gnade und gelangt die Seele zur Glückseligkeit. Wie der Reliquie eignet auch dem Kultbild eine magische Kraft. Der Übergang vom Bildnis des Heils zum heiligen Bild, vom Gottesbild zum Götzenbild ist freilich nur kurz. Heilige Bilder stellen nicht etwas dar, in ihnen ist das Heilige selbst gegenwärtig. Als Ikone hat das Bild selbst Anteil am Heiligen. Es ist ihm ähnlich. Das Bild ist die sichtbare Erscheinung des Heiligen. Im Kultbild wird nicht nur Gott, sondern dessen Abbild verehrt. In der Reliquie ist der Körper des toten Heiligen anwesend. Die Wunder beweisen sein Leben. Ebenso ist in den Bildwerken des Gekreuzigten Jesus unmittelbar zugegen. Wer die Wundmale berührt, kann eines baldigen Wunders sicher sein. Wer ein Abbild der Seitenwunde Christi küsst, ist nicht nur vor dem plötzlichen Tod geschützt. Er erspart sich auch sieben Jahre Fegefeuer. Mit der Sakralisierung des Bildes schlägt der Glaube in Aberglauben um.

Die Bildkunst hat eine Reihe von Kompromissformeln erfunden, um den Paradoxien der Kreuzigung zu entgehen. Das Lendentuch ist die einfachste Vorkehrung, um die Blöße zu bedecken. Rosenknospen verwandeln den arbor infelix in den Baum des Lebens und der Liebe. Viele Darstellungen zeigen den Gekreuzigten als schlanken Jüngling mit milden Gesichtszügen. Schlafend neigt er sein edles, wohl frisiertes Haupt, sein Körper ist makellos und von zarter Frische. Der Schlaf ist der Zustand an der Grenze des Lebens. Schon die Zerbrechlichkeit der Figur regt das Sentiment des Betrachters an. Lediglich an der Einstichstelle der Lanze tritt manchmal ein doppelter Strahl aus Blut und Wasser hervor, den Säften des Lebens und des Todes. Solche Bildnisse zeigen keinen Leidenden oder Toten, sondern eine Figur zwischen Entseelung und Beseelung. Das ideale Gottesbild überdeckt die Tatsachen des Todes. Ebenmaß und Wohlgestalt verklären die Tortur. Allenfalls überzieht ein Anflug von Schmerz die Züge. Dies ist der Ausdruck eines »höheren« Leidens, nicht die brüllende Qual, die den Körper zerreißt und das Gesicht zur Grimasse verzerrt.[7] Gelegentlich ist der Körper auch zu einer eleganten Silhouette verbogen wie in manchen spätbyzantinischen Ikonen oder in Cimabues früher Kreuzigung in Santa Croce in Florenz. Die Einheit des Leibes bleibt indes stets gewahrt. Vor der Darstellung des Zusammenbruchs scheut die Bildtradition ebenso zurück wie vor dem detailgenauen Realismus der Gewalt. Die Idealität der göttlichen Gestalt versüßt den menschlichen Schmerz. Nur an den beiden Schächern ist die Drastik der Marter zu ahnen. Diese Nebenfiguren dienten den Malern zur ungeschminkten Darstellung der Gewalt. Denn die Schächer sind ganz Menschen. Sie erleiden ihre verdiente Strafe. Auf ihrem Körper zeichnet sich die Qual ab, von welcher der gekreuzigte Gott ausgenommen ist.

Kein christlicher Künstler hat jemals eine Kreuzigung mit eigenen Augen gesehen. Sämtliche Kruzifixe sind Erzeugnisse der Imagination. Die Strafe wurde um 320 nach Chr. von Konstantin abgeschafft. Die ersten Darstellungen, ein Relief an einer Tür der römischen Kirche Santa Sabina und ein Elfenbeinkästchen mit Passionsszenen, das heute im Britischen Museum in London aufbewahrt wird, stammen aus der Mitte des fünften Jahrhunderts. Antike Textstellen sind dürftig, denn die Kreuzigung galt, obgleich sie im Mittelmeerraum, in Persien und im Zweistromland keineswegs unüblich war, als besonders schändlich.[8] Ein formales Reglement war unbekannt, da die Herren mit ihren Sklaven verfahren durften, wie es ihnen beliebte. Auf vielfache Weise wurde ein Crucarius zu Tode gebracht. Man hängte, fesselte oder nagelte ihn an einen Pfahl, mit dem Kopf nach oben oder nach unten, renkte ihm die Glieder aus oder band ihm Hände und Füße zusammen. In der Mitte des Pfahls war unter dem Gesäß manchmal ein Pflock eingelassen, das Sedile, auf dem sich der Gekreuzigte in seiner Not setzen konnte. Fußstützen hat es nie gegeben. Ohnehin hing der Delinquent meist nur fußhoch über dem Erdboden, und zwar nicht an einem Kreuz, sondern an einem unten angespitzten Baumstamm, der in die Erde gerammt war. In der römischen Kaiserzeit war es üblich, das Opfer an einem Querholz an den Pfahl zu hängen. Dass das Patibulum fest mit dem Stamm verbolzt wurde, ist nirgendwo belegt. Daher ist auch Jesu Kreuztragung eine Erfindung aus späterer Zeit.

Wurde das Opfer an den Händen aufgehängt, spannten sich in Rumpf und Gliedern die Muskeln bis zum Zerreißen. Die Folge waren krampfartige Anfälle. Zuerst verhärteten sich die Armmuskeln, dann die Brustmuskalutur. Der Gekreuzigte konnte nicht mehr ausatmen und erstickte schließlich. Zuvor jedoch versuchte er, sich vom Druck zu entlasten, indem er den Körper anhob und sich mit den Füßen abstützte. Damit er sich nicht mehr aufrichten konnte, zerschlugen ihm die Henker mit Eisenstangen die Beinknochen und verkürzten so das Sterben. Oft ließ man die Füße frei hängen oder hieb sie ab, damit das Opfer rasch ausblutete. Wollte der Henker den Todeskampf jedoch verlängern, band er die Füße um den Pfahl. Der Verurteilte musste die Beine anziehen und die Fußsohlen gegen den Stamm drücken. So hockte er unter Krämpfen auf seinen Unterschenkeln. Wurden die Füße angenagelt, dann niemals übereinander. Vielmehr presste man sie seitlich an den Pfahl und trieb den Nagel an der Ferse, zwischen Achillessehne und Fußwurzel, ins Holz. In den meisten Fällen dürfte der Tod durch Kreislaufkollaps und Herzversagen bald eingetreten sein. Bei einem an den Armen hängenden, zur Bewegungslosigkeit verurteilten Menschen sackt das Blut rasch in die untere Körperhälfte ab. Die Beine beginnen zu zappeln, es kommt zur Blutleere im Gehirn, zu Atemnot, Herzflimmern und Ohnmacht. Nur wenn sich der Verurteilte abstützen konnte, währte das Sterben über Stunden.

Wie der Steinigung – der Todesart des ersten christlichen Märtyrers Stephanus – haften auch der Kreuzigung archaische Sinnreste an. Der Unglücksbaum ist eine der ältesten Opfer- und Richtstätten. Wehrlos und nackt wurde der Gefangene getötet, in einem Zustand wie ein Menschenopfer, das den Göttern dargebracht wurde. Die Kreuzigung war weit mehr als eine profane Strafe. Häufig ging ihr eine Auspeitschung voraus, mit der dem Übeltäter das Böse aus dem Leib getrieben wurde. Den Gottheiten der Elemente, der Sonne, dem Wetter und dem Wind wurde der Leichnam ausgeliefert. Er durfte nicht beerdigt werden. Er musste hängenbleiben, bis die Elemente ihr Werk getan hatten. Das Ziel dieser Exekution war die völlige Auslöschung. Das Totenreich der Menschen sollte dem Gekreuzigten verwehrt, alle Spuren sollten verwischt, alle Hoffnung getilgt werden.

Die christliche Mythologie war bemüht, dem Kreuzestod nicht nur eine besondere Weihe zu verleihen, sondern auch alle Hinweise zu tilgen, welche an das Gründungsopfer der neuen Religionsgemeinschaft hätten erinnern können. Die Hinrichtung des Juden Jesus durch die römische Obrigkeit wurde entweder den Juden angelastet oder sogleich zur Gottesgabe umgedeutet. Die theologische Heiligung der Kreuzigung bediente sich diverser Operationen, um den Raum legitimer Bedeutungen zu umgrenzen.[9] Entweder verstand man Jesu Tod als Sühneopfer und verglich den Gekreuzigten mit dem jüdischen Passahlamm, eine irrige Parallele, da das Passahopfer mit Schuld und Sühne nichts zu tun hat. Mit dem Lamm danken Juden Jahwe für den Bund und die Errettung aus Ägypten. Oder man taufte das mythische Menschenopfer in ein freiwilliges Selbstopfer Jesu um, der für die sündige Menschheit die Strafe des Todes auf sich genommen und damit alle Schuld gelöscht habe. In dieser Umdeutung gilt Christus zugleich als Opfer und als der Hohepriester der Endzeit. Schließlich kehrte man die Rollen im Opferritual um und erklärte Gott selbst zum Opferherrn, der für die Menschen seine »schönste Frucht«, seinen Erstling dargeboten habe. Nicht einem zürnenden Himmelswesen wurde danach auf Golgatha eine Gabe gebracht, sondern den Menschen, insbesondere den Christen. Gott selbst tilgte ihre Schuld, indem er den Menschen seinen Sohn als Nahrung zum ewigen Leben überließ. Zugleich vergöttlichte man nicht nur den Opferherrn, sondern auch das Opfer. Jesus erlangte selbst göttliche Attribute, wurde zu Gottes Sohn, zum Teil der Trinität, zur gottgleichen Figur. Auf Golgatha wurde kein Mensch, sondern eine Art Gottmensch getötet. Das Leiden des Sohnes war auch das Leiden des Vaters; der Tod Jesu war der Tod Gottes. Gemartert wurde kein Prophet, sondern Gott selbst.[10] Und um auch der schändlichen Todesart einen heiligen Sinn zuzuschreiben, bestand der Kirchenvater Tertullian darauf, dass Jesus mit den Füßen angenagelt worden sei und der Marterpfahl die Form eines Kreuzes gehabt habe. Sechs Stunden soll der Todeskampf gedauert haben. Die Gewaltphantasie diente zur Heiligung des Todes. Indem man die Hinrichtung als besonders brutal vorstellte, verkehrte man die Schande in einen Akt im göttlichen Heilsplan. Das Grässliche wurde zum Beweis des Heils. Aber der Leib des Herrn blieb hiervon ausgespart. Um keinen Preis durfte der Gotteskörper entstellt sein. Die Beine wurden ihm nicht gebrochen. Niemand hat es jemals gewagt, den Gekreuzigten mit abgehackten Füßen, zermalmten Unterschenkeln oder schreiendem Mund darzustellen.

Grünewalds Verismus ist von jeder Beschönigung weit entfernt. Die Qual ist um nichts abgemildert. Der gekreuzigte Gott wirkt nicht müde oder erschöpft, er ist gezeichnet von der Tortur. Der Körper ist nicht makellos schlank und mit einem blutroten Rinnsal dekoriert. Ausgezehrt, verkrümmt, entstellt hängt er da. Die Fasern der Armmuskeln sind bereits verhakt. Es ist der verletzte, tote Körper, welcher die Passion in all ihren Details in Erinnerung ruft. Mit seinem Leib bezeugt Gott, dass er herabgestiegen und Mensch geworden ist. Nirgendwo weist der christliche Gott mehr Attribute des Menschlichen auf als in der Sterblichkeit seines Leibes. Grünewalds Kruzifixus ist kein vergöttlichter Mensch, sondern ein vermenschlichter Gott. Doch gewährt diese Nähe zu den Gläubigen nicht den geringsten Trost. Grünewalds Kreuzigung ist ein Bild der Unversöhnlichkeit und Verlassenheit. Es zeigt den Karfreitag in seiner ganzen Härte und Gottlosigkeit. Sein Christus ist nicht, wie die Heilige Schrift berichtet, mit »Zittern und Zagen«, »mit großem Geschrei und Tränen«, mit den Worten des Psalms auf den Lippen gestorben. Er starb wie jede menschliche Kreatur – durch Ersticken. Das vorgeschobene Kinn spricht von einem letzten wimmernden, verbissenen Stöhnen. Erschöpfung und Schmerz haben den gekreuzigten Gott von der Welt und von sich selbst getrennt. Die Gottverlassenheit hat einen physischen Grund. Die Qual hat den Gemarterten in sich selbst eingeschlossen, hat ihm zuletzt Stimme und Sprache zerschlagen. Rundum isoliert ist der gekreuzigte Gott an sich selbst verzweifelt, an seinem Leib. Das Zutrauen auf Rettung ist gelöscht. Umgeben von Finsternis ist er gestorben. Nur schemenhaft zeichnen sich Hügel und Felsen in der Dunkelheit ab. Die Nacht von Golgatha bedeutet den Tod Gottes. Sie ist die Nacht des unendlichen Schmerzes, der letzten Gottesferne, in welcher der Tod und der Feind triumphiert haben. Ein letztes Mal bäumte sich der Leib auf, dann sackte er in sich zusammen. Schwer fiel der Kopf nach vorn.

Grünewalds monumentaler Kruzifixus ist strikt asymmetrisch komponiert. Das rohe Kreuz ist leicht nach links gedreht, der Körper in sich verrenkt. Das Gewicht des Kopfes zieht den Brustkorb nach rechts; Unterleib, Hüfte und Beine sind hingegen nach links verdreht. An der Lanzenwunde stoßen Bauch und Brustkorb hart gegeneinander. Die rechte Hüfte ist nach vorn gezogen, die Knie sind nach innen gedrückt. Die Gestalt hat nichts von dem parallelen Gleichmaß oder dem eleganten Schwung, mit dem der

Gekreuzigte häufig dargestellt wird. Schon die Silhouette erscheint quälend verformt und verzerrt. Ihre imaginäre Achse verläuft nicht durch die Körpermitte, sondern entlang der rechten Kante des Balkens. Mehrfach ist dieser Körper in sich gebrochen. An Rumpf und Gliedern ist seine innere Einheit zerschlagen.

Die Haut des Toten hat sich bereits gelbgrün verfärbt. An einigen Stellen ist sie aufgerissen oder aufgeschlagen. Unterschenkel und Füße sind bläulich angelaufen. Die Stauung des Blutes in den Leichenflecken ist präzise nachgezeichnet. Die Gesichtshaut ist bereits fahl, um die Augen, im Nacken, entlang der Rippenbögen und an den Lenden schimmert es bläulich. Die Farben widersprechen allen Konventionen eines idealen Gottesbilds. Das vom Todesschweiß glänzende Fleisch des Isenheimer Christus wirkt dagegen – trotz der zahllosen Wunden – noch frisch und lebendig. Lediglich die Lippen sind bereits bläulich verfärbt. Der Körper des Karlsruher Kruzifixus weist kaum mehr feuchte Wunden auf. Dafür ist er übersät von Schlagstellen, kleinen Einblutungen und Leichenflecken. Der Prozess der Verwesung hat gerade eingesetzt. Grünewald, dieser Virtuose farblicher Ekstasen, hat in seiner letzten Kreuzigung jeden Kompromiss vermieden. In den Farben der Zersetzung erscheint der gemarterte Gott. Sie widerlegen alle Vorstellungen vom Sieg des unsterblichen Gottes über den Tod.

Wie präzise Grünewalds Farben dem Bildgehalt entsprechen, zeigt sich nicht zuletzt an den beiden Seitenfiguren. In trotziger Trauer tritt Johannes aus der Dunkelheit heran. Fuß und Hände stoßen aus den Gewändern hervor, der linke Arm treibt das Manteltuch auseinander, sodass an den aufgestülpten Ärmeln das Futter in eitrigem Gelbgrün erscheint. Mit dem fleckigen Braunbeige der Außenseite ergibt dieses kränkliche Grün einen gellenden Missklang. So heftig ist die Bewegung des Jüngers, dass an der Schulter der Rock eingerissen ist und das schmutzige Weiß des Hemdes zu erkennen gibt. Das karminrote Gewand ist ausgebleicht, schäbig und fleckig. An Ärmeln und Schultern wirkt dieses elende Rot kälter als unten am Saum. Jäh strecken sich die schweren Hände im Gebet empor. Der Fischer ist außer sich vor Zorn und Schmerz. Der gekräuselte Kinnbart betont die scharfen Züge des verbrannten Gesichts, bitter drängt das Kinn nach vorn. Sein dunkelblondes Haar ist struppig, an der Schläfe wuchert eine Warze, die Augen sind von Tränen gerötet. Er reckt sich gegen den Leichnam, ohne die übliche Geste der Trauer, ohne die Hand an der Wange. Keine stille Totenklage bewegt den Jünger, sondern die Wut der Verzweiflung. Sie verspannt ihm Muskeln und Mimik, wirbelt Rock und Mantel auf, verfärbt Haut und Gewand zu einer schrillen Dissonanz der Farben.

Die Verzweiflung drängt aus dem Körper des Jüngers heraus. Ganz anders die Mater dolorosa. Sie sinnt ganz nach innen. Ein feiner Schleier in blassem Braunrot umhüllt ihr Haupt und fällt in dichten Wellen über das indigoblaue Gewand. Reglos steht sie da, bleich, den Blick gesenkt, das Haupt leise geneigt. Tränen rinnen die Wangen hinab. Doch ist dies nicht die verhaltene Trauer der ersten Gläubigen. Starr bohren sich die Fingernägel in die Hände. Wie die ringenden Hände des Johannes den Ausbruch der Wut zu zügeln scheinen, so brechen die schmerzlich verkrampften Hände Mariens die Trauer von innen auf. Im Ausdruck der Hände hat Grünewald die inneren Gegensätze der beiden Seitenfiguren festgehalten. Die Gesten des Gebets und der Hoffnung sind zu Zeichen innerer Zerrissenheit verformt. Die ausgebleichten, verunreinigten Farben steigern den gestischen Ausdruck der heiligen Figuren noch um ein Vielfaches.

Fahles Licht scheint die Szenerie von oben zu beleuchten. Einsam sind die drei Figuren nebeneinandergestellt. Das grünliche Braun der Verwesung belastet die Atmosphäre des gesamten Bildes. Es ist die Farbe des irdischen Todes. Nicht das Schwarz der Finsternis und auch nicht das Rot von Blut und Wunden sind die Farben des Schreckens, sondern die Farben der Erde. Ein Meisterstück rascher Kolorierung zeigt der Hintergrund. Das Spektrum reicht vom warmen Rotbraun am Fuß des Kreuzes über eine Hügellandschaft, die in Grün, Braun und Orange changiert, bis zum undurchsichtigen Himmel in grünblauer Schwärze. Je höher sich der Blick zum Firmament richtet, desto düsterer die Szenerie.

Zu den ältesten Ausdrucksmitteln für das Numinose zählt die Größe, Majestät und Erhabenheit einer Figur sowie das mysteriöse Halbdunkel, welches den Betrachter zum Schweigen nötigt.[11] Mit Scheu und frommer Erregung beginnt das religiöse Empfinden, mit schauervoller Erregung vor der Übermacht des Gottes. Der Schrecken seiner Gegenwart überträgt sich ins Innere, setzt sich fort im Erzittern der Nerven, im Verstummen der Kreatur. Übermächtig erscheint das Heilige, es versetzt den Gläubigen in Furcht, Demut und starres Staunen. Völlig auf den Mund geschlagen, steht er vor dem Gottesbild. Es drängt sich ihm auf, zieht ihn in Bann, zwingt ihn auf die Knie. Hautnah tritt ihm die Erscheinung vor Augen und ist doch zugleich unbegreifbar fern. Sie affiziert die Sinne und verweigert allen Sinn. Grünewalds Kreuzigung ist weit mehr als eine Darstellung der Ereignisse auf der Schädelstätte. Die ästhetische Wirkung rückt das Altarbild in die Nähe eines heiligen Objektes. Die entgleiste, dissonante Farbigkeit, die Verformungen und Verwundungen des gemarterten Körpers, die dramatischen Expressionen, die plastische Beleuchtung der Figuren vor dem Abgrund der Welt, die übermächtige Gestalt des Gekreuzigten direkt am Bildrand – diese Ästhetik häßlicher Unmittelbarkeit evoziert Empfindungen, welche der Erfahrung des Heiligen gleichen. Der Schrecken der Marter vereinigt sich mit der Majestät des gekreuzigten Gottes. Der krasse Ausdruck des toten Christus stößt ab und fesselt zugleich. Das Widerwärtige und Entsetzliche übt eine eigentümliche Anziehung aus. Die Nebenfiguren in ihrer dramatischen Zerrissenheit bieten dem Betrachter kein Vorbild. Grünewalds Kreuzigung erregt kein Mitleid und spendet keinen Trost. Sie stellt den Untergang Gottes vor Augen. Würde im Leichnam Christi noch der unsterbliche Geist durchschimmern, so wäre der tote Gott nur ein Trugbild. Nur weil er tatsächlich zu Tode gemartert wurde, birgt der gekreuzigte Gott jenes geheimnisvolle Wunder in sich, das den gläubigen Christen mit heiliger Ehrfurcht erfüllt: das Wunder der Auferstehung.

1 Vgl. Jan Lauts, Grünewald. Kreuztragung und Kreuzigung, Karlsruhe 1968. Christian Müller, Grünewalds Werke in Karlsruhe, Karlsruhe 1984; Howard C. Collinson, Three Paintings by Mathis Gothart-Neithart called »Grünewald«, Diss.Yale 1986, S. 153–224; Karen van den Berg, Die Passion zu malen. Zur Bildauffassung bei Matthias Grünewald (Diss. Basel 1995), Duisburg 1997, S. 119–142. Zum Gesamtwerk ferner u.a.: Horst Ziermann, Matthias Grünewald, München 2001; Georg Scheja, Der Isenheimer Altar des Matthias Grünewald, Köln 1969; Wilhelm Fraenger, Matthias Grünewald, Dresden 1995; Bernhard Saran, Matthias Grünewald. Mensch und Weltbild, München 1972; Rainhard Riepertinger u.a. (Hrsg.), Das Rätsel Grünewald, Augsburg 2002.

2 Vgl. Fried Mühlberg, Crucifixus Dolorosus. Über die Bedeutung und Herkunft des gotischen Gabelkruzifixus, in: Wallraf-Richartz-Jahrbuch 22, 1960, S. 69–86.; Hans Multscher. Bildhauer der Spätgotik in Ulm, Ausstellungskatalog, Ulm 1997; Rainer Kashnitz, Kruzifixe im Werk Michel Erharts, in: Michel Erhart & Jörg Syrlin d.Ä., Ausstellungskatalog, Ulm 2002, S. 112–127.

3 So zuletzt Karl Arndt, Bernd Moeller, Die Bücher und letzten Bilder Mathis Gotharts des sogenannten Grünewald, in: Nachrichten der Akademie der Wissenschaften aus dem Jahre 2002, Phil.-Hist. Klasse, Göttingen 2002, S. 255–302.

4 Es ist zweifelhaft, was biographische und historische Umstände über Gehalt und Ausdruck eines Bildes überhaupt aussagen. Die Empfindungen und zufälligen Assoziationen historischer Zeitgenossen haben mit der Wahrheit und Bedeutung eines Bildes nichts zu tun. Was ein Bildnis als ästhetisches Objekt ausmacht, ergibt sich weder aus den Absichten des Künstlers oder Auftraggebers noch aus der Stimmungslage des Rezipienten. Was es zeigt und zum Ausdruck bringt, ist unabhängig von dem, was ein Betrachter fühlt oder zu sehen glaubt. Intention und Rezeption eines Bildwerks sind für seinen Sinn, seine Wahrheit und seine ästhetische Wirkung daher unerheblich. Zwischen der ästhetischen Wirkung eines Objektes und seinen kausalen Wirkungen auf Geist und Gefühle des Betrachters besteht vielmehr ein kategorialer Unterschied. Vgl. Josef König, Die Natur der ästhetischen Wirkung, in: ders., Vorträge und Aufsätze, Freiburg/München 1978, S. 256–337. Eine Ästhetik, welche vom Rezipienten anstatt vom Werk ihren Ausgang nimmt, riskiert daher einen kategorialen Grundfehler. Von einem Bildmotiv zu sagen, es sei entsetzlich, ist etwas ganz anderes als von einem Bildbetrachter zu behaupten, er sei durch das Bild in einen Zustand des Entsetzens ver-

setzt worden. Ob ein Prädikat zur Charakterisierung der Eigenschaften eines Bildwerkes zutrifft oder nicht, ist nämlich von Aussagen über den Betrachter ganz und gar unabhängig. Wie Bilder entsetzlich sein können, ohne dass irgendein Betrachter entsetzt ist, so geraten umgekehrt empfindsame Bildbetrachter manchmal in Erschütterung, obwohl ein Bild überhaupt nichts Erschütterndes zur Darstellung bringt.

5 So mit der nötigen Deutlichkeit: Jürgen Moltmann, Der gekreuzigte Gott. Das Kreuz Christi als Grund und Kritik christlicher Theologie, München 1981, 4. Aufl., oder auch: Ernst Käsemann, Die Heilsbedeutung des Todes Jesu nach Paulus, in: Hans Conzelmann u.a., Zur Bedeutung des Todes Jesu. Exegetische Beiträge, Gütersloh 1967, S. 11–34.

6 Vgl. Hans Belting, Bild und Kult. Eine Geschichte des Bildes vor dem Zeitalter der Kunst, München 1990, S. 301 ff.

7 Man stelle nur Grünewalds Bild einem nicht minder monumentalen Werk wie Rogier van der Weydens letzter Kreuzigung im Escorial gegenüber. Die Figuren sind gleichfalls in voller Lebensgröße direkt an den Bildrand gerückt. Vor einem scharlachroten Ehrentuch, das fast den gesamten Hintergrund bedeckt, hängt der Gekreuzigte, ein graziler Jüngling mit langen Gliedern, wohlgeformter Dornenkrone, sorgsam geschlungenem Lendentuch und feinen Rinnsalen von Blut. Maria trocknet sich die Tränen mit ihrem Gewand, während Johannes seine Hände zu einer zurückhaltenden Geste des Schmerzes erhebt. Die statuarischen Figuren wirken eher vom Leiden ausgezehrt, als vom Schmerz überwältigt.

8 Vgl. Hermann Fulda, Das Kreuz und die Kreuzigung, Breslau 1878; Hans von Hentig, Die Strafe, Bd. 1, Frühformen und kulturgeschichtliche Zusammenhänge, Berlin 1954.

9 Zur Deutung der Passion als Opfer vgl. u. a.: R. Schwager, Jesus im Heilsdrama. Entwurf einer biblischen Erlösungslehre, Innsbruck/Wien 1990; Christof Gestrich, Opfer in systematisch-theologischer Perspektive. Gesichtspunkte einer evangelischen Lehre vom Opfer, in: B. Janowski/M. Welker (Hg.), Opfer. Theologische und kulturelle Kontexte, Frankfurt 2000, S. 282–303.

10 Das Motiv der rituellen Tötung, Wiederauferstehung und Verwandlung des Gottes entstammt den hellenistischen Mysterienkulten, in deren Zentren das paulinische Christentum seine ersten Anhänger fand. Die Idee von der gefallenen Welt, der erlösenden Kraft des Todes Gottes und der mystischen Teilhabe an seinem Tod ist dem Judentum, als dessen legitime Nachfolger sich manche Vertreter des Christentums gelegentlich ausgeben, völlig fremd.

11 Vgl. Rudolf Otto, Das Heilige. Über das Irrationale in der Idee des Göttlichen und sein Verhältnis zum Rationalen, München 1979.

THOMAS HAUSCHILD

Die Produktion des Heiligen

Ethnologische Feldforschung im Stammland des Katholizismus

Das Feld des Religiösen

Nicht nur die christliche und zahlreiche andere Schrift-Religionen sind textorientiert, sondern auch die Religionskritik. Westliche Intellektuelle neigen dazu, den Einfluss »der Schrift«, welche es auch immer sei, auf das Leben zu überschätzen. Feuerbach, Marx und Nietzsche scheinen geglaubt zu haben, sie könnten mit ihren Schriften nicht nur die fest gefügte Welt der christlichen Dogmatik aus den Angeln heben, sondern auch die soziale Welt ihrer Zeit. Darwin und Freud wirken in dieser Hinsicht so, als hätten sie sich vor dem Moment der Überführung ihrer Kritik in die politische Realität gefürchtet. Ihre Gegner im orthodox-religiösen Lager hängen demselben Grundgedanken an, sie verfolgen die Religionskritiker mit Enzykliken und Zensurmaßnahmen. Wenn europäische Religionskritik beansprucht, den Prozess der Säkularisierung mit ihren Schriften voranzutreiben, beteiligt sie sich an demselben widersprüchlichen Vorgang der Umsetzung von Wort in Fleisch, dessen christliche Dogmatik sie kritisiert. Und im Krieg der Wörter bleiben die religiös argumentierenden Autoren auf einer Ebene der papiernen Darstellung, hinter der sich religiöse Erfahrungen und Praktiken sowie deren Lebenszusammenhänge manchmal nur mit Mühe aufspüren lassen.

Wenn Karl Marx die Religion jedoch als *Opium* bezeichnete, weist er damit, vielleicht ohne es zu wollen, auf eine körperliche Wirkung der Religion hin, die schriftlich nicht ohne weiteres fixiert werden kann. Heutige Experimentatoren in Sachen Rauschdroge sind sich mit den Physio- und sogar Hydrotheologen vergangener Zeiten darin einig, dass Religion eine gewisse Körperlichkeit besitzt, die sie zu mehr als reinem Text macht, zu mehr als einem Gebilde von Vorstellungen. Religion ist damit auch mehr als die Kategorien von Performanz und Diskurs, denen sie in den letzten zwanzig Jahren oft stillschweigend untergeordnet worden ist.

Die Geschichte der Aufklärung ist auch eine Geschichte der Rückschläge und erstaunlicher Widerstände im *Feld des Religiösen,* so hat Pierre Bourdieu es treffend genannt. Er verband dies mit einem Hinweis auf die geradezu räumlichen oder physischen Hindernisse, welche das religiöse Erleben dem Fortschritt in den Weg stellen kann. Heute erleben wir, wie sich in der westlichen Welt eine religiöse Energie niederschlägt, mit der man in den siebziger und achtziger Jahren des letzten Jahrhunderts unter den Intellektuellen der westlichen Länder nicht mehr gerechnet hätte. Wir erkennen mit Mühe die Konturen einer neuen geistigen Landschaft, die wir nur mit Hilfe neuer Hierarchien von Realem und Fiktivem werden ausmessen können. Angesichts der Störungen im System der rationalen Diskurse und der vitalen Körperlichkeit der schon fast tot geglaubten Religionen entsteht auch die seit einigen Jahrzehnten eher vernachlässigte herkömmliche Religionsethnologie und Religionswissenschaft wieder neu. Es handelt sich dabei um Versuche, Religion nicht völlig auf Vorstellungen zu reduzieren, sondern die Kommunikation mit dem Über-Natürlichen als Phänomen sui generis zu verstehen – ohne dabei ganz auf Erklärungsansätze zu verzichten, die der Religion fremde, außerhalb des religiösen Handelns stehende Aspekte in Betracht ziehen.

Noch sind die Profile des Neuen nicht klar erkennbar, aber wir stehen nun *after post-modernism*, im Zeichen einer Wende, nach der man in Kultur mehr zu sehen versucht als Text. Dabei sollte der große kritische Erfolg der Postmoderne, ihre Fähigkeit zur Differenzierung und zur Konzentration auf den Textcharakter des westlichen Wissens, nicht aufgegeben werden – sonst werden biologisches und geostrategisches Denken blind bleiben und lediglich neue Fundamentalismen erzeugen. Auf diesem schwer begehbaren Pfad zwischen dem Kitsch kulturwissenschaftlicher Idealismen und der Banalität des biologischen und ökologischen Ansatzes werden einige intellektuelle Praktiken wieder wichtig, die in den letzten Jahren fast in Vergessenheit geraten sind. Ich meine die an Phänomenen wie Hexerei, Alchimie, Medizin, Technik usw. seit Jahrtausenden ausgetragene Rationalitätsdebatte, die zwar im Aufgang der Postmoderne noch einmal als intellektueller *Ethno-Boom* aufgekocht worden ist, aber dann nur noch ein nebensächliches Dasein als gesunkenes Kulturgut für ungebildete Alltags-Esoteriker gefristet hat.

In der postmodernen Version von Wissenschaft äußert sich diese Wende zur Religion in der Vielzahl von Sonderforschungsbereichen und Initiativen zum Studium von Ritualen und anderen Inszenierungen. Die damit in den USA einhergehende verstärkte materiell-naturwissenschaftliche und evolutionistische Bearbeitung religiöser Gefühle und Bewegungen sowie die parallele enorme Zunahme religiöser Bekenntnisse und Praktiken in der Laienbevölkerung und auch unter Wissenschaftlern haben uns noch nicht erreicht. Doch auch in Europa, speziell in Deutschland, ist ein gewaltiges Interesse der Öffentlichkeit an diesen Gegenständen zu beobachten, es äußert sich in Massenauflagen für New-Age-Schrifttum und esoterisch angehauchte Jugendliteratur, in der Infiltration der übrigen Medien mit diesen Themen oder auch in den Besucherzahlen der Museen für Völkerkunde, für Altägyptische Kunst usw.

Wie immer folgt die akademische Welt in Deutschland dem gesellschaftlichen Trend mit Zeitverzögerung. Auch der *Ethno-Boom* musste seinerzeit erst einmal von jungen Außenseitern in Gang gesetzt werden. Doch dem postindustriellen Schema der Amerikanisierung und Globalisierung hat sich nun weltweit die Fundamentierung und zugleich die Ausweitung lokaler religiöser Praktiken entgegengestellt. Das ist nicht die fundamentalistische Antwort auf die Globalisierung allein, wie manche noch meinen, sondern eine eigene Form der Globalisierung. Der Irakkrieg mag sinnbildlich für diesen Zusammenhang von lokalen Nischen und Gegen-Modernisierung erscheinen: Nachdem amerikanische Generalstäbler die geographischen und sozialen Nischen und Fallstricke des Landes zunächst unterschätzt, dann aber doch recht schnell mit ihrem Feldzug überwunden hatten, stehen sie nun zunehmend fassungslos vor den kulturellen und insbesondere religiösen Ausdrucksformen dieser Nischenbildungen und geostrategischen Lagerungen: Schiiten, Kurden, sunnitische Seilschaften und Stämme, Desperados und Klane der gestürzten Diktatur, aber auch ein schmales Handelsbürgertum, das seit Jahrhunderten Erfahrungen mit dem Versuch gesammelt hat, der zerklüfteten Region Zivilgesellschaftlichkeit und Internationalität zu bringen.

Mit Verwirrung reagieren wir auch auf die ungelehrten Religionslehrer der Al Kaida. Jenseits unserer schematischen Begriffe von Religion, Aufklärung und Technologie zelebrieren sie ihre Traumahnungen und verbinden sie nahtlos mit der technischen Realisierung ihrer Allmachtsphantasien. Patronale Männerfreundschaft, Körpertraining und Psychotechniken treiben den Endkampf von postmodernen Flughafenkriegern an, die penibel angewiesen werden, sich vor ihrem Selbstmord zu waschen, fein zu kleiden, und, so erscheint es wiederholt in den von den Attentätern der Twin Towers hinterlassenen Papieren, ihre Schnürsenkel gut festzuziehen. Wir verstehen diese körperliche Version von Politik und Religion nicht. Wir verstehen die Botschaft des Anschlages auf Djerba nicht[1], der die Sprache jahrhundertealter religiöser Parallelen und Synkretismen in einen Schlag gegen Deutsche umwandelt, die eine jüdische Synagoge besuchen.

Angesichts der zunehmenden Verwicklung des Westens in diese Fundamente und Träume anderer Regionen der Welt könnte es sich lohnen, einen weniger schriftfixierten Blick auf die populären und ungelehrten religiösen Praktiken unserer eigenen Kultur zu werfen. Selbst die derzeit erfolgreichsten Fundamentalisten der Welt, die Anhänger von Al Kaida, entlarven sich immer wieder als religiöse Kitschliteraten, als schlechte Kenner des Korans und als Laien der islamischen Theologie. Ihre Aktivitäten zu verstehen und zu erklären, bedarf es mehr als einiger Operationen an Texten. Sie oder wenigstens einige ihrer Anhänger von ihrem Wege abzubringen, bedarf es einer Forschung jenseits der Texte. Wir können dabei versuchen, an die Marx'sche Begrifflichkeit des *Opiums* anzuknüpfen, an die Erfahrung von Rausch und am Schwebezustand, wie sie alle Religionen versprechen. Wir fangen beim Nullpunkt an, bei einer sehr einfachen Physiologie religiöser Phänomene, und wenn wir dieser Sicht nicht gleich das Wort reden wollen, so soll sie doch überhaupt erst einmal wieder zu Wort gebracht werden.

Im Feld der fedeli

Es wird jetzt ein *Ich* zu Wort kommen[2], das sich in vielfältiger Weise auf einen Körper bezieht, der heute an der Universität Tübingen als akademische Lehrfigur im Fach Ethnologie eingesetzt wird, in früherer Zeit aber umfangreiche Erinnerungsbestände in einer abgelegenen Region im lukanischen Appenin, im Bergland zwischen Bari und Neapel, angesammelt hat. In dieser auch *Basilikata* genannten Region war 1982–1984 und in den folgenden zwei Jahrzehnten ein der dortigen Population von Frührentnern, Remigranten, Bauern, Winzern, Arbeitslosen, Lehrern und anderen Staatsbedienteten als *il tedesco* bekannter Forscher tätig. Er beschäftigte sich vor allem mit der Notierung lokaler Traditionen über katholische Heiligenkulte, er sammelte Berichte über magische Praktiken sowie über die politischen Träger dieser Praktiken und Kulte. Er lebte in Ripacandida, einer etwa 2000 Einwohner zählenden Siedlung auf einem schroffen Fels zwischen Rionero in Vulture, Melfi und Venosa. Dort ist er heute noch bekannt, unter anderem als der Patenonkel zweier Kinder, als Verursacher eines kleinen lokalen Skandals um die Art und Weise, in der Ripacandida in schriftlichen Medien kommentiert werden kann, und als der Vermittler und Beschleuniger von Rentenzahlungen, die von der deutschen Rentenanstalt lange Zeit hinausgezögert werden konnten, weil illiterate oder semiliterate Gastarbeiter oft nicht in der Lage sind, einen etwa 20-seitigen deutschsprachigen Fragebogen auszufüllen. Dieser Forscher also steht in einer gewissen körperlichen und biographisch-erinnerungstechnischen Kontinuität mit dem eben erwähnten akademischen Lehrer aus Tübingen. Das *Ich*, das nun spricht, ist eine Hybride beider Figuren, hinter der sich Stimmen und Handlungen einer Population von vielleicht 50 000 Menschen in der nördlichen Basilikata bemerkbar machen, angesiedelt rund um die Ostseite des erloschenen Vulkans Monte Vulture.

Die diplomatisch-akademische Sprache des *man* und des *wir* trifft also auf eine Grenze, hinter der es nicht mehr um die Realisierung der Aufklärung im Volksleben oder um die Fleischwerdung des Wortes geht, sondern in einer Art Rückspulung dieses Vorganges, um die Verschriftlichung mündlicher Traditionen und beobachtbarer Praktiken. Dieser Prozess hat in der Basilikata, soweit ich es beurteilen kann, bereits vor 3000 Jahren begonnen, mit der griechischen Besiedelung, mit dem Namen des ersten roten Weines Italiens (»Aglianico« del Vulture, eigentlich »Helleniko«), mit einem Rezept für die in dieser frischen Berglandschaft hervorragend gelingende luftgetrocknete Wurst im Kochbuch des Apicius (»lucaniche« gehörten zur Marschverpflegung der römischen Heere) und mit den Werken des Horaz, der seine Begabung zum Schreiben von Versen aus einer Segnung herleitete, welche er als Kind von den Musen am Monte Vulture empfangen haben will. Ich werde also die schriftlichen Traditionen dieser Landschaft und meine eigenen Techniken der Verschriftlichung bei der Darstellung meiner Erfahrungen nicht außer Acht lassen können, und schon gar nicht den gewaltigen, von mir mit den Protagonisten meiner Forschungen geteilten Hintergrund des biblischen und kirchlichen Diskurses. Aber ich muss doch darauf beharren, dass ich daneben am Monte Vulture eine Botschaft empfangen habe, die ich nicht ohne weiteres in den wissenschaftlichen, literarischen und religiösen Schrifttraditionen der westlichen Moderne und Postmoderne unterbringen kann.

Sie sprechen nicht gerne vom *Glauben* in Ripacandida, vom *credo*, sie nennen es lieber *fede*. Das bedeutet zunächst einfach *Treue*, oder auch handfest den *Trauring*. *Wir sind treu (abbiamo tanta fede)… wie soll ich sagen, das ist Vertrauen (fiducia), wir wenden uns an ihn…* Einige sprechen vom Schutzpatron ihres Ortes oder von der Heiligen Jungfrau wie man auch von mafiosen Paten spricht oder von anderen hochgestellten Ratgebern. *Fede* ist Treue und Respekt. *Fedeli* nennt man Fans, die ihren Fußballclub lautstark unterstützen. Zur besseren Unterscheidung bezeichnen sich die Verehrer der Heiligen als *devoti*, Ergebene. *Die Falschen sagen: »Ich zahle dieses Jahr das Licht für die Heiligennische«, und sie tun es dann nicht. Aber es gibt auch Falsche, die zahlen und meinen es nicht so. Sie wollen in der Öffentlichkeit eine gute Figur machen als gute Katholiken. Sie geben viel, aber es hat keinen Wert… Wirkliche Verehrung erkennt man.* Bedeutungsvoll schaut Rocco Labriola mich an, er hat so seine Erfahrungen gemacht, als Sakristan der kleinen Madonnenkirche von Ripacandida. Aber woran soll man sie erkennen? Auch Rocco kann es mir nicht verraten. Meine religionsethnologischen Interviews verkamen über diesen Fragen nach *Kognitionen* immer mehr zu einer Art Nebenform der Katechese anhand biblischer Texte. In diesen Situationen wurde mir vielleicht erstmals bewusst, wie sehr postivistische und auch postmoderne Formen von Wissenschaftlichkeit auf meinem Feld der Textfixierung verfallen sind.

Bei Giuseppe zum Beispiel war ich meiner Sache sicher, gehörte er doch zu der kleinen Gruppe alter Bauern, die mich *in piazza* fröhlich mit *Heil Hitler* grüßten. Seine Vorstellung von Größe und Güte hat er als blutjunger Hilfsarbeiter des Deutschen Reichs entwickelt. Deutsche sind *Kameraden.* Außerdem habe ich ihm einen Gefallen getan, einen deutschen Brief geschrieben und mich energisch um seine Rentenangelegenheiten gekümmert, obwohl er mich manchmal so grässlich grüßte. Jetzt werden wir *ethnologisch arbeiten, ein Interview machen.* Bewaffnet mit meinem Fragebogen und meinem Kassettenrecorder mache ich mich auf den Weg. Die Einsamkeit und Unsicherheit der ersten zwei, drei Monate in dem kleinen, abgeschiedenen Ort müssen mich den letzten Verstand gekostet haben. Ich will *handfeste Informationen über das religiöse System der Leute von Ripacandida*, denn ich habe die deutsche Forschungsförderung im Nacken. Ich beginne mit Punkt eins meines Fragebogens. *Was halten Sie von der Dreifaltigkeit?* Giuseppe und seine Frau schauen ratlos. Es ist still, der Wasserhahn tropft, und unten im Stall scharrt der Esel, mit dem Giuseppe zur Arbeit reitet. Doch Giuseppe Rotonda ist nicht unerfahren im Umgang mit einem *signorino*. Bedächtig legt er seine Antwort zurecht. *Da musst du nach Venosa fahren, die Dreifaltigkeit ist nicht weit von hier.* Umständlich erklärt er mir den Weg in die nahe gelegene Kleinstadt. Ich wage nicht, weiter zu fragen. Bald breche ich das Gespräch ab, nicht ohne dass Giuseppe mir noch die Geschichte aller großen Geistererscheinungen seiner Familie erzählt. Ich höre nicht hin. Das ist kein ordentliches Gespräch über Religion.

Es vergeht einige Zeit, bis ich begreife, dass Giuseppe mit *der Dreifaltigkeit* die große Wallfahrtskirche in Venosa gemeint hat, geleitet von den

Trinitarischen Brüdern. In meinem Reiseführer lese ich, dass die Mönche der *Dreifaltigkeit* im Hochmittelalter die Geschicke der Landschaft gelenkt und verkörpert haben. Damals dehnte das Kloster durch Schenkungen seine Besitzungen aus bis nach Apulien und Kampanien. Die Figurengruppe auf dem Hauptaltar zeigt, was aus der Sicht lukanischer Bauern die Welt zusammenhält. Da ist ein weißbärtiger alter Mann neben einem kräftigen jungen Mann, beide in wallenden Gewändern. Zwischen ihnen schwebt eine Erdkugel und darüber fliegt ein kleiner weißer Vogel. Auf dem Globus sind die Umrandungen der Kontinente säuberlich eingetragen. Auffällig groß wurden dabei drei Ortschaften markiert: New York, Rom und Venosa. Nur die Madonna fehlt, samt ihrem blauen Mantel.

Bevor ich es endgültig aufgab, mit den Leuten von Ripacandida Bibelstunden des kulturellen Wissens zu veranstalten, erntete ich mit meiner Frage nach der Dreifaltigkeit noch folgende Aussagen: *Das sind drei Personen, Vater, Sohn und Heiliger Geist, das ist, wie wenn du das Kreuz schlägst, in einer Person*, oder: *Dreifaltigkeit, das ist, als wenn du sagst: Sonntag.* Die Menschen konnten sich das Höchste der katholischen Religion besser als religiösen Alltag vorstellen oder als das Besondere in der Reihe der Alltage, als Sonntag. Ältere Menschen erzählten mir vom *Hochzeitsfräulein … Dieses Fräulein hat das Heiligtum der Dreifaltigkeit gegründet. Sie wollten heiraten, und als alles dafür bereit war, sind sie beide gestorben, so blieb ihr Besitz bei der Dreifaltigkeit. Es gibt da so eine Art Erzählung der Dreifaltigkeit. Die »Trinità« ist gut bei Unwettern, dafür ist sie der Schutzpatron. Sie ist der Schutzpatron von Blitz, Donner und Hagel. Eine wunderbare Sache. Das sagte mein Vater immer: »Dreifaltigkeit, rette unser Land!«* Es ist so, wie Mario es sagt, der Kommunist aus dem Cantone. Die Kirche macht Geld mit der Angst. Aber es ist auch so, wie die Priester sagen. Die Familie muss geöffnet werden, die Kirche sorgt für einen geregelten Übergang von der Unschuld zur Fortzeugung des Lebens. Das lässt sie sich mit den Besitztümern der *devoti* bezahlen. Schon in der Antike soll in Venosa eine Bet- oder Opferhalle eines Gottes der Jungfräulichkeit gestanden haben. Er hieß *Hymen,* das ist heute noch die wissenschaftlich-medizinische Bezeichnung der Jungfernhaut. Heute passen dort der bärtige Alte und der junge Mann auf die Frauen auf, wenn es blitzt und kracht. Vom höchsten Mysterium des christlichen Glaubens, gehütet von den Männern, die heute die älteste lebende Bürokratie der Welt vorstellen, bin ich, wie so oft während meiner Forschung, wieder auf eine dieser seltsamen feinen Damen gekommen, deren spurenhafte blasse und doch so nachhaltige Existenz die Heilerinnen anregt bei ihrem Tun: die Mahre und Musen.

Am Berg

Rocco Labriola ist immer ein wenig wie ein Vater zu mir gewesen. Wenn ich heute seinen Sohn in der vom alten Labriola aufgebauten Bar in der Nähe der Wallfahrtskirche aufsuche, hängen wir beide sentimentalen Erinnerungen nach. Rocco, der zeitlebens die Anrechte einer von Kommunisten gegründeten und geführten Marienbruderschaft auf die Spendenerlöse des Festes der Madonna vom Karmelberg aufrechthielt, war einer der großen populären Gegenspieler des Erzpriesters von Ripacandida, des bis heute in den hohen Achtzigern immer noch amtierenden Don Giuseppe Gentile. Von Roccos Bar aus unternahm ich mit seiner Hilfe zahlreiche Geistreisen in die religiöse Vergangenheit des Ortes, aber hier starteten wir auch zu recht handfesten Expeditionen, die der Beschaffung von Heilpflanzen und Heilwässern an den Hängen des Vulkans Vulture dienten – und meiner Initiation in die pharmazeutisch-magische Naturmedizin meines Feldes.

An den Hängen des Vulture haben wir nach wildem Spargel gegraben und uns dann Mineralwasser aus der vulkanischen Quelle in große Kanister abgefüllt. Es ist dunkel geworden. Auf dem Rückweg erscheint uns schon von Ferne Ripacandida im letzten Glanz der Abendsonne, wie ein Guckkasten, der aus einer düsteren Ausstellungshalle hervorleuchtet, eine strahlende Krippe, die man durch einen Spalt im Fensterladen erspäht. Während wir weiter mit dem Wagen durch das Dunkel ziehen, beginnt Rocco auf einmal zu sprechen. *Mein Großvater hat das erlebt. Er war am Vulkansee auf dem Vulture, auf der Alm, wie wir die Stelle nennen, Monticchio. Er suchte nach Trüffeln. Da sah er auf einmal einen Mönch am Seeufer, den kannte er aus Rionero. Der stand über das Wasser gebückt und schöpfte und schöpfte, wutsch, wutsch, das Wasser flog. »Was machst du da, Gevatter?« »Ich will nach Calitri, zu einer Hochzeit, und heute Abend muss ich wieder zurück sein!«. Calitri liegt fünfzehn Kilometer von Rionero entfernt, auf der anderen Seite des Vulture, und Autos gab es damals noch keine! »Komm schon«, rief der Mönch, »komm mit…«, und weiter ging es wutsch, wutsch, mit dem Wasser, bis eine kleine Wolke da war. Mein Großvater war entsetzt und trat zurück, da schwang sich der Mönch auf die Wolke und flog in Richtung Gipfel davon. Ein paar Tage später hörte der Großvater in Rionero, dass bei einem großen Hochzeitsessen in Calitri ein Unwetter niedergegangen sei, Tische und Bänke hätte es zerschlagen, das Mahl lag auf der Wiese verstreut und es gab nichts mehr zu essen.* Ich kenne solche Geschichten aus volkskundlichen Büchern, aber es ist das erste Mal, dass jemand sie mir erzählt, einfach so. *Das ist aber eine schöne Geschichte*, sage ich. *Ja*, erwidert Rocco in das Dunkel hinein, *und sie ist absolut wahr.*

Priester können fliegen, zahlreiche ältere Informanten haben es mir immer wieder bestätigt, nachdem ich durch Rocco darauf gekommen war – und durch Ernesto de Martino, meinen Vorgänger im Feld, der heute verkannte Philosoph und Ethnologe aus Neapel, der in seiner legendären Monographie *Sud e Magia*[3] dem stürmischen Ineinander von bäuerlicher Existenz und historischer Tradition in der lukanischen Folklore ein ganzes Kapitel gewidmet hat. Priester können fliegen, sie schicken Gewitterwolken, und wenn man die richtigen Worte weiß und mit einem Messer mit schwarzem Handgriff einen Kreis zieht, kann man einen nackten Mann aus den Wolken ziehen, der dann mit seinem Arsch auf dem Messer landet, und der Sturm ist vorbei. Aber auch die *ma'ar* können fliegen, lokale Heilerinnen, Mahre, Nachtmahre, die sich christlicher Exorzismen und begütigender Sprüche ebenso bedienen wie sehr potenter Kräutermedizinen. Sie fliegen nachts, so sagen die alten Leute, ihre Körper liegen leblos da, und am Tage sitzen sie wieder im Haus und heilen. Die Jüngeren genieren sich für dieses Gerede, und es muss sich noch erweisen, ob sie dieselben Geschichten erzählen werden, wenn sie einmal alt sind, oder eben nicht. Die Mahre fliegen nach Benevent, dem höchsten Bergmassiv jenseits des Vulture und für Italiener so etwas wie der Blocksberg und der Brocken für die Deutschen, Ort der fliegenden Hexen. Hexen, Priester, Schwarzmagier, sie alle haben Anteil an der Gabe des Fluges, oft vermittelt durch ein *Hemdchen,* mit dem sie geboren wurden, die Eihaut oder Teile der Plazenta, die sie nun unter den Achseln tragen wie die frommen Katholiken manchmal ein *Skapular* tragen, das ihnen Keuschheit ermöglichen und zum direkten Flug in den Himmel verhelfen soll am Tag des Jüngsten Gerichts. Ich nahm diese Geschichte der Alten wie Rocco nicht für bare Münze, aber ich versuchte, ihnen eine Form des Realismus zuzubilligen. Ich war darin vielleicht geduldiger als die jüngeren Verwandten dieser alten Träger und Trägerinnen der lukanischen Laienreligiosität, für die in den letzten Jahren, während meiner Forschungen, dieses Erzählgut und die damit verbundenen exorzistischen Praktiken des Erleichterns von Leib und Seele, die Kotzriten und Austreibungen der alten christlichen Kräutermedizin, etwas fremder geworden sind. Sie ziehen nämlich die abstraktere Telemagie, Do-it-yourself-Riten nach satanistischen Büchern und alle möglichen Formen von Psychotherapie immer häufiger der alten Überlieferung vor.

Betschwestern und Brechmittel

Gleichwohl besuchen Ripacandidesi, insbesondere die Frauen, die ja auch das Schwergewicht der magischen Praktiken tragen, bis heute häufiger katholische Messen. Dort werden sie mit fliegenden oder zumindest wie schwebend dastehenden Klerikern konfrontiert. Es ist wahr, nach und nach erschloss sich mir nun jene sprachlose Selbstverständlichkeit des Katholizismus, auf die nicht einmal der Religionswissenschaftler Bernhard Lang mit seinem vorurteilsfreien Buch über die magischen Akte und Ritualien der Heiligen Messe zu sprechen kommt.[4] Es ist wahr, Priester, Nonnen und Mönche schweben. Man soll ihre Füße nicht sehen. Das mag nachgelassen haben in einem Zeitalter, wo selbst Nonnen ihre Kleider kürzen, aber das volle Priesterornat der Heiligen Messe zeigt einen über und über mit Licht begossenen, nach oben hin gezogenen konischen Körper, der vor den Messteilnehmern zu schweben scheint. Die Priester der alten Zeit, in ihren wippenden und flatternden Gewändern, wussten noch besser, was für eine seltsame Show die Gemeinde von ihnen erwartete, und sie stellten sich modisch darauf ein. Der bis oben hin zugeknöpfte schwarze Rock soll die Priester von ihren Mitmenschen trennen. Sie haben ihr Fleisch abgetötet und gehören nicht mehr den normalen Sterblichen an. Aber zur Messe präsentieren sie sich prächtig wie Paradiesvögel. In Gold oder Purpur, Smaragdgrün oder strahlendem Weiß, je nach Anlass, tritt der unscheinbare Mann aus der Sakristei auf die Altarbühne. Auf seinem Körper fließt die *Albe,* das Priesterhemd – *alba* heißt im lateinischen weiß, strahlend, Sonnenaufgang. *Mach mich weiß und reinige mein Herz, o Herr, dass ich geläutert im Blute des Lamms die ewigen Freuden genießen möge.* So steht es im katechetischen Text zu dieser Szene, dessen volle Bedeutung man aber nur verstehen kann, wenn man das Ritual erlebt hat – so möchte ich es in Umkehrung aller hermeneutischen Rituale der Textwissenschaften hier formulieren. Über das Weiß der Unschuld ist die prächtige Kasel geworfen, starr wie eine Schürze, das Wort für dieses Obergewand kommt von *casula*, Häuschen. Von unten, so scheint es, werden gar keine Kleidungsstücke angezogen, denn nicht einmal die Schuhe kann man richtig sehen, und erst im letzten Jahrhundert haben Priester damit begonnen, Hosen zu tragen. Ein Gürtelband hält die Unterhemden zusammen. Mit seinen Quasten ähnelt es den Skapularen der Priester und Mönche vergangener Jahrhunderte. Ein Schulterband, der *Amikt*, ist um den Oberkörper geschlungen wie ein Sicherheitsgurt.

Bischöfe zeichnen sich durch die zweispitzig hochragende Kopfbedeckung aus, die *Mitra*. Das Wort stammt aus dem Griechischen und bedeutet eigentlich *Leibgurt, Binde.* Unter der Mütze schauen zwei Tuchstreifen hervor, die daran erinnern, dass es sich hier ursprünglich um eine Kopfbinde gehandelt hat, die nach und nach zum Turban entwickelt wurde und dann zum spitzen Hut. In der Römerzeit gaben sich die Anhänger bestimmter Marmorgötter durch solche Binden zu erkennen. Später setzte man sie den Täuflingen als schützendes Mützchen auf, obwohl sie schon stramm gewickelt waren in Windeln, von den Füßen bis zum Kinn. Die Spitzen der Mitra aber verbildlichen das Licht, das der Mann Gottes von oben empfangen hat und das sich nun über seinen Körper ergießt wie zwei goldene Hörner, die vom Himmel niederfahren zur Erde. Der Priester präsentiert sich als schwebender Leiter *heiliger Ströme*, wie es auch Lang in *Heiliges Spiel* beobachtet. In der ältesten mir bekannten wissenschaftlichen Beschreibung der lukanischen Folklore, die noch nicht wie spätere Studien völlig von der Suche nach dem Heidentum der Lukaner beherrscht war, wird der Zusammenhang zwischen der Stola der Priester und der Magie des *abitino* deutlich beschrieben. Der lukanische Gelehrte Raffaele Riviello beschrieb Ende des neunzehnten Jahrhunderts in seinem Buch über *Sitten, Leben und Vorurteile des Volkes von Potenza*, wie die lukanischen *mamme ihren Kinderchen Hemdchenamulette* gegeben haben, »abitini«, von »Habitus« oder »Habit«, also »Gewand« oder »Hemdchen«, *mit Heiligenbildchen und einem Stückchen aus der Stola oder dem Überwurf des Priesters, Hörnchen aus Gold oder Koralle ... Schweinezähnen ... Das stand alles als Bild für Selbstzucht und Kräfte, eine Mischung aus dem Heiligen und dem Profanen ...*[5]

Die als Amulett so beliebte heilsame *Serviette,* die *stola* des Priesterornates, mit der die Priester die Reste der Hostie an ihrem Mund zusammenwischen sollten und damit retten vor dem Verfall, scheint die lukanischen Heilerinnen auch in anderer Hinsicht dazu angeregt zu haben, den Faden der Überlieferung auf ihre Weise fortzuspinnen. Sie schufen das heilige Tau, die *lascia*, welche die Magierinnen bis heute gelegentlich zur Stärkung ihrer Patienten und zur Austreibung des Bösen benutzen – ein Bündel aus den Haaren unschuldiger Tiere. So führt die Betrachtung der Geheimrituale süditalienischer Magierinnen zurück zum *Tisch des Herrn*, wo der Priester seiner Gemeinde Fleisch und Blut des Menschensohns serviert. Er hat sich dazu selbst als das Licht des Herrn verkleidet, ihn umflattert das Hemdchen, mit dem man geboren wird, um hell zu sehen und durch die Nacht zu fahren. Im fünfzehnten und sechzehnten Jahrhundert wurden die Kaseln und andere Messgewänder noch gerne aus Tierhäuten verfertigt. Schamanen und Gutgeher desselben Zeitalters trugen Hautbündel unter dem Arm als Zeichen ihrer außermenschlichen Macht – Carlo Ginzburg hat das ausführlich für die durch Inquisitionsprotokolle hindurch rekonstruierbaren Praktiken der friulanischen *benananti,* der luftigen Gutgeher und Nachtflieger jener nordostitalienischen Tradition, beschrieben. Die rohe Kraft altertümlicher Bilder und Zeichen verbindet sich mit der lichten Reinheit und den Feinheiten der christlichen Vernunft, *virtù e... forze,* Tugend und Kräfte, deutlicher als Riviellos frühe Schrift zur lukanischen Folklore kann man es nicht sagen, Kraft und Vernunft, Christentum und bäuerliche Naturbeobachtung verbinden sich zur lukanischen Lebenskunst. Wir wissen nicht, wie es im Einzelnen historisch geschah, aber wir wissen, warum – ohne Transzendenz, ohne eine Chance, die über die natürliche Berechenbarkeit hinausgeht, können Menschen nicht leben.

Im *Heiligen Spiel* des Katholizismus bietet sich ihnen eine körperliche, greifbare und wirksame Praxis, die Chance des Phantastischen, des Flüchtigen und des Ungreifbaren, das aber doch zumindest im Körper selbst Entsprechungen hat, wenn auch sehr komplexer Natur. Zustände von Besessenheit und Verhexung lernte ich in den Praxen der Magier zu deuten als Ausdruck elementarer Beengtheit, im physischen Sinne, *angustia,* Angst. Das Zittern und Zappeln oder die verdächtige Ruhe einzelner Typen von Verhexten, beides wurde mit einem Mittel behandelt, das auch postmoderne Besucher von Technodiscos gerne zum anschließenden *chill out* einwerfen – Johanniskraut. Es soll angstmildernd und entspannend wirken und ist in der modernen Medizin in einer Fülle von Präparaten und Variationen bekannt. Ich lernte mit Mühe – denn Hexerei und Religion und all das hielt ich doch für Ideengebilde – genauer hinzusehen, wenn die Heiler und Heilerinnen ihren Patienten, die zum Teil aus den Großstädten anreisten, Plastiktüten voller Kräutergaben verabreichten. Im Einzugsbereich des Felsmassivs von Benevent sollen nicht nur die Hexen fliegen, sondern es wird dort auch heute einer der beliebtesten traditionellen Kräuterliköre Italiens produziert, die *Strega di Benevento,* die Hexe von Benevent. Auf dem Etikett ist eine Szene nachgebildet, die bereits ein Traktat des Beneventiner Arztes Pietro Piperno[6] aus dem Jahre 1635 ziert. Es zeigt Hexen, alte und junge Frauen, die um einen Nussbaum tanzen. Adstringierende Mittel, auch das Bittere der Nüsse, und Vomitiva, Brechmittel, verschrieb der Stadtarzt von Benevent für die katholisch-pharmakologische Heilung der Verhexten seiner Zeit. Vielfältige Bitterstoffe und scopolaminhaltige Pflanzen wurden mir immer wieder von meinen Informanten genannt – sie stehen aber auch im Zentrum der wissenschaftlich-pharmakologischen Versuche, die Hexensalbe zu rekonstruieren. Heute wird Scopolamin jedoch als Mittel zur Bekämpfung von Übelkeit bei Reisen auf die Haut aufgetragen, gerade so, wie die stärker dosierte Salbe, die einst die Hexen zum Erlebnis von Schweben und Fahrt führte.[7]

Das stand nun alles jenseits textkritischer Analysen, Texte wurden zu reinen Trägern von weiterer Information. Einer der wenigen Köpfe der großen textanalytischen Traditionen, der sich dabei als hilfreich erwies, war Hans Blumenberg[8] mit seiner fulminanten Analyse des Schocks, des psychogenen Todes und des im Schreck und im Schreck-Erregen, im bösen Blick erstarrten Hauptes der Medusa. Ansonsten lag es meist bei mir allein, die pharmakologischen Einzelerkenntnisse, die Interviewbefunde, die Ergebnisse teilnehmender Beobachtung und die textlichen Traditionen zur Physiologie des Schwebens und der Angst in dieser bis heute weiter lebenden alten Volksmedizin zusammenzutragen. An einem Punkt aber rätsele ich bis heute herum. Es geht dabei um seltsame Schwebezustände, die man im Schlaf erleben konnte, klassischer *Incubus,* sexualisierter Traum – und historische Reminiszenz an die Einflüsse maurischer Trancekulte, denn dem Autor dieser Zustände, dem »*scazamoriello*«, dem kleinen Maurenkobold, muss man, um sich von der rotierenden Schwindeligkeit zu befreien, den roten Fez vom Kopfe ziehen. Aber das ist schon wieder ein anderes Projekt, zukünftige Studien über den Zusammenhang von Besessenheits- und Bilderkulten mit radikalen Politiken im Gesamt des Mittelmeerraumes.

Es geht also um das Unhistorisch-Biologische und zugleich um historische Situationen der Übertragung von Haltungen und Wissen, um beides in einem. In diesen erzählten, gespielten, und erlittenen, mit physischer und historischer Erfahrung zugleich unterlegten Bildern von flatternden, fliegenden Menschen kann man Spuren schamanischer Berufungserlebnisse und hexerischer Ausfahrten erkennen, Bilder von Menschen, die manchmal wie alle anderen am Boden haften und dann wieder nachts über die Ebene streifen in ihrem Zaubermantel. Die vor- und nichtchristliche Welt kennt allenthalben schwebende, verschwommen sichtbare, dann wieder in aller Klarheit erscheinende Schutzgeister. Im Namen der Ahnen zeichnen sie die Menschen mit Narben oder stellen sie in den Schutz der Abzeichen, Wappentiere und Trachten. So wirken Menschen fliegend auf ihre Landschaft ein, auf ihre Gesellschaft oder lassen sie auf sich einwirken in der Vision von Schutzgeistern, Heiligen oder politischen Idolen. Im sechzehnten und siebzehnten Jahrhundert hat die katholische Kirche versucht, diese Kulte zu vernichten, aber ausgerechnet unter dem weiten Schutzmantel der allumfassenden Kirche sind sie wieder nachgewachsen. Heilerinnen und ihre Kundinnen wurden verbrannt, und jeder, der auch nur entfernt mit ihnen zu tun gehabt hatte, konnte auf dem Scheiterhaufen landen. Auch der Traum vom Fliegen hat sich als unüberwindbar erwiesen, das können wir nicht nur auf jedem noch so mittelmäßigen Flughafen beobachten, sondern auch in jeder noch so unbedeutenden katholischen Kirche. Wie sollte es auch nicht so sein, wo dieser Traum schon in der biblischen Tradition seine Spuren hinterlassen hat. Erst mit dem Niedergang der Kreuzzüge hat der Karmeliterorden sich im Abendland ausgebreitet, die Vision von Sankt Simon Stock am Karmelberg und die dahinter sich abzeichnende alttestamentarische Geschichte vom Propheten Elias, der in einem feurigen Wagen vom Karmel zum Himmel zieht, um nie mehr auf die Erde zurückzukehren. Vorher hat er seinen Diener das Aufsteigen der Wolken aus dem Meer beobachten lassen, von der Höhe des Berges herab, und ist dann durch die Luft gefahren mit seinem Mantel, schneller als der König mit seinen bespannten Wagen. Noch im Europa des neunzehnten Jahrhunderts nannte man das damals schnellste Mittel der Fortbewegung, die Eisenbahn, gelegentlich den *feurigen Elias.* Orientalisches Wissen um das Fliegen und den heiligen Mantel, das *Hemdchen* der Schamanen, verband sich im Heiligen Land mit der Vorstellung von einem formlosen, geschlechtslosen, aber willensstarken Gott, der aus den Wassern aufsteigt, allgegenwärtig wie der erste Tau am Morgen oder wie ein Gespinst aus feuchter Luft, zart gefärbt vom Schein der Morgenröte.

Zurück zum Berg

In der Umgebung vieler europäischer Städte kann man heute noch eine abgeplattete Erhebung finden, die von alters her den Ortsnamen *Tanzplatz* trägt, oder *Bocksberg* oder Blocksberg. Dies sind die Plätze, an denen sich nach frühneuzeitlichen Quellen die Hexen versammelt haben sollen. Doch im Hinterland Lukaniens, der Basilikata, des italienischen Südens, haben sich bis heute körperliche Praktiken und Erzähltraditionen gehalten, in denen der ganze Zusammenhang von Himmels- und Wetterkult, schamanistischer Luftfahrt und exorzistischer Erleichterung der durch Hexerei beschwerten Menschen bewahrt ist und in seiner Kontinuität mit der christlichen Lehre erkennbar wird. Das überwindet auch den Abgrund, der immer wieder die christliche Vernunft von den Erkenntnisformen anderer Religionen, vor allem denen der so genannten Naturvölker einerseits, und andererseits von der wissenschaftlichen Welterkenntnis zu trennen scheint. Vielleicht sind diese Berge eine Art Produktionsstätten dessen, was wir Religion nennen, vielleicht ist das viel beschworene religiöse Erlebnis und Gefühl in seinen Grundlagen viel stärker eigendynamisch und zugleich physiologisch und landschaftlich basiert, als wir uns heute vorstellen können. Man muss sich noch die jahreszeitlichen Zusammenhänge[9] prähistorischer, stammesgesellschaftlicher und antiker Vegetationskulte und heiliger Landschaftsmarkierungen dazudenken und gelangt dann zu einem komplexen Bild von Religion als historischem, heute fast immer verschriftlichtem Phänomen, das zugleich immer die Spur zurücklegt in die schriftlose Vergangenheit der Rituale. *Re-ligio*, vielleicht ist doch etwas an der volkstümlichen Etymologie der *Wieder-Anbindung*, der Regression zu den Reserven eines Zeitalters, nein, eines allgegenwärtigen Ortes, wo man in unproblematischer Weise den Gott in den Gliedern spüren kann. Dieser Gegensatz von Hexenberg und Kirchspiel, von Wildnis und Zivilisation könnte sogar kennzeichnend sein für alle großen Schriftreligionen und allemal für die christlichen Kulte mit ihrer erstaunlichen Mischung von Dogmatik, wissenschaftlicher Zergliederung und Gotteserlebnis.

Im vorigen Jahr haben israelische Archäologen[10] großes Aufsehen erregt, weil sie einen antiken Ort des Wetterkultes ausgegraben haben, der anscheinend für Tänze und allerhand religiöse Verrichtungen zu Ehren eines Gottes hergerichtet war, in dem man unschwer die Frühform des alttestamentarischen Jahwe wiedererkennt. Das Erstaunliche an ihren Funden ist aber die Tatsache, dass dieser Kultplatz nur einige Kilometer vom Jerusalemer Tempel entfernt war und allem Anschein nach bis in die Ära der Zerstörung des Tempels benutzt wurde, also bis weit in die Zeit hinein, in der sich die Hebräer angeblich schon ganz und gar dem Wortgottesdienst des einen Gottes widmeten. Ist die Geschichte vom Wettkampf des feurigen Elias mit den Baalspriestern nur eine verdrehte Schilderung des legitimen Nebeneinanders eines rauschhaft-wetterkultischen und eines rational-textbezogenen Zweiges der Gotteserfahrung in Israel? Bernhard Lang[11] hat die dreigliedrig in der hebräischen Stammesgesellschaft wurzelnde Erscheinung des frühen Mono-Gottes, des priesterlichen, des bäuerlich-wetterkultischen und des kriegerischen Jahwe, in seinem gleichnamigen Buch beschrieben. Wir stehen damit am Beginn einer neuen Welle der ethnologischen und prähistorischen Präzisierung der Ursprünge der europäischen »Hochreligion« als im »Tiefen« der volkstümlichen Kulte wurzelnde Veranstaltung, die sich dieser Wurzeln nicht entledigen kann, ohne selbst abzusterben. Christentum erweist sich bei näherer Analyse wieder einmal als ein zusammengesetztes Ganzes, an dem Häresie ebenso viel Anteil hat wie Dogmatik, rationalisierende Vernunft ebenso wie der rauschhafte Kult des Schwebens.

Damit wäre nicht nur ein wesentlicher Ort der Produktion des Heiligen erkannt und benannt, sondern zugleich die Unausweichlichkeit dieses

Raumes. Im Zeichen der auf gekaperten Flugzeugen einherschwebenden Opferpriester des elften September 2001 in New York gelingt uns so vielleicht der Schluss des Kreises zwischen religiösem und rationalem Diskurs. Es geht um ein Konzept von Vernunft, das nicht ständig irgendwelche andere Zivilisationen oder Subkulturen vom Gestaltkreis des Rationalen ausschließt. Es wird Zeit, dass die Kultur der Aufklärung reift und sich zu einer neuen integrativen Erkenntnishierarchie durchringt, wie sie zum Beispiel auch dem Hinduismus gelungen zu sein scheint. Unsere Zivilisation ist ja noch jung, warum sollte es ihr nicht gelingen? Es könnte die Basis einer neuen Erkenntnisform werden, in der die Gleichzeitigkeit vieler Wege des Denkens und der Intelligenz akzeptiert ist, ohne dass man ganz auf die Harmonisierung und zivilgesellschaftliche Ordnung verzichtet, auf das gemeinsame große Erbe von Rausch und Ernüchterung.

1 Vgl. Hauschild, Thomas: Die Puppe. Wenn al-Qaida eine Handschrift hat, dann lässt sie sich auch entziffern: Wo geht die nächste Bombe hoch? *Frankfurter Allgemeine Sonntagszeitung*, 30. November 2003 / Übernahme durch *DER SPIEGEL online*.

2 Die folgenden Darstellungen meiner Ethnographie beziehen sich sämtlich auf mein Buch *Macht und Magie in Italien*, erschienen 2002 bei Merlin (Gifkendorf).

3 De Martino, Ernesto: *Magie, Katholizismus, Aufklärung*, München (Trikont-Dianus), 1982.

4 Lang, Bernhard: *Heiliges Spiel. Eine Geschichte des christlichen Gottesdienstes*, München (Beck), 1998.

5 Riviello, Raffaele: *Ricordi e note su costumanze, vita e pregiudizi del popolo potentino*, Potenza (Garramone e Marchesiello), 1893.

6 Piperno, Pietro: *De nuce maga beneventana*, Neapel (Domenico Montanari), 1635.

7 Hauschild, Thomas: Reisen, Schweben, Kotzen, in: *Voyage*. Jahrbuch für Reise- und Tourismusforschung, Bd. 6: Körper auf Reisen, Köln, S. 10–25.

8 Blumenberg, Hans: *Arbeit am Mythos*, Frankfurt am Main (Suhrkamp), 1979, S. 127–133.

9 Kramer, Fritz W.: Praktiken der Regeneration, in: *Historische Anthropologie*, 8. Jg., 2000, Heft 3, S. 410–422.

10 Schulz, Matthias: Der leere Thron, in: *DER SPIEGEL*, Heft 52, 2002, S. 136–147 über die neueren Entdeckungen; vgl. Finkelstein, Israel u. Neil A. Silbermann: *Keine Posaunen vor Jericho*, München (Beck) 2002.

11 Lang, Bernhard: *Jahwe, der biblische Gott. Ein Porträt*, München (Beck), 2002.

HANNO HELBLING

Heiligkeit unter Kontrolle

Die Arbeit Roms an der Gewissheit des Wunderbaren

Maria, die Reinste und Allerheiligste, die jungfräulich geboren hat und selbst schon unbefleckt empfangen war, steht auf der Mondsichel. So ist sie Aschtoret – Astarte – Ischtar, Göttin der Liebe und der Fruchtbarkeit, die große Mutterbuhle, wie sie von Mesopotamien über Ägypten nach Kanaan gekommen und in eine Sprache eingegangen war, die zu verbinden scheint, was man für gegensätzlich hält: *berech* – segnen und fluchen, *kadosch* – heilig und prostituiert.

Die vom Latein abstammenden Sprachen bewahren Verwandt-Konträres: *sacro* und *santo.* Austauschbar sind die Wörter nicht. Der Italiener, der fern jeder Andacht den Namen der Muttergottes in den Mund nehmen will, lässt es sich dennoch nicht einfallen, sie »sacra Madonna« zu heißen. Dieser Schritt ist getan: es gibt das Geheiligte, an das nicht mehr gerührt wird. Aber man spricht – auch im Deutschen sprechen wir – von sakraler Kunst, vom Sakralraum nicht immer gleich wie von heiligen Dingen; der Raum kann noch offen bleiben, nach Hintergründen, für die wir Begriffe wie »numinos« verwenden.

Doch wenn wir sagen, an das Geheiligte werde »nicht mehr gerührt«, könnte nicht umgekehrt gelten, dass gerade die Heiligung das Unberührbar-Verbotene, Unreine einholen, an eine begreifbare Ordnung heranführen soll – wenn auch auf unbegreifliche Weise; und nochmals umgekehrt, dass sich im Unbegreiflichen trotzdem erhält, was uns abstößt, zurückweichen lässt vor dem Übergeheimnis einer entwirklichten Reinheit?

*

Vor vierzig Jahren brachte mich in Rom ein nicht mehr junger Priester abends spät in seinem VW-Käfer nach Hause. Durch eine unbedachte Bemerkung über die katholische Marienfrömmigkeit löste ich bei ihm, als der Wagen schon stand, eine Predigt aus, deren belehrend-zurechtweisenden und gleichzeitig ekstatischen Ton ich heute noch höre, deren Inhalt mir aber entging, weil der Mann meine linke Hand während vierzig Minuten umklammert hielt und ich an nichts anderes dachte, als wie ich mich losreißen und aussteigen könnte. Irrgänge des Gemüts, oder (wie Laurence Durrell gesagt hat) Transaktionen des Herzens; Elevation als Kompensation: Man soll sich nicht nur in mythologischen Zusammenhängen ergehen. Psychologie rückt den Knoten näher heran.

*

Zeugen und bekennen: um des Glaubens willen sterben, exemplarisch die Gebote halten, für die reine Lehre einstehen. Der deutlich größere Teil der vielen hundert Personen, die Johannes Paul II. hat heilig und selig sprechen lassen, sind Märtyrer. Der unbedingten Hingabe ist ein Vorrang geblieben, der sich in Zahlen ausdrücken kann – immer schon konnte: neben der unerhörten Auserwähltheit Mariens die ausufernde Todesbereitschaft der Namenlosen; elftausend Jungfrauen ... Man hört nichts davon, dass Gegenwehr der Bedrängten, Angriff auf Unterdrücker, zu Katastrophen geführt habe. Nichts vom Fanal des Protests, das Karlheinz Stockhausen nach dem 11. September begeistert hat: Die Ästhetik des Widerstands liegt einerseits in der wortkargen Rede dessen, der zwischen Verleugnung und Beharren noch wählen kann, andererseits in der hagiographischen Verklärung, die ihm zuteil wird, wenn er nicht wie der heilige Stephan unter Steinwürfen in einer Ecke des Hofs zusammenbricht, sondern sich wie Sebastian, von Pfeilen durchbohrt, als jugendlicher Körper aufrichtet.

Die schöne Gestalt lebt weiter aus der griechisch-römischen Antike; sie wird aber Prüfungen und Qualen unterworfen. Die Identifikation mit dem Opfer schließt die Befriedigung durch den Anblick nicht aus, und manche Legende verrät einen unbefangenen Sadismus – den die Überlieferung wieder herausarbeitet. Der heiligen Barbara sind von ihren Peinigern die Brüste abgeschnitten worden, doch man will in ihnen dann Kanonenkugeln sehen und gewinnt so eine Schutzpatronin der Artillerie. Der heilige Veit hat in siedendem Öl zappeln müssen (daher sein »Tanz«), aber das Marterwerkzeug, der Kessel, verkleinert sich in den Darstellungen und wird zu dem Töpfchen, dank dem er zum Nothelfer der Bettnässer wird; so sieht man ihn auf dem hochbarocken Altar in Vierzehnheiligen balancieren wie auf einer Staatskarosse, eine fröhliche Figur.

Heiligkeit ist, wie man sieht, unterwegs. Auch in dem Sinn, dass eine Quellnymphe – Verena, in den Grotten des Heilbads von Baden im schweizerischen Aargau – zu christlicher Verehrung, zur »Ehre der Altäre« gelangt; dass andererseits »in Höhlen noch der Drachen alte Brut« Goethes Mignon schreckt, wenn sie in das Land ihrer Verheißung ziehen will;

dass sich am Posilipp für Gérard de Nerval der Seufzerhauch der Heiligen mit dem Schrei der Zauberin mischt; die Sphären trennen sich schwer, und die Magie vom Pfad der Andacht zu entfernen ist eine Arbeit, mit der die Kirche jahrhundertelang nicht fertig wird.

*

In christlicher Frühzeit entstehen Grundelemente der Verehrung: die *fama sanctitatis* und etwas, das man »heiligmäßig« nennt. Das Erste, der Ruf oder der »Geruch« der Heiligkeit, breitet sich – bald überraschend, bald mehr oder minder erwartet – nach dem Tod aus: Man betet am Grab, wird im Glauben gestärkt, es ereignen sich Heilungen, Wunder, ein Kult kann sich ausbreiten. Das Zweite zeigt sich in der Ausstrahlung des noch lebenden Menschen: Man spürt das Vorbild, man vertraut sich seiner Führung an. Es liegt nahe, in der »Fama« der Heiligkeit – oder wäre *sacralitas* dann das richtige Wort? – etwas Älteres, nicht erst und nur Christliches zu vermuten. Zwar ist das Motiv des Wunders, der wunderbaren Heilung, durch das Evangelium eng mit dem Namen Jesu verknüpft; nicht im Sinn der Legitimation eines Religionsstifters, sondern als Hinweis auf Gottes Macht, die das Menschen-Unmögliche außer Kraft setzt. Aber die Kontinuität ist unleugbar: die Präsenz des Wunderbaren, auf das man sich, im Unterschied zu dem Wunderereignis (und dieser Unterschied wird der Kirche zu schaffen machen), verlassen kann; sowie der Kult sich hergestellt hat, festigt sich ein Anspruch auf seine körperlich oder seelisch heilbringende Wirkung.

Auch das »Heiligmäßige«, die Ausstrahlung einer wegweisenden Existenz, kennt vor- und außerchristliche Erscheinungsformen, aber es definiert sich vom Neuen Testament her genauer. Das Gebot der Nächstenliebe entfaltet eine spezifische Anwendbarkeit – nicht nur, wenn man so sagen kann, vorwärts: in den solidarischen Zusammenhalt der Religionsgemeinschaft und, subtiler, in die innere Beschaffenheit der Solidarität (»Wer aber ist mein Nächster?« – der Samariter, der gerade nicht dazugehört); sondern auch zurückbezogen auf den ersten und einzigen Anstoß, die Gottesliebe. Keine selbständige Theologin, hat Katharina von Siena im 14. Jahrhundert aus scholastischen wie aus mystisch-asketischen Gedanken die Weisung entwickelt, den Nächsten nicht um seinetwillen zu lieben, vielmehr durch unsere Liebe zu ihm die Schuld, in der wir selbst für die Liebe Gottes stehen, wenigstens zeichenhaft abzutragen. Erst so verwirklicht sich die Liebe, die nach Paulus »nicht das Ihre sucht«. Sie mag sich freilich im Kampf mit possessiven Regungen durchsetzen müssen, die der christlichen Seelsorge nichts weniger als fremd sind; doch eben diese Spannung ist es dann auch, die das Heilige noch diesseits aller Übernatürlichkeit auf den Prüfstand bringt. »Heiligmäßig« ist die Selbstlosigkeit, die täglich bewiesene Reinheit der Hilfsbereitschaft.

*

In der Auserwähltheit treffen sich die Elemente. Die Präsenz des Heiligen – ob in Gestalt der Opfer- oder der Hilfsbereitschaft, des Martyriums oder des Bekennens und Lehrens – wird als ein Werk der Gnade verstanden, und zwar (seit Augustinus, in seiner Auseinandersetzung mit Pelagius) einer je neu zugesprochenen Gnade: Petrus hat Jesus verleugnet, als sie ihm fehlte; da er sie (oder sie ihn) wieder findet, wird er zum Glaubenszeugen. Was Hubert Jedin ein kaum lösbares theologisches Problem genannt hat, »das Mysterium des Zusammenwirkens der göttlichen Gnade mit dem freien Willen des Menschen«, wurzelt hier.

Niemand darf heilig sein *wollen.* Daher ein Legendenzug, der zum festen Bestand der Hagiographie gehört: Etwas Wunderbares trägt sich zu, und der es verursacht hat, beschwört einen Zeugen, nichts davon verlauten zu lassen. Der Zweifel – »Bin ich wirklich dazu bestimmt?« – und der Argwohn, es handle sich um die gefährlichste aller Versuchungen – um das Angebot eines göttlichen Machtspiels –, üben ihren Druck auf die zur Heiligkeit Berufenen aus und zwingen sie zu unablässiger Selbstprüfung, die man trotz ähnlicher Redefiguren nicht mit dem γνωθι σεαυτον der Antike gleichsetzen darf; denn sie führt nicht zum eigenen Persönlichkeitskern, sondern zum Willen Gottes, der aus dem Innersten der Seele sprechen wird: aus dem Subjektivsten das Objektivste.

So stellt sich der Heilige als einsamer Kämpfer dar, aber das Kollektiv, dem er gleichwohl angehört, weiß auch von gesicherten Formen sakralen Vermögens und Tuns. Der König, als Gesalbter des Herrn, kann den Aussatz oder die Fallsucht heilen – *ex officio* sozusagen, dank der Magie seines Amts; er muss nicht mit seiner Person für das Übernatürliche eintreten. Und wo die Objektivität, die dem Übernatürlichen zusteht, zwar nur aus dem einzelnen Gnadenakt hervorgehen kann, findet sie doch einen hegenden, Anerkennung verheißenden Ort vorbereitet: die Kirche.

*

Vor etwa einem halben Jahrhundert schickte sich ein schon renommierter katholischer Theologe an, dem Jesuitenorden beizutreten, stellte aber eine ungewöhnliche Bedingung: Für den Fall, dass die Ordensleitung etwas von ihm verlangte, das mit Weisungen nicht vereinbar wäre, die er von einer ihm maßgeblichen Persönlichkeit empfange, müsste er den Gehorsam verweigern können; wo Offenbarung spreche, sei der Disziplin eine Grenze gesetzt. Diese Bedingung wurde nicht einfach abgelehnt, sondern man ließ die Persönlichkeit, deren Autorität dem Theologen so viel bedeutete, durch zwei Jesuiten diskret begutachten. Unabhängig voneinander sollen sie zu dem Ergebnis gekommen sein: *Non constat de supranaturalitate:* Die Übernatürlichkeit steht nicht einwandfrei fest. Aber wie könnte sie feststehen, wie lässt sie sich feststellen?

*

So langsam, wie sich die christliche Kirche strukturiert hat, im Aufbau ihrer Gemeinden und Bistümer, in ihren Synoden und Konzilien, hat sich auch die Heiligenverehrung in regionalen Kreisen und nach je verschiedenen Reichweiten im Wesentlichen unter der Aufsicht der Bischöfe ausgebildet. Fast ein Jahrtausend hat es gedauert, bis durch päpstlichen Beschluss einem Heiligen – dem 973 verstorbenen Bischof Ulrich von Augsburg – der gesamtkirchliche Kult zugesprochen wurde; von da an sind die römischen Kanonisationsprozesse einander gefolgt, aber erst nach nochmals zweihundert Jahren hat Gregor IX. sie ganz an den Heiligen Stuhl gezogen. Nicht zufällig gerade er. Im Jahr 1228 hatte er sich beeilt, den Gründer des Ordens, dem er selbst angehörte, Franz von Assisi, heilig sprechen zu lassen, und hatte ihm damit nicht nur die kultischen Ehren gesichert, die ihm nach allgemeiner Überzeugung ohnehin zukamen, sondern ihn auch und vor allem einer spontaneren Verehrung entzogen, durch die er zu einem oppositionellen Machtfaktor werden konnte. Denn die Armutsbewegung, die von Franziskus und von seiner nie völlig durchgesetzten Minoritenregel ausging, gefährdete die kirchliche Ordnung, sie wandte sich gegen den Ausbau einer Autorität, die ihr Maß mehr und mehr an weltlichen Herrschaftsformen nahm (und in Assisi so gewaltsam wie möglich das Gegenteil des Poverello-Ideals demonstrierte).

Die Entwicklung der Kanonisationsverfahren lässt sich so als Abbild eines allgemeineren Vorgangs lesen. Was in den Provinzen der Kirche geschieht, bleibt zwar die treibende Kraft; die dogmatischen, spirituellen, diakonischen, sozialethischen Anstöße gehen von Ordensgemeinschaften, Universitäten, bedeutenden Bischöfen und Seelsorgern aus; das höchste Lehramt konzentriert sich fast ganz auf kirchenrechtliche Fragestellungen. Päpstliche Enzykliken von wirklich programmatischer Bedeutung bleiben eine Seltenheit und sind es – dem Festschreibe-Eifer Johannes Pauls II. zum Trotz – noch heute. »Rom« aber, der zentrale Vollmachtapparat, zieht die

Kontrolle an sich, urteilt über die Rechtgläubigkeit eines theologischen Konzepts, über die Zulässigkeit einer disziplinären Bestimmung, die Erlaubtheit einer politischen Stellungnahme, die Verantwortbarkeit einer ethischen Richtlinie.

Hinter so gut wie allen Kontrollmaßnahmen zeichnen sich Meinungsverschiedenheiten ab, denen die Kirchengeschichte auf der Spur ist und die sich auf Spannungen zwischen theologischen Schulen, Ordensleitungen, Episkopaten, oft im Zusammenspiel mit weltlichen Instanzen, zurückführen lassen. Die päpstliche Autorität hält den Belastungsproben, die ihr aus kontroversen Fragen und Thesen erwachsen, nicht immer stand, oder nur für den Augenblick. *Roma locuta;* das Problem wird sich aber zurückmelden, oder man lässt es »ruhen«, bis eine spätere Entscheidung unauffällig anders lauten kann (man vergleiche die Texte des Zweiten Vatikanums mit dem hundert Jahre älteren *Syllabus errorum* Pius' IX.); oder es stellt sich heraus, dass die Kirche – die Gesamtheit der Gläubigen – von einer zwar offiziellen und verbindlichen Lehrdefinition kaum berührt worden ist.

Strittig bleiben nicht nur die Wahrsprüche; in etwas tieferen Schichten sind es schon die Kriterien, auf die sich ihre Gültigkeit stützt und die miteinander nicht immer im Einklang stehen. Kurz bevor Paul VI. alle *nicht*-natürlichen empfängnisverhütenden Methoden – chemische wie mechanische – für unerlaubt erklärte, hatte er den Chirurgen beglückwünscht, dem eine erste Herztransplantation gelungen war. Solange man alles gutheißt, was der Lebenserhaltung oder -verlängerung dient (und auch Maßnahmen einschließt, die sich dem natürlichen Prozeß des Lebensendes widersetzen), liegt hier kein Widerspruch. Kommt aber der Ermöglichung von Leben eine so unbedingte Priorität zu, warum wird dann eine »natürliche« Vermeidung der Konzeption gestattet? Anscheinend deshalb, weil hier das Moment der Askese hereinspielt, das ein Zusammenwirken von freiem Willen und Gnade – einen *über*natürlichen Vorgang – ahnen lässt.

*

Gegenwärtig wird ein Verfahren diskutiert, das zur Seligsprechung Kaiser Karls I. von Österreich führen soll. Die zuständige vatikanische Behörde hat ein ihm zugeschriebenes Wunder anerkannt. Bedenken und Proteste gelten aber nicht diesem besonderen Umstand, sondern getadelt wird, dass nach dem Willen der Amtskirche einer kriegführenden Majestät, sei es auch erst in fernerer Zukunft, die Ehre der Altäre zukommen soll. Und diese Kritik wird nun von der Kongregation nicht unter Berufung auf die *fama sanctitatis,* die durch das Wunder beglaubigt scheint, und auch nicht mit der

Begründung zurückgewiesen, dass der glücklose letzte Habsburger Monarch immerhin versucht hatte, den von ihm keineswegs mitverschuldeten Ersten Weltkrieg durch ein Abkommen mit der Entente zu beenden; sondern man erklärt, da werde gemäß einer extrem pazifistischen Auffassung im Stil des 19. Jahrhunderts argumentiert und ganz außer Acht gelassen, dass schon Thomas von Aquin eine generelle Verurteilung des Kriegs abgelehnt habe. Eine vergleichende Auseinandersetzung mit den je anderen und den je eigenen Kriterien kommt nicht zustande.

*

Die heutige *Congregatio de Causis Sanctorum* geht indirekt auf ein Dekret Urbans VIII. von 1634 zurück, das jede Heiligenverehrung endgültig von der feierlichen Zustimmung des Heiligen Stuhls abhängig machte, und unmittelbar auf die Bestimmungen Benedikts XIV. (1740–58) über die Kanonisationen; im Zug der Kurienreformen des 20. Jahrhunderts wurde sie organisatorisch von der Ritenkongregation losgelöst und erhielt 1983 von Johannes Paul II. eine Verfahrensordnung, die unter anderem auch den Beitrag der Diözesanbischöfe zur Einleitung der Prozesse regelt. Schon 1948 hatte Pius XII. eine medizinische Jury ins Leben gerufen, die über Wunderheilungen urteilt – nach ihrem Wissensstand feststellt, dass »es« nicht mit natürlichen Dingen zugegangen sein kann. Der *Index ac Status Causarum* von 1999 führt 64 Ärzte (keine Ärztin) und etwa ebenso viele geistliche Konsultoren (keine Konsultorin) auf. Die rund 500 Postulatoren (Antragsteller) sind – ebenso wie die Konsultoren – weit überwiegend Angehörige von Ordensgemeinschaften (sie aber weiblich wie männlich).

Dass sowohl die Personen, die auf eine Selig- oder Heiligsprechung hinarbeiten, wie auch die »Kandidaten und Kandidatinnen« selbst zum größten Teil dem Ordensklerus angehören, erklärt sich zunächst aus der starken gesamtkirchlichen, provinzübergreifenden Präsenz dieses geistlichen Standes. Die Mission war jahrhundertelang seine Domäne, und so zeichnete ihn die Gefahr – oder die Verheißung – des Martyriums aus; wenn heute nicht mehr nur europäische Glaubensboten, sondern afrikanische und asiatische Ordensangehörige für die Verbreitung des Christentums leben, wird der Einfluss dieser Trägerschaft noch geweitet und vermehrt. Ihre kulturelle Mannigfaltigkeit könnte vom »Rand« zur »Mitte« zurückstrahlen, wenn diese Begriffe den inneren Kräfteverhältnissen weiterhin gerecht würden und wenn nicht andererseits die lehramtliche Allgemeingültigkeit der in Rom zu treffenden Entscheidungen ein hohes Maß an kulturhistorisch bedingter Einheitlichkeit miteinschlösse.

Die große Bedeutung der Ordensgemeinschaften für die Kanonisierungsverfahren wurzelt denn auch in der *per se* schon »heiligmäßigen« Lebensform, die sie seit frühesten Zeiten repräsentieren und in ihrer abendländischen Prägung bewahren – um ihrer Identität willen bewahren müssen. Die Askese bleibt das Richtmaß. In einem weiten Sinn bedeutet sie Glaubensfestigkeit: Widerstandskraft gegenüber Zweifeln an der Lehrtradition, geistliche Disziplin im Umgang mit der spirituellen Unruhe, die immer wieder zum besten Teil des Ordenslebens geworden, so aber oftmals in den Verdacht häretischen Denkens geraten ist. In einer »Apostolischen Exhortation« von 1996 hat Johannes Paul II. auf Belastungsproben für die Rechtgläubigkeit bestimmter Zweige der *Vita consecrata* hingewiesen, auf neue Gefahren: In der Begegnung mit kirchenfremden Kulturen können sich politische Prioritäten, aber auch synkretistische Konstrukte vor die »reine« Verkündigung des Evangeliums stellen. Zwar soll das Volk Gottes in Afrika oder in Asien nach dem Willen des obersten Lehramts seine eigenen Ausdrucksmöglichkeiten entwickeln (und zu eigenen Heiligen beten) können; während jedoch nur sehr wenige dieser Heiligen – wie etwa Mutter Teresa – zu überregionaler Geltung gelangen, bleibt umgekehrt der geistige Spielraum begrenzt; »Inkulturation« ist nicht Innovation.

So versteht sich Askese als Reinerhaltung, als Sich-rein-Halten im Sinn des Katechismus – theologisch, je nach dem Stand der Dinge ideologisch-politisch – und nach ältester Tradition als Verzicht, als Absage an einen nicht leicht zu ersetzenden Teil der Freuden des Lebens; an ein Stück Natur des Menschen. Nun genießt das Natürliche in der katholischen Kirche einerseits hohes Ansehen; ihre Wertlehre wird oft »naturrechtlich« begründet, was freilich eher dem Rückgriff auf ein Axiom als einer strengen Beweisführung gleichkommt. Das Verhalten der Gläubigen soll das Nichtnatürliche meiden, nicht zu reden vom »Un-« oder »Widernatürlichen«, wie es der biblischen Vorstellungswelt nach erscheint. Andererseits ist es die Überwindung natürlicher Existenzbedingungen, die den Weg in die Sphäre des Übernatürlichen öffnet: den Weg vom subjektiven Erleben des Wunderbaren zu der objektiven Gewissheit des Wunders. Die lehramtliche Kontrolle erreicht ihr Ziel, wo die *fama sanctitatis* ausgedient hat, weil der medizinische Fachmann bestätigen kann, dass er am Ende seines Lateins ist, und wo sich die Gläubigen der Andacht vor dem Heiligmäßigen verantwortungsfrei überlassen können, weil ihre dehydrierte Erotik durch kirchliche Genehmigung legitimiert wird. Die Mondsichel ist verblasst und der Schrei der Zauberin nicht mehr zu hören.

Forum

Arthur Miller
Das entblößte Manuskript

Merete Torp
Schwarze Zungen

J. M. Coetzee
Er und sein Mann

Stephan Wackwitz
Schnee

ARTHUR MILLER

Das entblößte Manuskript

Erzählung

Carol Mundt lag auf dem Schreibtisch, die Ellbogen aufgestützt, und las einen Kochartikel in *You.* Sie war eins achtzig groß, brachte zweiundsiebzig Kilo Muskeln, Knochen und Sehnen auf die Waage und hatte nur ein ganz kleines Bäuchlein. In Saskatchewan war ihre Größe nicht weiter aufgefallen; hier in New York sah das anders aus. Sie verlagerte ihr Gewicht, um das Becken zu entlasten. »Bitte«, sagte Clement, und sie lag wieder still, hörte über ihrem Hinterkopf sein beschleunigtes Atmen und ab und zu ein leises Schniefen.

»Wenn Sie wollen, können Sie sich jetzt aufsetzen«, sagte Clement. Sie drehte sich auf die Seite, richtete sich auf und ließ die Beine baumeln. »Ich brauche ein paar Minuten Pause«, sagte er, fügte scherzend hinzu »ich muss das erst verarbeiten« und lachte leise. Dann ging er zu seinem roten Ledersessel vor dem Mansardenfenster, durch das man Richtung Uptown bis zur Twentythird Street sehen konnte. Er seufzte, machte es sich im Sessel bequem und blickte auf die sonnenüberglänzten Dächer hinaus. Das Haus war der letzte übrig gebliebene Brownstone in einem Block alter, umgebauter Lagerhäuser und neuerer Apartmentgebäude. Carol senkte zur Entspannung den Kopf und wusste instinktiv, dass sie jetzt zu schweigen hatte. Sie glitt vom Schreibtisch, wobei sich ihre Pobacken schmatzend vom Holz lösten, ging durch das große Arbeitszimmer zu dem winzigen Bad, setzte sich und las in der *Times* ein Rezept für Hackbraten.

Ein paar Minuten später hörte sie durch die dünne Badezimmertür ein »Okay!«, ging schnell zum Schreibtisch zurück, legte sich auf den Bauch und schloss die Augen; diesmal ruhte eine Wange auf einem Handrücken. Kurz darauf spürte sie den sanften Druck des Filzstifts, der über die Rückseite ihres Schenkels glitt, und versuchte zu erraten, welche Wörter er gerade schrieb. Er hatte auf ihrer linken Pobacke angefangen, leises Schnaufen verriet seine zunehmende Erregung, und sie rührte keinen Muskel, um ihn nicht abzulenken, als operierte er sie. Er schrieb immer schneller, und die Satzzeichen und i-Punkte pikten sie. Er atmete heftiger und erinnerte sie daran, welch ein Privileg es war, einem Genie helfen zu dürfen, einem Schriftsteller, der dem Schutzumschlag seines Buchs zufolge schon vor seinem dreißigsten Geburtstag so viele Preise gewonnen hatte und womöglich reich war, obwohl das Mobiliar nicht danach aussah, sondern eher schäbig wirkte. Sie spürte seinen Intellekt wie die große Hand, die auf ihre Kehrseite drückte, wie einen konkreten Gegenstand von eigenem Gewicht und eigener Größe; sie fühlte sich geehrt und erfolgreich und gratulierte sich zu dem Wagemut, seine Anzeige zu beantworten.

Clement schrieb inzwischen auf ihrer Wade. »Sie können lesen, wenn Sie wollen«, flüsterte er.

»Ich döse einfach. Alles richtig so?«

»Ja, danke. Nicht bewegen.«

Er war an ihrem Knöchel angelangt, als der Filzstift anhielt. »Drehen Sie sich bitte um«, sagte er.

Sie drehte sich auf den Rücken und sah zu ihm auf.

Er sah auf ihren Körper hinab und registrierte ihr verlegenes Lächeln. »Finden Sie das richtig?«

»Aber ja«, sagte sie und verschluckte sich im Liegen fast an ihrem schrillen automatischen Lachen.

»Freut mich. Sie sind mir eine große Hilfe. Ich fange hier an, ja?« Er berührte sie direkt unter ihren festen runden Brüsten.

»Wo Sie wollen«, sagte sie.

Clement schob seine Nickelbrille hoch. Er war einen halben Kopf kleiner als diese Riesin, deren herzlich schallendes Gelächter seiner Meinung nach Schüchternheit kaschieren sollte. Ihr leerer Optimismus und die verflixte, bei Leuten aus dem Mittelwesten geradezu endemische Sucht zu kumpelhafter Hilfsbereitschaft ärgerten ihn aber, zumal bei einer Frau – es machte sie so männlich. Er schätzte resolute Frauen, aber eher von ferne, und zog zurückhaltendere Typen wie seine Frau Lena vor. Genauer gesagt den Typ, den Lena einst verkörpert hatte. Der Frau auf seinem Schreibtisch hätte er zu gern empfohlen, sich fallen zu lassen und ihre Verwirrtheit rauszulassen, denn ihre Jugend als Wildfang und ihre Beziehungsprobleme hatte er geahnt, kaum dass sie ihm erzählt hatte, sie hätte daheim ein eigenes Gewehr gehabt und wäre leidenschaftlich gern mit ihren Brüdern Wally und George auf die Hirschjagd gegangen. Aber nun, da die Dreißiger auf sie zurasten, war aus Spaß Ernst geworden, vermutete er, und nur das schrille Tarngelächter war geblieben wie der abgestreifte Panzer eines Tiers.

Mit der Linken straffte er die Haut unter ihrer Brust, sodass der Filzstift darüber hinweggleiten konnte; bei seiner Berührung zog sie die Augenbrauen hoch und setzte ein leicht überraschtes Lächeln auf. Das Jämmerliche des Menschseins. Rudimentäre, verquere Freude stieg in ihm auf; eine so mühelose Satzgestaltung hatte er seit seinem ersten Roman nicht mehr erlebt, seinem besten, der sich quasi selbst geschrieben und seinen Ruhm begründet hatte. Etwas stellte sich ein, das er seit Jahren nicht mehr gekannt hatte: Er schrieb aus dem Bauch heraus.

Selbsterkenntnis hatte den lyrischen Schmelz seiner Frühzeit angenagt. Sein vorherrschender Eindruck war schlicht und einfach, dass mit seiner Jugend auch sein Talent entschwunden war. Er war sehr lange jung gewesen. Auch jetzt war das Jungsein praktisch sein Beruf, sodass Jugendlichkeit etwas geworden war, das er verachtete, ohne darauf verzichten zu können. Vielleicht fand er zu keinem eigenen Stil mehr, weil er sich vor seiner Angst fürchtete, und produzierte deshalb statt mutiger echter eigener Sätze nur noch hilflos hohlen Abklatsch, den jeder hätte hervorbringen können.

Vor langer Zeit waren die Ausgeburten seiner Phantasie fast greifbar gewesen, aber nach und nach hatte sie eine Art leerer weißer Fläche ersetzt wie kalter funkelnder Granit oder eine grundierte Leinwand. Oft sah er sich als jemanden, der eine Gabe verloren hatte, eine nahezu heilige Gabe. Mit zweiundzwanzig Jahren hatte er als Preisträger des Neiman-Felker Award und bald darauf des Boston Prize eine Salbung genossen, die ihm neben anderen Wohltaten letztlich ewige Jugend gespendet hatte.

Nach gut zehn Ehejahren hatte er begonnen, diese Wohltat bei anderen Frauen und oft bei ihren Körpern zu suchen. Seine Jungenhaftigkeit, sein volles Haar, seine kräftige Statur und Lachlust, hauptsächlich aber seine harmlose Unbestimmtheit brachte manch eine Frau dazu, ihn eine Nacht lang aufzunehmen, eine Woche, manchmal einige Monate, bis er oder sie ratlos wieder gingen. Sex beflügelte ihn, aber nur, bis er dann wieder auf ein weißes Blatt starrte und wieder einmal das Schweigen des Todes erfuhr.

Um ihre Ehe zu retten, hatte Lena ihm nahe gelegt, eine Analyse zu machen, aber die Abneigung des Künstlers gegen ein Herumschnüffeln in seinem Seelenleben, das den Austausch seiner magischen Blindheit gegen gesunden Menschenverstand riskiert hätte, hielt ihn der Couch fern. Peu à peu hatte er jedoch Lena zustimmen müssen, die Sozialpsychologie studiert hatte und darauf beharrte, sein Vater habe ihn weit tiefer verletzt, als er je zuzugeben bereit gewesen war.

Max Zorn, ein Hühnerfarmer in der strukturschwachen Gegend bei Peekskill am Hudson, stand unter dem Zwang, seinen Sohn und seine vier Töchter zu disziplinieren. Mit neun Jahren hatte Clement beim Türschließen versehentlich ein Huhn geköpft, war eine Nacht lang in einen fensterlosen Kartoffelkeller gesperrt worden und konnte sein Leben lang nicht mehr ohne Licht schlafen. Auch musste er jede Nacht zwei- bis dreimal pinkeln, zweifellos eine Folge seiner Angst davor, in der Dunkelheit auf Kartoffeln zu pinkeln.

Als er aus dem Keller kam und die Morgensonne über ihm am weiten blauen Himmel stand, hatte er seinen Vater um Verzeihung gebeten. Auf dessen stoppligem Gesicht war ein Lächeln erschienen, und dann hatte er laut gelacht, als er sah, dass sich Clement in die Hose pisste. Clement war in den Wald gerannt, vor Kälte am ganzen Leib zitternd und mit den Zähnen klappernd, obwohl es ein warmer Frühlingsmorgen war. Er legte sich in einen aufgerissenen, sonnenwarmen Heuballen und bedeckte sich mit den Halmen. Er machte im Wesentlichen dieselbe Erfahrung wie seine jüngste Schwester Margie, die als Teenager aus Trotz gegen ihren Vater erst nach Mitternacht nach Hause zu kommen pflegte. Als sie eines Nachts von einem Rendezvous zurückkam, griff sie nach der Schnur, die in der Diele von der Lampe herabhing, und bekam den Schwanz eines noch warmen Rattenkadavers zu fassen, den ihr Vater aufgehängt hatte, um ihr eine Lektion zu erteilen.

Nichts davon fand Eingang in Clements erste Erzählung, die Keimzelle seines ersten und bekanntesten Romans. Das Buch schilderte vielmehr die kaum verhüllte Liebe, die er von seiner Mutter erfuhr, und porträtierte seinen Vater als im Grunde gütigen, wenn auch traurigen Mann, der bloß Schwierigkeiten damit hatte, seinen Gefühlen Ausdruck zu verleihen. Clement sollte es generell schwer fallen, Menschen zu verurteilen; Lenas Ansicht nach lief jedes Kritisieren für ihn auf eine Konfrontation mit dem Vater hinaus und symbolisierte ein zweites Einsperren.

Und so schrieb er linksromantische Texte, in denen irgendwo stets wehmütiger Protest mitzitterte, und wenn diese Anmutung von Unschuld sein erstes Buch so attraktiv gemacht hatte, so erstarrte sie danach zu absehbarer Formelhaftigkeit. Genauer gesagt, schloss er sich in den Sechzigern mit großer Erleichterung der anarchischen Revolte gegen die Form an, weil er an der Struktur als Erzfeind aller Dichtung verzweifelte; in der Kunst stand Struktur jedoch für Unausweichlichkeit, erklärte Lena ihm, was ihn in der logischen Konsequenz der Schreckenstaten seines Vaters zum Mörder gemacht hätte. Diese Vorstellung war zu unangenehm, um ernst genommen zu werden, und so blieb er unterm Strich ein lyrischer und einnehmend fröhlicher Bursche, wenn er insgeheim auch unglücklich war über seine notorische Harmlosigkeit.

Lena verstand ihn; das war auch nicht schwer, denn sie war vom selben Naturell. »Wir sind Gründungsmitglieder des Vereins der Gestrandeten«, sagte sie eines späten Abends, als sie nach einer ihrer Partys aufräumten. Als sie Ende zwanzig, Anfang dreißig waren, schien in ihrem Wohnzimmer in Brooklyn Heights jedes Wochenende eine Party zu steigen. Die Leute schauten einfach vorbei und wurden gern willkommen geheißen; sie rauchten ihre Zigaretten, von denen Lena die Filter abschnippelte, machten sich auf den Teppichen breit und fläzten sich auf den verschlissenen Möbelstücken, tranken den mitgebrachten Wein und diskutierten neue Dramen, Filme, Romane und Gedichte; sie beklagten Eisenhowers kollabierte Syntax, die im Rundfunk und in Hollywood kursierenden Listen verfemter Autoren, die rätselhafte neue Feindseligkeit der Schwarzen gegenüber den Juden, ihren traditionellen Verbündeten, die Tatsache, dass das Außenministerium angeblichen Radikalen den Pass entzog, das befremdliche und irrationale Schweigen, das sich auf das Land legte, dessen neuer Konservativismus alle Erinnerungen an die letzten dreißig Jahre ausschabte und wegschnippte, Erinnerungen an die Weltwirtschaftskrise und den New Deal, und der sogar aus dem Nazifeind des Zweiten Weltkriegs einen Mitstreiter gegen die ehedem verbündeten Russen machte.

Manch einen erfrischte die Gastfreundschaft der Zorns, und er ging entweder in neuer Gesellschaft oder allein in die Nacht hinaus, in jedem Fall aber mit dem Gefühl, in einer trostlosen Zeit verlorenen Wagemuts zu leben: Man verstand sich als hellsichtige Minderheit in einem Land, wo Blindheit für die Veränderungen der Welt ein Segen war, das Geldverdienen leichter wurde, der Psychoanalytiker die höchste Autorität war und vornehme, zu nichts verpflichtende Zurückhaltung die höchste Tugend.

Lena, die außer ihrer Verlorenheit alles anzweifelte, erkannte mit der Zeit, dass sie Clement so wenig mehr gehörte wie seine Sätze und dass auch ihr gemeinsames Leben das geworden war, als was er sein Schreiben immer charakterisierte: ein Abklatsch. Sie lebten weiterhin zusammen, inzwischen in einem Brownstone in Lower Manhattan, der Dauerleihgabe des homosexuellen Erben eines Stahlvermögens, der Clement für eine Wiedergeburt von Keats hielt.

Clement schlief inzwischen allerdings oft im zweiten Stock und Lena im Erdgeschoss. Das Haus war nur das größte von vielen Geschenken, mit denen die Menschen sie bedachten: ein Kamelhaarmantel von einem befreundeten Arzt, der einen größeren brauchte; der alljährliche Urlaub in einem Häuschen auf Cape Cod, dessen Besitzer im Sommer auf Europareise gingen und zu dem auch ein alter, aber gut gewarteter Buick gehörte.

Auch der Zufall war ihnen hold. Eines Nachts ging Clement durch eine dunkle Straße und stieß mit dem Fuß an etwas Metallisches, das sich als eine Dose Sardellen erwies. Er nahm sie mit nach Hause, stellte aber fest, dass man einen besonderen Schlüssel brauchte, um sie zu öffnen, und legte sie in einen Schrank. Gut einen Monat später stieß er auf einer anderen Straße erneut an etwas Metallisches – den Schlüssel zu der Dose. Lena und er aßen beide leidenschaftlich gern Sardellen, besorgten sofort Kekse, setzten sich zu Tisch und aßen die ganze Dose leer.

Manchmal konnten sie noch zusammen lachen, aber meist lebten sie nebeneinander her in unterschwelligem Schmerz, den zur Sprache zu bringen beide scheuten, weil jeder glaubte, den anderen enttäuscht zu haben. »Sogar unsere Scheidung wäre ein Abklatsch«, sagte sie, und er lachte und nickte, und alles bewegte sich weiter in den gewohnten Bahnen, abgesehen davon, dass sie sich die lange blonde Mähne schneiden ließ und einen Job als Kinderpsychologin annahm.

Obwohl sie sich nie zu einem eigenen Kind hatten durchringen können, brachte Lena Kindern intuitives Verständnis entgegen, und Clement stellte mit einem gewissen Erschrecken fest, dass sie in ihrer Arbeit Erfüllung fand. Zumindest eine Weile ließ eine Art Selbsterfahrung sie aufblühen, und das drohte ihn auszugrenzen. Aber nach nicht einmal einem Jahr kündigte sie mit den Worten »Ich kann einfach nicht jeden Tag zur selben Arbeitsstelle fahren.« Damit war die alte verrückte lyrische Lena wieder da, und das gefiel ihm, auch wenn der Wegfall ihres Gehalts ein Schock war.

Sie brauchten langsam mehr Geld, als er verdiente, denn seine Bücher verkauften sich praktisch nicht mehr. Was Sex anging, konnte sie sich kaum noch an Zeiten erinnern, da er ihr etwas bedeutet hatte. Wenn es hochkam, ließ sie es vier-, fünfmal im Jahr über sich ergehen. Seine Affären, von denen sie ahnte, ohne Genaueres wissen zu wollen, nahmen ihr eine Last ab, raubten ihr aber auch die letzte Selbstachtung. Er fand, ein Mann musste mit seiner Erektion irgendwo hingehen, während eine Frau fühlte, dass sie irgendwo war. Ein großer Unterschied. In einem grausamen Augenblick musste er sich indes eingestehen, dass sie zu unglücklich war, um sich fröhlich vögeln zu lassen, ein Zustand, den er ihrer Herkunft zuschrieb. Eines Sommernachmittags saß er dann auf den morschen Stufen des ihnen überlassenen Strandhäuschens, rauchte seine Pfeife und sah eine junge Frau, die allein und gedankenversunken am Meeresrand entlangging; das Sonnenlicht spielte auf ihren Hüften, und er stellte sich vor, wie es wäre, diese Frau nackt vor sich zu haben und zu beschriften. Seine Seele spannte ihre Flügel aus. Es war sehr lange her, seit er eine Vision von sich gehabt hatte, die ihm einen solchen Freudentaumel beschert hatte. Dieses Bild, wie er auf einem Frauenkörper schrieb, hatte etwas Kerngesundes, als hielte man einen Laib frischen Brotes in der Hand.

Er hätte die Annonce vielleicht nie aufgegeben, wenn Lena nicht irgendwann explodiert wäre. Er saß in seinem Arbeitszimmer oben im zweiten Stock, las Melville und versuchte, den Kopf freizubekommen, als unten Geschrei ertönte. Als er ins Wohnzimmer stürzte, saß Lena auf dem Sofa und weinte zum Steinerweichen. Er nahm sie in die Arme, bis ihre Tränen versiegten. Worte waren überflüssig; sie erstickte einfach an ohnmächtiger Wut auf ihr Leben, auf den unerbittlichen Geldmangel und seine Unfähigkeit, irgendwie die Zügel in die Hand zu nehmen. Er hielt ihre Hand und konnte ihr kaum ins gramzerfurchte Gesicht sehen.

Sie verstummte. Er holte ihr ein Glas Wasser. Sie saßen nebeneinander auf dem Sofa und warteten auf nichts. Sie nahm sich eine Chesterfield aus einem Päckchen auf dem Beistelltischchen, knickte mit dem Daumennagel den Filter ab, lehnte sich zurück und sog trotzig den Rauch tief in die Lungen, obwohl Dr. Saltz ihr nun schon zweimal ins Gewissen geredet hatte. Sie hat eine Affäre mit Chesterfields, dachte Clement.

»Ich denke daran, etwas Autobiographisches zu schreiben«, sagte er, irgendwie andeutend, das könne Geld ins Haus bringen.

»Meine Mutter …«, sagte sie und verstummte wieder, starrte ins Leere.

»Ja?«

Die kryptische Erwähnung ihrer Mutter erinnerte ihn an das erste Mal, wo sie sich zu ihren Schuldgefühlen bekannt hatte. Sie hatten in Lenas Pensionszimmer am Fenster gesessen, von dem aus man einen herrlichen Blick auf eine Straße hatte, die von vollbelaubten Bäumen gesäumt wurde und auf der Studenten vorbeiflanierten – die stille Beschaulichkeit eines weltabgeschiedenen Campus im Mittelwesten, während, wie sie sagte, drüben in Connecticut ihre Mutter jeden Morgen vor fünf Uhr aufstand und die erste Straßenbahn nahm, um ihren Achtstundentag in der Peerless Steam Laundry anzutreten.

Allein der Gedanke! Da bügelte die edle Christa Vanetzki fremden Leuten die Hemden, um ihrer Tochter jeden Monat die zwanzig Dollar für Kost und Logis schicken zu können, verbot ihr aber zu arbeiten, was doch die meisten Studenten taten. Lena musste die Augen schließen, um ihre Unwürdigkeit zu verdrängen. Um ihre Mutter glücklich zu machen, musste sie Erfolg haben, Erfolg war das Allheilmittel – vielleicht eine Stelle in der Sozialpsychologie bei einer städtischen Behörde.

Sie trug ihren weißen Angorapullover. »In dem Pullover leuchtest du bei diesem verrückten Licht wie ein Geist«, sagte Clement. Sie gingen spazieren, Hand in Hand auf den gewundenen Pfaden durch Schatten von geradezu greifbarer Schwärze. Der Mond schien in der windstillen Nacht so klar, dass er unerträglich nah wirkte. »Er muss näher sein als sonst oder so was«, sagte er und kniff die Augen gegen sein Licht zusammen. Er liebte die Poesie der Naturwissenschaft, aber die Einzelheiten waren ihm zu mathematisch. Das unglaubliche Leuchten ließ seine Wangenknochen stärker hervortreten, und sein männlicher Kiefer wirkte wie gemeißelt. Sie waren genau gleich groß. Sie hatte immer gewusst, dass er sie verehrte, aber allein mit ihm spürte sie sein körperliches Verlangen. Plötzlich zog er sie auf eine kleine Lichtung zwischen den Büschen und dort sanft auf den Boden. Sie küssten sich, er liebkoste ihre Brüste, streckte sich dann und drückte sich an sie, um ihr die Beine zu spreizen. Sie spürte seine Erektion und verspannte sich peinlich berührt. »Ich kann nicht, Clement«, sagte sie und küsste ihn zur Entschuldigung. Mit anderen war sie noch nicht einmal so weit gegangen, und sie wollte, dass ihre Gabe in Vergessenheit geriet.

»Eines Tages müssen wir.« Er wälzte sich neben sie.

»Warum?« Sie lachte nervös.

»Darum! Schau mal, was ich gekauft habe.«

Er hielt ihr ein Kondom hin. Sie nahm es und fuhr mit dem Daumen über das glatte Gummi. Sie verdrängte den Gedanken, all die Verse, die er über sie gedichtet hatte – die Sonette, Villanellen und Haikus –, könnten nur eine Masche gewesen sein, um sie auf diesen albernen Gummiballon vorzubereiten. Sie hielt ihn wie ein Monokel vors Auge und betrachtete den Himmel. »Da kann ich ja fast den Mond durch sehen.«

»Was zum Teufel fällt dir denn ein!« Er lachte und setzte sich auf. »Die verrückten Vanetzkis.« Ebenfalls kichernd, richtete auch sie sich auf und gab ihm das Kondom zurück. »Was ist; denkst du an deine Mutter?«, fragte er.

Sie war todernst. »Vielleicht solltest du dir eine andere suchen. Wir können ja Freunde bleiben.« Dann fügte sie hinzu: »Ich begreife nicht, warum ich überhaupt lebe.« Clement hatten diese plötzlichen Stimmungswechsel immer sehr bewegt – die »polnischen Tiefen« hatte er sie getauft. Sie stand in einer rätselhaften Verbindung zu einem Mysterium auf der anderen Seite des Atlantik im dunklen polnischen Mitteleuropa, einem Ort, den sie beide nie gesehen hatten.

»Gibt es ein Gedicht darüber?«

»Worüber?«

»Über ein Mädchen, das nicht weiß, was es denkt?«

»Emily Dickinson, nehm ich mal an, aber ein spezielles fällt mir nicht ein. Jedes mir bekannte Liebesgedicht endet mit Ruhm oder Tod.«

Er legte die Arme um die angewinkelten Knie und sah in den Mond. »So hab ich ihn noch nie gesehen. Wenn er so ist, muss er die Wölfe ja zum Jaulen bringen.«

»Und Frauen in den Wahnsinn treiben«, fügte sie hinzu.

»Warum treibt der Mond immer Frauen in den Wahnsinn?«

»Weil sie so viel Vorsprung haben.«

Sie beugte sich vor, brach einen Zweig ab, der ihr die Sicht versperrte, und kniff die Augen gegen den Mondschein zusammen. »Ich glaube, mich könnte er wirklich verrückt machen.« Auf unbestimmte Weise hatte sie echte Angst vor dem Verrücktwerden. Sie hatte nie vergessen, dass ihr Vater im Wahnsinn gestorben war. »Wie nah er wirkt. Wie ein Auge am Himmel. Kein Wunder, dass er den Menschen Angst einjagt. So viel Helligkeit sollte eigentlich warm sein, oder? Ist sie aber nicht; sein Licht ist kalt. Wie das Licht des Todes.«

Ihre liebe, kindliche Neugier ließ ihn vor Vorfreude auf ihren Körper frösteln. Ob sie da unten blond war? Sie war zugleich heilig und kostbar. Ihre einzigen Makel waren die Wangenknochen, etwas zu markant, doch ohne sie zu entstellen, und die zu breite polnische Nase. Aber er verglich sie schon längst nicht mehr mit der Vollkommenheit. Er öffnete ihre Hand und drückte ihre Handfläche an die Lippen. »Cathleen ni Houlihan, Elizabeth Barrett Browning, Queen Mab« – damit hatte er sie zu herablassendem Kichern gebracht – »Betty Grable … wer noch?«

»Die Karamasow-Frau?«

»Genau, Gruschenka. Und wer noch? Peter Paul Mounds, Baby Ruth, Kleopatra …« Sie packte seinen Kopf und presste ihm die Lippen auf den Mund. Sie enttäuschte ihn nur ungern, aber je mehr sie sich an Intimität versuchte, desto weniger fühlte sie.

Wenn sie es machten, würde sich in ihr vielleicht eine Feder entspannen. Er war wirklich sanft und liebenswert, und falls jemand in sie eindringen sollte, bevor sie einen Ehemann gefunden hatte, konnte das auch Clement sein. Vielleicht aber auch nicht. Sie war bei allem so unsicher. Sie ließ seine Zunge über ihre gleiten. Ihr entgegenkommend geöffneter Mund überraschte ihn, er drehte sie auf den Rücken, legte sich auf sie und fing an zu pumpen, aber sie schob sich unter ihm hervor, stand auf und ging zum Weg zurück. Als er sie einholte und ihren angespannten Blick sah, entschuldigte er sich. Ihre frustrierenden Stimmungswechsel hingen über ihm wie buntes Spielzeug über einer Babywiege. In fast trübsinnigem Schweigen kehrten sie zur Straße und dann zu ihrer Pension zurück, blieben vor der breiten viktorianischen Veranda stehen, und das helle Mondlicht warf ihre riesigen tintenschwarzen Silhouetten auf den Rasen.

»Ich wüsste gar nicht, wie das geht.«

»Das kann ich dir zeigen.«

»Es wäre mir peinlich.«

»Nur die ersten Minuten. Es ist leicht.«

Sie prusteten los. Er küsste sie so gern auf den lachenden Mund. Sie legte ihm die Fingerspitzen auf die Lippen.

Er stand auf dem Gehweg und sah zu, wie ihre phantastische Gestalt den Weg zum Haus hochging – ihr runder Hintern, die vollen Schenkel. In der Tür drehte sie sich noch einmal um, winkte und verschwand.

Er musste sie heiraten, so verrückt das auch klang. Aber wie? Er hatte nichts, nicht einmal Aussichten, außer er konnte noch einen Preis einheimsen oder eine Dozentur bekommen. Aber Hunderte von Leuten mit weit besseren Abschlüssen waren auf Arbeitssuche. Er würde sie ziemlich sicher verlieren. Er bekam auf dem mondlichtübergossenen Gehweg eine Erektion, dreißig Meter von dem Zimmer entfernt, in dem sie sich auszog.

»Warum gibst du dich mit ihr ab?«, fragte Mrs Vanetzki Clement. Carl, der schwarzweiß gescheckte Köter, hatte sich im Schatten zu ihren Füßen ausgestreckt und döste. Es war ein heißer Sonntagnachmittag in dem Kuhdorf, der letzte Tag der Frühjahrsferien. Selbst der unten am Haus vorbeifließende Winship River sah ölig und warm aus, und in der unbewegten Luft über den Gleisen am Flussufer hingen letzte Rauchfetzen eines längst abgefahrenen Zuges.

»Das weiß ich nicht«, sagte Clement. »Ich stell mir vor, dass sie mal reich wird.«

»Die? Ha!« Für Clements Besuch hatte Mrs Vanetzki ein sorgfältig gebügeltes blaues Baumwollkleid mit einer Spitzenkante am Kragen sowie weiße Oxfords angelegt. Ihr rötliches Haar hatte sie zu einem weißen Kamm oben auf dem Kopf hochgebürstet, was ihre Statur betonte – sie war einen halben Kopf größer als ihre Tochter – und irgendwie auch die Breite ihrer Wangenknochen und Stirn. Aus ihren herausfordernden Neckereien hörte Clement die unheimliche Kraft der majestätisch Gescheiterten heraus, die er mit seinen Hoffnungen nicht unter einen Hut bringen konnte.

Eine gerahmte sepiafarbene Fotografie im Wohnzimmer zeigte sie vor nur zehn Jahren; stolz stand sie neben ihrem Mann mit dem Foulard und den seidigen langen Haaren à la Byron und dem Fedora in der herabhängenden Hand. Seine Verkennung von Amerikas manchmal tödlicher Verachtung alles Ausländischen hatte ihn noch nicht in einen Paranoiker verwandelt und an die Trage gefesselt, von der aus er auf polnisch auf die Wände des Krankenwagens einwütete, seine Frau als Hure und die Menschheit als Mörder verfluchte.

Nur Lena war ihr geblieben. Die Verantwortungsbewusste, »die Einzige, die ein bisschen Grips im Schädel hat«. Lenas Schwester Patsy, das mittlere der drei Geschwister, hatte zwei Kinder von verschiedenen Männern abgetrieben, wobei sie zugegeben hatte, den Nachnamen des einen Mannes gar nicht zu kennen. Sie hatte eine wilde laute Jaulstimme, und aus ihren Augen sprach das Chaos. Eigentlich ein nettes Mädchen mit einem großen Herzen, aber ohne einen Funken Verstand. Patsy hatte Clement einmal einen Wink mit dem Zaunpfahl gegeben; sie wisse, dass Lena ihn nicht rüberließe, und hätte nichts dagegen, »ein paarmal« für sie einzuspringen. Weder Neid noch Bosheit hatten in dem Angebot gelegen, nur die nackte Tatsache, und nichts für ungut, egal wie er sich entscheiden sollte. »Hey, Clement, wie wär's mit mir, wenn sie nicht will?« Im Spaß natürlich, aber in ihren Augen lag ein unbestreitbares Leuchten.

Dann war da noch Steve, der Letztgeborene, aber irgendwie zählte er kaum für sie. Er war beschränkt, nett und schwerfällig und verkörperte die bäuerliche Linie der Familie. Steve glich Patsy; auch er schwamm wie ein Karpfen am Grund des Teiches, war aber wenigstens nicht so sexbesessen. Hamilton Propeller mochte ihn erstaunlicherweise. Dort wusste man, dass er ganze Arbeit leistete, und hatte ihn nach nur sechs Monaten in die Eichungsabteilung befördert – Steve, der erst neunzehn war und nur zwei Jahre lang die Highschool besucht hatte. Er würde sich durchschlagen, obwohl seine Eskapaden der letzten Zeit ihr Sorgen machten.

»Steve ist Schlafwandler, verstehst du. Seit einiger Zeit.« Mrs Vanetzki sagte das zu Lena und bat sie indirekt, diesen Umstand mit ihrer Universitätsbildung zu deuten.

»Vielleicht braucht er ein Mädchen«, mutmaßte Lena. Die Ironie, dass sie so beiläufig über Sex sprechen konnte, überraschte und belustigte Clement.

»Ein Jammer, dass es in dieser Stadt keine Huren gibt«, sagte Mrs Vanetzki und kratzte sich am Bauch. »Patsy rät ihm immer, er soll am Wochenende mal nach Hartford fahren, aber er kapiert nicht, worauf sie rauswill. Und du, Clement?«

»Ich?« Clement wurde rot und dachte, gleich würde sie ihn fragen, ob er mit Lena geschlafen habe.

»Vielleicht kannst du ihm das mit den Vögeln und den Bienen erklären. Ich glaube, davon hat er keine Ahnung.« Lena und Clement lachten, und Mrs Vanetzki gestattete sich ein säuerliches Grinsen. »Ich glaube wirklich nicht, dass er davon auch nur gehört hat, aber was tun?«

»Na, jemand muss es ihm erklären!«, rief Lena, der die hartnäckige Kindlichkeit ihres Bruders Sorgen machte. Clement war verblüfft, dass sie so viel Energie aufbrachte, damit ihre Angehörigen den Problemen ihrer Familie ins Auge sahen, während sie vor ihren eigenen floh.

»Anscheinend hat er Patsys altes Fahrrad verbogen«, sagte Mrs Vanetzki verwirrt.

»Ihr Fahrrad verbogen!«

»Als wir geschlafen haben. Er muss wieder als Schlafwandler unterwegs gewesen sein und hat anscheinend die Vordergabel mit den Händen verbogen. Der Junge ist ganz schön kräftig.« Sie wandte sich an Clement. »Vielleicht kannst du ihm ja mal nahe legen, am Wochenende nach Hartford zu fahren.«

Sie winkte ab, bevor Clement etwas sagen konnte. »Ach, ihr Männer, wenn's um praktische Fragen geht, seid ihr immer überfragt.«

Lena sprang sofort für ihn in die Bresche. »Er würde gern mit Steve reden. Oder, Clement?«

»Klar; ich kann gern mit ihm reden.«

»Aber weißt du denn Bescheid über Sex?«

»Mama!« Lena wurde rot und lachte kreischend, aber ihre Mutter lächelte kaum.

»Ach, das eine oder andere weiß ich schon.« Clement versuchte, die verwirrende Tatsache zu ignorieren, dass die Frau ihm nichts zutraute.

»Nun sei mal ein bisschen nett zu Clement, Mama«, sagte Lena, stand auf und setzte sich neben ihre Mutter in die Hollywoodschaukel.

»Ach, der lässt sich schon nicht ins Bockshorn jagen. Ich sag das doch bloß so.« Aber sie hatte ihm Unzulänglichkeit unterstellt. Sie verkantete den Absatz auf den Boden und setzte die Schaukel in Bewegung.

Niemand sagte ein Wort. Die Schaukel quietschte vertraut. Hinter der Veranda lag die stille Straße. Schließlich wandte sich Mrs Vanetzki an Clement. »Was den meisten Leuten das Leben ruiniert, ist der Sex.«

»Ach kommen Sie – auch wenn man jemanden liebt? Ich liebe dieses verrückte Huhn«, sagte Clement.

»Ach, Liebe.«

Lena kicherte nervös durch den Rauch ihrer Zigarette.

»Glauben Sie nicht daran?«, fragte Clement.

»Wer nicht realistisch ist, den tötet Amerika«, sagte Mrs Vanetzki. »Du bist ein gebildeter junger Mann. Du bist attraktiv. Meine Tochter ist ein konfuses Ding. Sie wird sich nie ändern. Niemand ändert sich. Es wird nur mehr und mehr herausgelassen, das ist alles, wie bei einem sich abwickelnden Bindfadenknäuel. Tu dir einen Gefallen – vergiss sie oder bleib ihr Freund, aber heirate sie nicht. Such dir eine gescheite Frau mit Sinn fürs Praktische und klarem Verstand. Die Ehe ist für die Ewigkeit, aber eine Frau taugt nur etwas, wenn sie praktisch ist. Dieses Mädchen hat keine Ahnung, was praktisch bedeutet. Sie ist eine Träumerin, genau wie ihr armer Vater. Der Mann kommt in dieses Land und erwartet Respekt, und sei's nur für seinen Namen. Niemand respektiert einen Polacken. Was weiß man hier denn schon von den Vanetzkis, die sich auf die litauischen Herzöge zurückführen? Er wollte nichts als ein bisschen Respekt, dieser Mann mit seiner Ingenieursausbildung. Alle wollten mit ihm befreundet sein, Leute, mit denen er damals bei uns daheim kein Wort gewechselt hätte, außer vielleicht um sich die Schuhe putzen zu lassen. Also geht er erst nach Akron, dann nach Detroit und schließlich hierher und sucht nach kultivierten Kreisen. So war Lenas Vater einfach. Er wusste nicht, dass man hier entweder ein Versager oder ein Sieger ist, aber nie ein menschliches Wesen mit einem Namen. Also fuhr er vor Wut schäumend ins Grab. Komm mir nicht mit der Ehe. Bitte, um euer beider willen, lass die Finger von ihr. Unsere Patsy, ja – die sollte heiraten. Die kann nur die Ehe retten, und selbst das möchte ich bezweifeln. Aber nicht die hier.« Sie drehte sich um und sah ihre Älteste an, die während der kleinen Rede liebevoll gerührt und verlegen gekichert hatte. »Hast du ihm gesagt, wie verloren du bist?«

»Ja«, sagte Lena betreten. »Er weiß Bescheid.«

Mrs Vanetzki seufzte, legte sich eine Hand an die schwitzende Wange und wiegte sich sanft hin und her. Sie ahnte, was die Zeit für sie in petto hatte, dachte Clement, bewegt von dieser Transzendenz ihres Wesens, auch wenn er es etwas theatralisch fand.

»Wovon wollt ihr leben? Eins kann ich dir nämlich sagen: Ihren Lebensunterhalt wird sie nie bestreiten können.«

»Mama!«, protestierte Lena, entzückt von der weiblichen Revolte, die in der Offenheit ihrer Mutter lag. »So schlimm bin ich nun auch wieder nicht, Mama!«

»Wirst du aber noch werden«, sagte Mrs Vanetzki und wiederholte ihre Frage an Clement: »Wovon wollt ihr leben?«

»Also, das weiß ich noch nicht.«

»Noch nicht? Weißt du nicht, dass jeder Tag Geld kostet? ›Noch nicht?‹

Die Wirtschaft hat keine Zeit für ein ›noch nicht‹. Ihr müsst wissen, wovon ihr leben wollt. Aber ich sehe schon, darin gleicht ihr euch – du bist genauso weltfremd. Steht darüber nichts bei Shakespeare?«

»Shakespeare?«, fragte Clement.

»Du berufst dich doch immer auf Shakespeare. Dann verrat mir doch mal, wie ein hoffnungslos schönes Mädchen einen Dichter heiraten soll, der keine Arbeit hat. Mein Gott, ihr seid wirklich noch Kinder!« Sie lachte und schüttelte hilflos den Kopf. Clement und Lena waren erleichtert, dass sie nicht mehr über sie urteilte, stimmten in ihr Lachen ein und freuten sich, dass sie sich in diesem verrückten Leben in demselben Dilemma befand wie sie.

»Aber das hat doch noch Zeit, Mutter. Erst muss ich meinen Abschluss machen, und wenn ich danach Arbeit finden kann …«

»Sie wird Arbeit finden – sie hat doch nur Bestnoten«, sagte Clement mit absoluter Zuversicht.

»Und du? Gibt es Arbeit für Dichter? Warum versuchst du nicht, berühmt zu werden? Gibt es in Amerika einen berühmten Dichter?«

»Na sicher gibt es berühmte amerikanische Dichter, aber Sie haben wahrscheinlich noch nie von ihnen gehört.«

»Und das nennst du berühmt? Leute, von denen kein Mensch was gehört hat?«

»Sie sind berühmt bei anderen Dichtern und Leuten, die sich für Gedichte interessieren.«

»Schreib lieber eine Erzählung – dann wirst du auch berühmt. Nicht diese Gedichte. Vielleicht wird deine Erzählung dann sogar verfilmt.«

»Solche Sachen schreibt er nicht, Mama.«

»Ach nein, was du nicht sagst.«

Patsy erschien in Büstenhalter und Höschen hinter der Fliegengittertür. »Ma, hast du meinen anderen Büstenhalter gesehen?« Sie klang gehetzt.

»Hängt im Badezimmer. Warum schaust du nicht mal selber nach, statt immer gleich ›Ma, Ma, Ma‹ zu schreien?«

»Ich hab ja nachgeschaut.«

»Dann solltest du dabei vielleicht auch die Augen aufmachen. Und wann wäschst du deine Sachen endlich selbst?«

Patsy machte die Fliegengittertür auf, kreuzte mit Rücksicht auf Clement die Arme vor den großen Brüsten und kam barfuß auf die Veranda heraus. Sie hatte sich ein Handtuch wie einen Turban um die nassen Haare geschlungen. Im schwindenden Tageslicht sah er Erhabenheit in ihren mächtigen Schenkeln, ihrem breiten Kreuz und ihrer ausladenden Brust.

Aus einem Impuls heraus umfasste Patsy das Gesicht ihrer Mutter und gab ihr einen Kuss. »Ich hab dich lieb, Mama!«

»Da sitzt ein Mann, und du schämst dich nicht, nackt hier herumzulaufen? Geh rein, du verrückte Nudel!«

»Das ist doch nur Clement. Clement macht das nichts aus!« Sie kehrte Mutter und Schwester den Rücken und wandte sich zu Clement, dem angesichts ihrer strotzenden Brüste, die den zu kleinen Büstenhalter fast sprengten, das Herz schwoll. Mit ihrem jaulenden Lachen stichelte sie: »Oder macht dir das was aus, Clement?«

»Nein, macht mir nichts aus.«

Mrs Vanetzki beugte sich vor, gab ihrer Tochter mit der flachen Hand einen Klaps auf den Po und lachte.

»Aua! Das tut weh!« Patsy lief ins Haus zurück und hielt sich die Pobacke.

Es war fast dunkel geworden. In der Nähe ratterte ein Güterzug vorbei. Lena zündete sich eine Zigarette an und ließ sich in die Kissen der Hollywoodschaukel zurücksinken. »Er wird ein Theaterstück schreiben, Ma.«

»Der?«

»Er kann das.«

»Der ist gut«, sagte Mrs Vanetzki, als hätte Lena einen Witz erzählt. Alle verstummten angesichts ihrer finsteren Skepsis.

Später gingen Lena und Clement spazieren. Die Nachbarschaft bestand aus Bungalows und vierstöckigen Holzhäusern, Mietskasernen für Arbeiter.

»Ich fürchte, sie hat Recht«, sagte Clement in der Hoffnung, Lena werde ihm widersprechen.

»Was das Heiraten angeht?«

»Für uns wäre das idiotisch.«

»Wahrscheinlich«, stimmte sie erleichtert zu. Eine entschieden aufgeschobene Entscheidung war genauso tröstlich wie eine gefällte, und sie griff nach seiner Hand, heilfroh über die Konkretisierung des Unbestimmten.

Er konnte sich nicht dazu durchringen, die Anzeige aufzugeben. Er fragte sich, ob man die Idee für pervers halten würde. Aber zunehmend wurde ihm klar, dass er sich das schuldig war. Eines Tages kaufte er die *Village Voice,* blieb an der Ecke Prince und Broadway stehen und überflog die Kleinanzeigen: seitenweise geile Offerten, Partnersuchen, Angebote von Wahrsagern und Schönheitsoperationen – wie ein Eisfeld, sagte er sich, und menschliche Stimmen riefen aus tiefen Gletscherspalten um Hilfe. Dante. Er nahm die Zeitung mit nach Hause an seinen unfruchtbaren Schreibtisch, wog verschiedene Strategien ab und entschied sich schließlich für ein direktes Vorgehen: »Große Frau für harmloses Experiment gesucht; Alter unwichtig, aber Haut muss straff sein. Fotos erbeten.« Nach fünf Fehlschlägen – ungeheuer wabblige nackte Frauen, fotografiert aus allen möglichen Perspektiven – wusste er auf Anhieb, dass er die Richtige gefunden hatte, als er Carol Mundts Foto sah: den Kopf zurückgeworfen wie bei einem Lachkrampf. Als sie bei ihm vor der Tür stand – in gelbem Minirock, weißer Baskenmütze und schwarzer Bluse, fünfzehn Zentimeter größer als er, und mit diesem zugleich schüchternen und tapferen Grinsen auf kitschige Weise rührend –, wollte er sie unwillkürlich umarmen, so sicher war er sofort, dass er sein Konzept mit ihr würde umsetzen können. Endlich hatte er etwas gegen seine Leere unternommen.

In seinen Sessel gekuschelt, machte sie den halbherzigen Versuch, ihren Rock lang zu ziehen und zugleich skeptisch und zu allen Schandtaten bereit auszusehen, als wären sie Fremde in einer Bar. Sie klimperte mit den schweren Armreifen und Halsketten und wieherte – ein Pferdelachen, das sein sensibles Gehör beleidigte. Sie hatte etwas Jungfräuliches, das vielleicht Fassade war, vielleicht war sie aber auch *extra virgine* wie das beste Olivenöl; ein Wortspiel, das er sich zur späteren Verwendung merken wollte. »Also worum geht's? Bin ich auch groß genug?«, fragte sie.

»Ganz einfach. Ich bin Schriftsteller.«

»A-ha.« Sie nickte argwöhnisch.

Er nahm eins seiner Bücher aus dem Regal und reichte es ihr. Sie warf einen Blick auf sein Foto auf dem Schutzumschlag, und ihre Bedenken verflogen. »Also, das, wie soll ich sagen …«

»Sie müssen dabei natürlich nackt sein.«

»Mhm.« Sie wirkte aufgeregt, als wappne sie sich für eine Herausforderung. Zügig fuhr er fort: »Ich möchte überall auf Ihnen schreiben, weil, schauen Sie, für die Erzählung, die mir vorschwebt, werde ich Ihre gesamte Körperoberfläche brauchen. Obwohl ich mich da vielleicht auch verschätze. Ich bin noch nicht sicher, es könnte auch das erste Kapitel eines Romans werden.« Dann erläuterte er ihr seine Schreibblockade und die Hoffnung, sie zu überwinden, wenn er auf ihrer Haut schrieb. Ihre Augen weiteten sich fasziniert und verständnisvoll, und er sah, dass sie stolz darauf war, seine Vertraute zu werden. »Vielleicht klappt es nicht – wer weiß …«

»Na, Probieren geht über Studieren, oder? Wer nicht wagt, der nicht gewinnt.« Um Zeit zu schinden, nahm er eine Schachtel Büroklammern und eine ledergebundene Kladde vom Schreibtisch, ein altes Weihnachtsgeschenk von Lena. Wie sollte er sie bitten, sich auszuziehen? Die Verrücktheit des ganzen Vorhabens schlug wie eine Woge über ihm zusammen und drohte, ihn in die Impotenz zurückzuwerfen. Hastig sagte er: »Ziehen Sie sich bitte aus« – was er noch keiner Frau zu sagen gewagt hatte, jedenfalls nicht im Stehen. Sie schien nur kurz die Schultern hochzuziehen und sich zu winden, und schon stand sie vor ihm, nackt bis auf ihr weißes Höschen. Sein Blick blieb daran hängen, und sie fragte: »Höschen auch?«

»Wenn's Ihnen nichts ausmacht; ginge das? Es ist irgendwie – wie soll ich sagen – weniger stimulierend, wenn Sie es ausziehen, oder? Außerdem brauch ich diese Fläche.«

Sie streifte ihr Höschen ab und setzte sich auf den Schreibtisch. »Wie rum?«, fragte sie. Sie hatte offenbar Skrupel gehabt, und deren Überwindung hatte sie verunsichert, ein Geisteszustand, den er nur zu gut kannte, und das vertiefte die zwischen ihnen aufkommende Vertrautheit.

»Als Erstes auf den Bauch. Möchten Sie ein Laken?«

»Geht auch so«, sagte sie und legte sich auf die Tischplatte. Die breite Fläche ihres gebräunten Rückens und die Halbkugeln ihrer weißen Pobacken bildeten einen starken Kontrast zur vorherigen verwüsteten Dürre seines Schreibtischs. In einem gravierten Silberpokal, einem seiner alten Preise, stand ein Dutzend Filzstifte, von denen er einen herausnahm. Er erschauerte innerlich vor Angst. Was machte er da bloß? Hatte er endgültig den Verstand verloren?

»Alles in Ordnung?«, fragte sie.

»Ja! Ich denke bloß nach.«

Es gab eine Erzählung, von der er – vor Monaten, inzwischen vielleicht vor einem Jahr – mehrere Anfänge geschrieben hatte. Dann hatte er schlicht und einfach einsehen müssen, dass er seine Gabe überlebt hatte und nicht mehr an sich glaubte. Jetzt, da dieses Fleisch unter seiner Hand wartete, lernte er, wieder an sich zu glauben.

»Sind Sie sicher, dass alles in Ordnung ist?«, wiederholte sie.

Es war keine großartige Erzählung gewesen, nicht mal eine sehr gute, aber sie enthielt das Bild, wie er seine spätere Frau kennen gelernt hatte, unter einer Welle, die sie beide von den Beinen gerissen und nebeneinander an den Strand gespült hatte. Als er aufstand und seine fast verloren gegangene Badehose hochzog, kam auch sie schwankend auf die Beine und zog den Einteiler über eine Brust, die sich im schäumenden Wasser befreit hatte. Für ihn waren sie einander vorherbestimmt, wie Griechen, die in einem Mythos von Ertrinken und Wiedergeburt aus dem Ozean erstanden.

Er war damals ein naiver Dichter, während sie Emily Dickinson verehrte und Raubbau mit ihrer Gesundheit trieb. »Das Meer wollte dich ausziehen«, sagte er. »Der Minotaurus.« Er sah, dass sie glasige Augen hatte, und das gefiel ihm, denn unsichere Menschen beruhigten ihn, und zu denen gehörte sie, wie sich schnell herausstellte. Von der See ausgespien – wie er die Szene jahrelang überhöhen sollte –, erblickten sie ineinander instinktiv dieselbe Angst und denselben Wunsch, vor dem Eindeutigen zu fliehen. »Tod durch das Eindeutige«, schrieb er, einen Lobgesang auf die kreative Macht des Nebels.

In der rechten Hand den schwarzen Filzstift, legte er Carol die linke auf die Schulter. Die Wärme ihrer festen Haut war ein Schock. Seine Phantasien waren nur selten Wirklichkeit geworden, und dass sie, eine Fremde, bereit war, dies für ihn zu tun, brachte ihn den Tränen nah. Die Güte des Menschseins. Er spürte, dass es sie all ihre Selbstüberwindung gekostet hatte, sich auf seine Anzeige zu melden, aber etwas hielt ihn davon ab, sich allzu eingehend nach ihrem Leben zu erkundigen. Hauptsache, sie war nicht verrückt. Vielleicht ein bisschen schräg, aber wer war das nicht? »Danke, Carol.«

»Schon okay. Lassen Sie sich ruhig Zeit.«

Er spürte, wie er schwoll. So wie beim Schreiben vor langer, langer Zeit. Ein Mann schrieb damit, es war wirklich sein Zentralorgan, und eine zusätzliche Gallone Blut schien seine Adern zu weiten. Er beugte sich über Carols Rücken, seine Linke legte sich zuversichtlicher auf ihre Schulter, und langsam schrieb er: »Weit draußen, wo das Sandschelf in die Tiefen abfiel, türmte sich die Welle höher und höher, und der Mann und die Frau schwammen gegen den Sog an, der sie, die einander Fremden, hinauszog, ihrem Schicksal entgegen.«

Erstaunt sah er kristallklare Fragmente von Tagen aus seiner Kindheit und Jugend vor sich aufsteigen, und über ihnen wölbte sich wie ein Regenbogen sein bedingungsloser Glaube an das Leben und dessen fast vergessene Verheißungen. Er konnte Carols Körper riechen, sie reagierte auf den Druck seiner Hand, und ein grün getönter fruchtbarer Seeduft hielt ihm irgendwie seine vertrocknete Kraft vor. Wie sollte er das in ihm aufsteigende schiere Sehnen bloß in Worte fassen?

Lenas Gesicht erstand vor ihm, wie sie vor über zwanzig Jahren ausgesehen hatte, die Augen vom Salzwasser gerötet, die blonden Haarwirbel auf dem lachenden Gesicht klebend, die Fülle ihres jungen Körpers, als sie zum Strand ging und sich atemlos lachend in den Sand fallen ließ, und er sah sich selbst, schon verliebt in ihre Gestalt, und beide waren sich nahe, aber auch wachsam nach dem eben erfahrenen Missgeschick. Seit vielen Jahren schienen dies die ersten Bilder zu sein, die er vor sich sah, und sein Stift glitt über Carols Rücken zu ihren Pobacken, den linken Schenkel hinab und dann den rechten, dann drehte er sie um und schrieb auf ihrer Brust weiter, ihrem Bauch und wieder ihren Schenkeln, bis zum Knöchel hinab, wo die Erzählung wie durch ein Wunder mit seinem ersten kaum kaschierten Fremdgehen ein natürliches Ende fand. Er hatte das Gefühl, dem Fleisch dieser Frau wundersamerweise die Wahrheit anvertraut zu haben. Aber war es eine Erzählung oder ein Romananfang? Seltsam, das spielte keine Rolle, aber er musste den Text jedenfalls sofort seinem Lektor zeigen.

»Ich bin auf Ihrem Knöchel fertig geworden!«, rief er, selbst überrascht von seiner jungenhaften Stimme.

»Na, ist doch toll! Und jetzt?« Sie setzte sich auf, die Hände kindlich in der Luft gespreizt, um nichts zu verschmieren.

Er dachte daran, dass sie so wenig wie ein Blatt Papier wissen konnte, was auf ihr geschrieben stand. »Ich könnte Sie scannen, aber ich habe keinen Scanner. Ich kann auch alles in den Laptop tippen, aber das dauert eine Weile. Ich tippe nicht sehr schnell. Daran hatte ich nicht gedacht … Ich könnte Sie natürlich in ein Taxi verfrachten und zu meinem Verleger fahren«, flachste er. »Nein, war nur ein Scherz. Am Ende will er Sie kürzen.«

Die Lösung war dann, dass er sich hinter sie stellte und laut das auf ihrem Rücken Stehende vorlas, während sie an seinem Laptop saß und tippte. Das Verfahren brachte sie immer wieder zum Lachen. Für den Text auf ihrer Vorderseite schlug sie erst einen körpergroßen Spiegel vor, aber der hätte alles in Spiegelschrift gezeigt. Also nahm sie den Computer auf den Schoß, und er setzte sich ihr gegenüber und tippte. Als er sich bis zu ihren Schenkeln hinabgelesen hatte, musste sie aufstehen, damit er fortfahren konnte – bis er schließlich auf dem Fußboden saß und ihre Waden und Knöchel entzifferte.

Dann stand er auf, und sie sahen sich zum ersten Mal länger in die Augen. Beide fingen an zu kichern, vielleicht weil sie zusammen etwas so Intimes und Unvorstellbares getan und keine Ahnung hatten, was sie jetzt machen sollten. Ein ansteckender Lachkrampf erschütterte ihre Zwerchfelle, bis sie die Stirnen auf den Tischrand legten, um sich nicht mehr ansehen zu müssen. Endlich brachte er heraus: »Wenn Sie möchten, können Sie gerne duschen.« Aus irgendeinem Grund kreischten sie daraufhin wieder los und hielten sich herrlich hilflos die Bäuche.

Keuchend rutschten sie zu Boden, und ihr Lachen verebbte. Sie lagen nebeneinander, von unerwartetem, kindlichem Wissen über den anderen erfüllt. Sie beruhigten sich, verschnauften auf seinem Orientteppich und sahen sich in die Augen.

»Ich geh dann wohl lieber«, meinte sie.

»Wie wollen Sie das abkriegen?«, fragte er mit unerklärlicher Angst.

»Ich versuch's in der Badewanne.«

»Und der Rücken …?«

»Da kenn ich wen zum Abseifen.«

»Wen, einen Mann?«

»Nein, ein Mädchen bei mir auf dem Flur.«

»Es wäre mir lieber, wenn das erst mal niemand liest. Ich weiß nicht, ob es schon druckreif ist, verstehen Sie? Oder ob es schon jemand lesen sollte. Ich meine …« Er suchte nach Worten für den Grund, warum er etwas gegen die Neugier dieser unbekannten, Rücken waschenden Freundin hatte; vielleicht wollte er auch nur die Privatsphäre seines Werks schützen – weiß Gott warum, er hatte jedenfalls das Gefühl, noch sei ihr Körper etwas zu Persönliches, das kein Fremder betrachten dürfe. Er stützte sich auf einen Ellbogen. Ihre Haare hatten sich über den Teppich ergossen. Es war fast, als hätten sie miteinander geschlafen. »So kann ich Sie nicht gehen lassen«, sagte er.

»Wie meinen Sie das?« Ihre Stimme hatte etwas Hoffnungsvolles.

»Bekannte von uns würden merken, dass da einiges über meine Frau drinsteht. Das ist mir noch zu früh.«

»Warum haben Sie es dann geschrieben?«

»Ich habe eine Rohfassung erstellt, die ich noch überarbeiten möchte. Sie können so nicht gehen. Ich komme mit Ihnen unter die Dusche und seife Ihnen den Rücken ab, einverstanden?«

»Okay, meinetwegen. Aber ich wollte es sowieso niemanden lesen lassen«, sagte sie.

»Ich weiß, aber es ist mir trotzdem lieber, wenn es ab ist.«

In der kleinen metallenen Duschkabine wirkte sie so riesig, dass er müde wurde, kaum dass er sie ein paar Minuten lang mit der Rückenbürste abgeschrubbt hatte. Carol reinigte sich vorne, er übernahm die Rückseiten ihrer Schenkel, Waden und Knöchel. Als sie sauber war und das Wasser ihr die Schultern herabrann, zog er sie an sich. Ihr Körper war fest und kraftvoll.

»Geht's jetzt besser?«, fragte sie. Er konnte keinen klaren Gedanken mehr fassen, vor dieser Frau rutschte ihm der letzte Rest Verstand aus dem Schädel in die Lenden.

Später fragte er sich, warum er sie unter dem Wasserstrahl so leicht und unkompliziert hatte lieben können, während sich vorher, als sie noch mit seinen Worten bedeckt war, allein der Gedanke daran so angefühlt hatte, als penetrierte er einen dichten Dornbusch. Er hätte diese Frage gern mit Lena diskutiert. Aber das kam natürlich nicht in Frage, obwohl – warum eigentlich nicht? Nachdem er Carol beim Abtrocknen geholfen hatte, schlüpfte sie in Höschen, BH und Bluse und zog den Rock hoch, während er sich an den Schreibtisch setzte, eine Schublade aufzog und ein Scheckbuch herausnahm. Sofort legte sie ihm die Hand auf den Arm. »Schon gut«, sagte sie. Ihr feuchtes Haar zeugte von ihrer Intimität, der Tatsache, dass er sie verändert hatte.

»Aber ich möchte Sie honorieren.«

»Diesmal nicht.« Ein Anflug von Schüchternheit überzog ihr Gesicht, als sie merkte, dass sie unabsichtlich ihrem Wunsch Ausdruck gegeben hatte wiederzukommen. »Nächstes Mal vielleicht, falls Sie mich noch mal brauchen.« Ein neuer Gedanke schien sie zu erschrecken: »Aber Sie brauchen mich gar nicht mehr, oder? Ich meine, jetzt haben Sie's ja geschafft!« Ihre anfängliche Direktheit meldete sich zurück. »Für das erste Mal gibt es keine zweite Chance, ne?« Sie lachte leise, aber mit einem Flehen in den Augen.

Er stand auf und wollte sie zum Abschied küssen, aber sie wich aus, und der Kuss landete auf ihrer Wange. »Ich fürchte, da haben Sie Recht«, sagte er.

Ihr Gesicht verhärtete sich. »Na, dann nehme ich wohl besser das Geld.«

»Richtig«, sagte er. Die Rückkehr in die Wirklichkeit ist immer eine Erleichterung, dachte er, aber warum kommt sie immer im Verein mit Ärger? Er setzte sich wieder, stellte einen Scheck aus und reichte ihn ihr beschämt.

Sie faltete ihn zusammen und steckte ihn in ihre Handtasche. »Das war ein roter Tag im Kalender, was?«, rief sie, und ihr wieherndes Lachen erschreckte ihn fast, denn seit dem Augenblick, da sie sich als Fremde begegnet waren, hatte sie nicht mehr so gelacht. Jetzt ist sie wieder auf Hirschjagd, dachte er, und schleppt sich durch die Tundra. Sie war nur kurz aus dem Verborgenen aufgetaucht, um etwas Selbstvertrauen zu schnuppern, und dann in ihren Bau zurückgehuscht.

Nachdem Carol gegangen war, saß er am Schreibtisch vor dem Manuskript. 22 Seiten. Er starrte ins Leere, das Duschen und die Verausgabung schienen geistige Klarheit und Erhebung mit sich zu bringen. Er legte die Hand auf den Papierstoß und dachte, ich habe die Zehe über den Rand der Zurechnungsfähigkeit hinausgeschoben, also wehe, wenn das nichts taugt. Er rieb sich die Augen und hatte gerade angefangen zu lesen, als er unten eine Tür schlagen hörte. Lena war nach Hause gekommen. War zu Hause mit ihrem runzligen Gesicht wie eine vertrocknete überreife Paprika, mit den herabgezogenen Mundwinkeln, den Hängebrüsten und dem ekligen Mundgeruch nach Nikotin. Wieder stieg Zorn in ihm auf und Hass auf ihre starrsinnige Selbstzerstörung.

Er kehrte zu seiner Erzählung zurück, las sie mehrmals durch und war bass erstaunt, dass sich selbst jetzt noch zärtliches Mitgefühl und Liebe zu ihr in ihm regten, als hätte ein blutjunger und noch ungezeichneter Mann es geschrieben, ein in ihm eingekerkerter Mann, ein lauthals singender Dichter, dessen Geist so wirklich und so überzeugend war wie die Meereswellen. Ob er versuchen sollte, aus der Erzählung einen Lobgesang auf die Frau zu machen, die sie früher gewesen war? Ob sie sich wieder erkennen und versöhnt sein würde?

Beim Lesen erkannte er, wie wunderschön und romantisch sie in einem versteckten Winkel seines Geistes immer noch war, und er erinnerte sich, wie ihn allein das morgendliche Aufwachen neben ihr mit Glück und Entschlusskraft erfüllt hatte. Als er vom Manuskript aufsah und auf die kahlen Dächer hinausstarrte, sehnte er sich fast schmerzhaft nach Carol, deren brutale Jugend im Zimmer nachhallte, und er wollte sie zurückhaben, nur noch einmal, um noch einmal ihre straffe Haut zu beschreiben und vielleicht noch mehr Unschuldiges auszugraben, das in der Finsternis in ihm zitterte, ein Überbleibsel der Liebe, das solche Angst vor dem Auftauchen hatte, dass es verschwunden zu sein schien – und seine Kunst mit sich genommen hatte.

[Aus dem Amerikanischen von Ulrich Blumenbach]

MERETE TORP

Schwarze Zungen

Gedichte

schreite langsam voran
wo die Bucht sich langsam erhellt,
in Hüllen von Licht.

*

die regelmäßigen
Schläge deines
Herzens gegen
den Mond
wie
sie
annehmen

*

sah eine Sternschnuppe
eines frühen endlosen Abends
ein Vogel schwebte
unbeweglich vorbei
grade als die zwei Linien
einander schnitten
starb ich auf eine neue Art

*

der Schnabel des Schwans
unterm Flügel

die Sonne
hinter
der Wolke

*

Schneeflocken
verschwinden
auf Haut

glühende
Kohle

*

wie weit muß man hinausreisen
in den Raum ehe
der Körper sich langsam auflöst
mitten im Wort
und der Satz gebunden steht in
leuchtenden Streifen in
der stehengebliebenen Luft
zwischen Seele
und Seele

*

Von der Nacht umfangen

Wenn die Zeit schwarz ist
steckt die Angst ihren wollnen
schwarzen Handschuh herein
durch Ritzen
was kann man anderes tun als zu grüßen

Schwarze Zungen
raspeln Wände blutig
und Körper werden ohne Extreme
verleiben sich unwillkürlich
sich selbst ein

werden zu einem in der Reihe
der Kissen, hier wird
nicht geatmet, man kennt
die Kunst und
kennt nichts anderes

*

der Horizont trägt
ein gigantisches Auge

starre zum
Unendlichkeitspunkt

sieht man mir's an

*

Sperr deine Schmetterlinge

Sperr deine Schmetterlinge hinaus
dass
sie ihr
Muster
verlassen können

*

denk dran: die Blitze, die du siehst
sind Wurzeln der wunderbaren
Bäume des Himmels

[Aus dem Dänischen von Hanns Grössel]

J. M. COETZEE

Er und sein Mann

Vorlesung zur Verleihung des Nobelpreises

> Um jedoch auf meinen neuen Gefährten zurückzukommen, so gefiel mir dieser außerordentlich. Ich erachtete es für meine Pflicht, ihn in allem zu unterweisen, was ihn nützlich und geschickt machen könnte. Besonders gab ich mir Mühe, ihn sprechen und mich verstehen zu lehren. Er war der aufgeweckteste Schüler, den man sich denken kann.
>
> Daniel Defoe, *Robinson Crusoe**

Boston, an der Küste von Lincolnshire, ist eine hübsche Stadt, schreibt sein Mann. Sie hat den höchsten Kirchturm von ganz England; Lotsen benutzen ihn als Navigationshilfe. Die Gegend um Boston ist Sumpfland. Es wimmelt dort von Rohrdommeln, unheilverkündende Vögel, die ein dumpfes Brüllen von sich geben, das meilenweit zu hören ist, wie der Knall eines Schusses.

Das Sumpfland beherbergt auch viele andere Vögel, schreibt sein Mann, Enten und Stockenten, Krickenten und Pfeifenten. Um die zu fangen, züchten die Leute vom Sumpfland zahme Enten, die sie Lockenten nennen.

Diese Sümpfe heißen *fens* und sind Feuchtgebiete. Es gibt Feuchtgebiete in ganz Europa, auf der ganzen Welt, aber sie heißen dort nicht *fens, fen* ist ein englisches Wort, es wandert nicht.

Diese Lincolnshire-Lockenten, schreibt sein Mann, werden in Fangteichen gezüchtet und durch Handfütterung zahm gehalten. Wenn dann die rechte Jahreszeit da ist, werden sie ins Ausland, nach Holland und Deutschland, geschickt. In Holland und Deutschland treffen sie sich mit anderen ihresgleichen, und wenn sie sehen, was für ein elendes Leben diese holländischen und deutschen Enten fristen, weil ihre Flüsse im Winter zufrieren und ihre Äcker mit Schnee bedeckt sind, versäumen sie nicht, ihnen in einer Art Sprache, mit der sie sich verständlich machen, mitzuteilen, dass es in England, wo sie herkommen, ganz anders ist: Englische Enten haben Küsten,

* Zitiert nach der Robinson-Crusoe-Ausgabe in Reclams Universalbibliothek. Aus dem Englischen von A. Tuhten, bearbeitet von Dr. Gerhard Jacob.

die ihnen genug sättigende Nahrung bieten, Gezeiten, die ungehindert in die Flüsse hineinströmen; sie haben Seen, Quellen, offene Teiche und geschützte Teiche; auch Äcker voller Körner, die von den Ährenlesern liegen gelassen wurden; und keinen Frost oder Schnee, oder nur ganz wenig.

Durch diese Angaben, schreibt er, die ganz in der Entensprache gemacht werden, ziehen die Lockenten riesige Scharen Wasservögel an und entführen sie sozusagen. Sie führen sie von Holland und Deutschland übers Meer und lassen sich mit ihnen auf den Fangteichen im Sumpfland von Lincolnshire nieder, wobei sie unablässig in ihrer Sprache quaken und schnattern und ihnen sagen, das seien die Teiche, von denen sie ihnen erzählt haben, wo sie ruhig und sicher leben sollen.

Und während sie damit beschäftigt sind, kriechen die Entenfänger, die Herren der Lockenten, in Verstecke, die sie im Sumpfland aus Ried errichtet haben, und werfen aus der Deckung heraus Körner aufs Wasser; und die Lockenten folgen ihnen und ziehen ihre ausländischen Gäste nach. Und so führen sie ihre Gäste in zwei oder drei Tagen immer enger werdende Wassergräben hinauf und rufen ihnen die ganze Zeit zu: Seht doch, wie gut wir in England leben!, bis sie an einen Ort kommen, wo man Netze aufgespannt hat.

Dann schicken die Entenfänger ihren Jagdhund vor, den man perfekt darauf abgerichtet hat, hinter den Vögeln herzuschwimmen und dabei zu bellen. Zu Tode erschreckt von diesem Untier fliegen die Enten auf, werden aber durch die oben aufgespannten Netze ins Wasser zurückgezwungen und müssen daher unterm Netz schwimmen oder umkommen. Aber das Netz wird immer enger, wie ein Sacknetz, und an seinem Ende stehen die Entenfänger, die ihre Gefangenen eine nach der anderen herausholen. Die Lockenten werden gestreichelt und gelobt, was aber ihre Gäste angeht, so werden sie auf der Stelle mit Knüppeln erschlagen und gerupft und zu Hunderten und Tausenden verkauft.

Diese ganzen Neuigkeiten von Lincolnshire schreibt sein Mann in sauberer, flinker Schrift, mit Federkielen, die er jeden Tag vor einem neuen Kampf mit der Seite mit seinem kleinen Taschenmesser anspitzt.

In Halifax, schreibt sein Mann, stand – bis man ihn in der Regierungszeit Jakob I. entfernte – ein Hinrichtungsapparat, der folgendermaßen funktionierte: Der Verurteilte wurde mit dem Kopf auf den unteren Querbalken oder die Mulde des Schafotts gelegt; dann schlug der Henker einen Stift heraus, der das schwere Fallbeil oben hielt. Das Beil fuhr ein kirchentürhohes Gestell herab und enthauptete den Mann so sauber wie ein Schlachtmesser.

Es gab aber einen Brauch in Halifax, dass der Verurteilte, wenn er zwischen dem Herausschlagen des Stiftes und dem Herabfahren des Beils aufspringen, den Hang hinunterlaufen und über den Fluss schwimmen konnte, ohne vom Henker eingefangen zu werden, freigelassen werden würde. Aber solange der Apparat in Halifax stand, ist das in all den Jahren nie geschehen.

Er (jetzt nicht sein Mann, sondern er) sitzt in seinem Zimmer am Hafen von Bristol und liest das. Er wird langsam älter, man kann fast schon sagen, dass er mittlerweile ein alter Mann ist. Seine Gesichtshaut, einst von der Tropensonne fast schwarzbraun gebrannt, bevor er aus Palmblattstreifen einen Sonnenschirm anfertigte, ist nun blasser, doch immer noch ledern wie Pergament; auf der Nase hat er von der Sonne eine wunde Stelle, die nicht heilen will.

Der Sonnenschirm steht immer noch hier in seinem Zimmer in einer Ecke, aber der Papagei, den er mitgebracht hatte, ist gestorben. *Armer Robin!,* kreischte der Papagei auf der Schulter seines Herrn sitzend, *Armer Robin Crusoe! Wer rettet den armen Robin?* Seine Frau konnte das Zetern des Papageis nicht ertragen, *Armer Robin* tagaus, tagein. *Ich werd ihm den Hals umdrehn,* sagte sie, aber sie traute sich nicht.

Als er mit dem Papagei, dem Sonnenschirm und der Schatztruhe von seiner Insel nach England zurückkehrte, lebte er eine Weile recht friedlich mit seiner alten Frau auf dem Gut, das er in Huntingdon gekauft hatte, denn er war ein reicher Mann geworden, und nach der Veröffentlichung des Buchs über seine Abenteuer war er noch reicher. Aber die Jahre auf der Insel und danach die Jahre des Umherreisens mit seinem Diener Freitag (armer Freitag, jammert er vor sich hin, kreisch, kreisch, denn der Papagei sprach nie Freitags Namen, nur seinen) ließen ihm das Leben eines Grundbesitzers jetzt langweilig werden. Und, um bei der Wahrheit zu bleiben, das Eheleben war ebenfalls eine herbe Enttäuschung. Er zog sich immer öfter in die Stallungen zurück, zu seinen Pferden, die Gott sei Dank nicht schwatzten, sondern bei seinem Kommen leise wieherten, um ihm zu zeigen, dass sie wussten, wer er war, und dann still waren.

Von seiner Insel kommend, wo er vor Freitags Ankunft ein schweigsames Leben geführt hatte, schien es ihm nun, als würde auf der Welt zu viel geredet. Im Bett neben seiner Frau war ihm zumute, als schütte man ihm unter nicht enden wollendem Gerassel und Gepolter Kieselsteine über den Kopf, wenn er sich nichts weiter wünschte, als zu schlafen.

Als seine alte Frau ihren Geist aufgab, trug er daher Trauer, aber er war nicht betrübt. Er begrub sie, und nach einer angemessenen Zeit mietete er am Hafen von Bristol dieses Zimmer im *Lustigen Seebären* und überließ die Verwaltung seines Guts in Huntingdon seinem Sohn. Er nahm nur den Sonnenschirm von der Insel, die ihn berühmt gemacht hatte, und den toten Papagei auf seiner Stange und ein paar unentbehrliche Dinge mit und hat seither hier immer allein gelebt; bei Tag schlendert er seine Pfeife rauchend über die Piers und Kais und starrt übers Meer nach Westen, denn er hat noch scharfe Augen. Und seine Mahlzeiten lässt er sich aufs Zimmer bringen; denn er hat keine Freude an gesellschaftlichem Umgang, da er sich auf der Insel an die Einsamkeit gewöhnt hat.

Er liest nicht, er hat die Lust dazu verloren; aber durch das Aufschreiben seiner Abenteuer ist ihm das Schreiben zur Gewohnheit geworden, es ist eine recht angenehme Freizeitbeschäftigung. Abends beim Schein der Kerzen holt er seine Papiere hervor und spitzt seine Federkiele an und schreibt ein oder zwei Seiten von seinem Mann, dem Mann, der von den Lockenten in Lincolnshire berichtet, und von der großen Todesmaschine in Halifax, der man entrinnen kann, wenn man vor dem Fallen des schrecklichen Beils aufspringen und den Hang hinunterlaufen kann, und von einer Reihe anderer Dinge. Von jedem Ort, den er besucht, berichtet er, das ist die vordringlichste Beschäftigung seines so geschäftigen Mannes.

Er, Robin, den der Papagei den armen Robin zu nennen pflegte, schlendert an der Hafenmauer entlang, denkt über den Apparat von Halifax nach, lässt einen Kieselstein fallen und lauscht. Eine Sekunde, weniger als eine Sekunde, ehe er das Wasser erreicht. Gottes Gnade ist schnell bereit, aber könnte nicht das große Fallbeil aus gehärtetem Stahl, das schwerer als ein Kieselstein und gut geschmiert ist, schneller sein? Wie sollen wir dem Beil jemals entkommen? Und was für ein Mensch ist das bloß, der so geschäftig quer durch das Königreich hierhin und dahin eilt, von einem Schauspiel des Todes zum nächsten (Erschlagen, Köpfen), und einen Bericht nach dem anderen schickt?

Ein Geschäftsmann, denkt er bei sich. Er soll ein Geschäftsmann sein, zum Beispiel ein Getreidehändler oder ein Lederwarenhändler; oder ein Hersteller und Lieferant von Dachziegeln an einem Ort, wo es viel Lehm gibt, zum Beispiel Wapping, der durch sein Gewerbe viel reisen muss. Mache ihn wohlhabend, gib ihm eine Frau, die ihn liebt, die nicht zu viel schwatzt und ihm Kinder schenkt, hauptsächlich Töchter; gib ihm ein gewisses Maß an Glück; lasse dann sein Glück ein jähes Ende finden. Die Themse tritt in einem Winter über die Ufer, die Öfen, in denen man die Ziegel trocknet, werden weggespült, oder die Getreidespeicher oder die Gebäude der Lederwarenfabrik; er, sein Mann, ist ruiniert, Gläubiger fallen über ihn her wie Schmeißfliegen oder wie Krähen, er muss sein Zuhause, seine Frau, seine Kinder fluchtartig verlassen und sich verkleidet und unter falschem Namen in den Elendsquartieren der Beggars Lane verstecken. Und das alles – die Flut, der wirtschaftliche Ruin, die Flucht, die Mittellosigkeit, die Lumpen, die Einsamkeit – das alles soll ein Sinnbild des Schiffbruchs und der Insel sein, wo er, der arme Robin, sechsundzwanzig Jahre lang von der Welt abgeschieden war, bis er beinahe verrückt wurde (und wer sagt denn, dass er es nicht bis zu einem gewissen Grad geworden ist?).

Oder aber der Mann soll ein Sattler mit einem Haus und einem Laden und einem Lager in Whitechapel sein, ein Muttermal auf dem Kinn und eine Frau haben, die ihn liebt und nicht schwatzt und ihm Kinder schenkt, hauptsächlich Töchter, und die ihn sehr glücklich macht, bis die Pest über die Stadt hereinbricht, es ist das Jahr 1665, das Große Feuer von London hat noch nicht gewütet. Die Pest bricht über London herein: täglich steigt in einem Pfarrbezirk nach dem anderen die Zahl der Toten, bei Arm und Reich, denn die Pest fragt nicht nach dem Stand, sein ganzer weltlicher Reichtum wird diesen Sattler nicht retten. Er schickt seine Frau mit den Töchtern aufs Land und schmiedet Pläne für die eigene Flucht, führt sie dann aber nicht aus. *Seine Wahrheit ist Schirm und Schild, dass du nicht erschrecken müssest vor dem Grauen der Nacht,* liest er, als er die Bibel an beliebiger Stelle aufschlägt, *vor den Pfeilen, die des Tages fliegen, vor der Pestilenz, die im Finstern schleicht, vor der Seuche, die im Mittage verderbt. Ob tausend fallen zu deiner Seite und zehntausend zu deiner Rechten, so wird es doch dich nicht treffen.*

Aus diesem Zeichen Mut schöpfend, einem Zeichen für sicheres Geleit, bleibt er im seuchenbefallenen London und macht sich daran, Berichte zu schreiben. Auf der Straße traf ich eine Menschenmenge an, schreibt er, und eine Frau in ihrer Mitte zeigt plötzlich zum Himmel. *Seht doch,* schreit sie, *ein Engel in weißen Gewändern schwingt ein flammendes Schwert!* Und die Menschen in der Menge nicken einander zu, *Ja, es stimmt,* sagen sie: *ein Engel mit einem Schwert!* Aber er, der Sattler, sieht keinen Engel, kein Schwert. Er sieht nur eine seltsam geformte Wolke, die von der Sonne auf der einen Seite heller beschienen wird als auf der anderen.

Es ist eine Allegorie!, schreit die Frau auf der Straße; aber er kann beim besten Willen keine Allegorie sehen. So steht es in seinem Bericht.

An einem anderen Tag geht sein Mann, der einmal Sattler war, aber jetzt ohne Beschäftigung ist, in Wapping am Fluss entlang und beobachtet, wie eine Frau von ihrer Haustür aus einem Mann, der ein kleines Fischerboot rudert, zuruft: *Robert! Robert!,* ruft sie; und wie der Mann dann ans Ufer rudert und aus dem Boot einen Sack hebt, den er auf einen Stein am Flussrand legt; und wie die Frau, von tiefem Gram gezeichnet, zum Fluss herunterkommt, den Sack nimmt und ihn heimträgt.

Er spricht den Mann an und redet mit ihm. Robert erzählt ihm, dass er der Ehemann der Frau ist und dass der Sack den Wochen-Vorrat für sie und ihre Kinder enthält, Fleisch und Mehl und Butter; aber dass er sich nicht näher heran traut, denn sie alle, die Frau und die Kinder, tragen die Pest in sich; und dass es ihm das Herz bricht. Und das alles – der Mann Robert und seine Frau, die durch Rufe über das Wasser Zwiesprache miteinander halten, und der am Ufer zurückgelassene Sack – steht gewiss für sich, doch es steht auch als Sinnbild für seine, Robinsons, Einsamkeit auf der Insel, wo er in seiner Stunde der schwärzesten Verzweiflung seinen Lieben daheim in England über das Meer hinweg zurief, sie mögen ihn retten, und bei anderen Gelegenheiten zum Wrack hinausschwamm, um Vorräte zu suchen.

Ein weiterer Bericht aus dieser Zeit des Jammers. Ein Mann, der die Schmerzen nicht länger ertragen kann, die ihm die Schwellungen in der Leistengegend und unter den Achseln bereiten, die Zeichen der Pest sind, rennt brüllend und splitterfasernackt auf die Straße, hinaus auf die Harrow Alley in Whitechapel, wo sein Mann, der Sattler, mitansieht, wie er hüpft und springt und Tausend seltsame Bewegungen macht, während ihm Frau und Kinder nachlaufen und ihm zurufen, er solle zurückkommen. Und dieses Hüpfen und Springen ist eine Allegorie seines eigenen Hüpfens und Springens nach der Katastrophe des Schiffbruchs, als er den Strand nach einer Spur von seinen Kameraden gründlich abgesucht und keine gefunden hatte, außer zwei Schuhen, die nicht zusammengehörten, und begriffen hatte, dass er allein auf einer wilden Insel gestrandet war, höchstwahrscheinlich dem Untergang geweiht, ohne Aussicht auf Rettung.

(Aber wovon singt er insgeheim noch, fragt er sich verwundert, dieser arme geplagte Mann, von dem er liest, außer von seiner Verlassenheit? Was ruft er, über die Meere und über die Jahre hinweg, aus seinem privaten Feuer?)

Vor einem Jahr hat er, Robinson, einem Seemann zwei Guineen bezahlt für einen Papagei, den der Seemann, wie er sagte, aus Brasilien mitgebracht hatte – einen Vogel, der nicht so prächtig wie sein eigenes heißgeliebtes Tier war, aber dennoch wunderschön, mit grünem Gefieder und einer scharlachroten Haube und auch sehr sprechfreudig, wenn man dem Seemann glauben wollte. Und wirklich saß der Vogel im Gasthauszimmer auf seiner Stange, mit einer kleinen Kette am Bein, falls er den Versuch machen sollte, wegzufliegen, und sprach die Worte *Armer Poll! Armer Poll!* immer und immer wieder, bis er ihn zudecken musste; aber man konnte ihm kein anderes Wort beibringen, *Armer Robin!* zum Beispiel, weil er vielleicht zu alt dafür war.

Der arme Poll blickt durch das schmale Fenster auf die Mastspitzen, und über die Mastspitzen hinweg auf die grauen Wogen des Atlantiks: *Was ist das für eine Insel, so kalt, so trüb*, fragt der arme Poll, *auf der ich gestrandet bin? Wo warst du, mein Retter, in meiner Stunde der Not?*

Ein Mann schläft in einem Hauseingang in Cripplegate ein (wieder ein Bericht seines Mannes), da er betrunken ist und es schon tiefe Nacht ist. Der Totenkarren macht die Runde (wir sind noch im Pestjahr), und die Nachbarn legen den Mann, weil sie ihn für tot halten, auf den Karren zu den Leichen. Schließlich kommt der Karren bei der Totengrube in Mountmill an, und der Fuhrmann, das Gesicht gänzlich verhüllt zum Schutz gegen die Ausdünstung, packt ihn, um ihn in die Grube zu werfen; und er wacht auf und wehrt sich in seiner Verwirrung. *Wo bin ich?*, fragt er. *Gleich wirst du mit den Toten begraben,* sagt der Fuhrmann. *Dann bin ich also tot?*, fragt der Mann. Und das ist auch ein Sinnbild für ihn auf seiner Insel.

Einige Londoner gehen weiter ihren Geschäften nach, weil sie glauben, sie wären gesund und würden verschont werden. Aber insgeheim haben sie die Pest im Blut: wenn die Seuche ihr Herz erreicht, fallen sie auf der Stelle tot um, so berichtet sein Mann, wie vom Blitz getroffen. Und das ist ein Sinnbild des Lebens selbst, des ganzen Lebens. Gebührende Vorbereitung. Wir sollten uns gebührend auf den Tod vorbereiten, sonst werden wir gefällt, wo wir stehen. Wie er, Robinson, erkennen musste, als er plötzlich eines Tages auf seiner Insel einen menschlichen Fußabdruck im Sand entdeckte. Es war ein Abdruck, und daher ein Zeichen: für einen Fuß, für einen Menschen. Aber es war auch das Zeichen für viel mehr. *Du bist nicht allein*, besagte das Zeichen; und auch: *Ganz gleich, wie weit du segelst, ganz gleich, wo du dich versteckst, man wird dich aufspüren.*

Im Pestjahr, schreibt sein Mann, verließen andere aus großer Furcht alles, ihre Häuser, ihre Frauen und Kinder, und flohen so weit von London weg, wie sie konnten. Als die Pest vorüber war, wurde ihre Flucht von allen Seiten als jämmerliche Feigheit verdammt. Aber, schreibt sein Mann, wir vergessen, welcher besondere Mut vonnöten war, um der Pest standzuhalten. Es war nicht einfach der Mut eines Soldaten, der eine Waffe in die Hand nimmt und den Feind angreift: es war, als ob man den Tod selbst auf seinem fahlen Pferd angriffe.

Selbst in Hochform sprach sein Inselpapagei, der geliebtere von beiden, kein Wort, das ihm nicht sein Herr und Meister beigebracht hatte. Wie kommt es dann, dass dieser Mann, sein Mann, der eine Art Papagei ist und nicht sehr geliebt wird, genauso gut wie oder besser als sein Herr und Meister schreibt? Denn er führt die Feder sehr geschickt, dieser Mann, sein Mann, das ist nicht zu bezweifeln. *Als ob man den Tod selbst auf seinem fahlen Pferd angriffe.* Er hingegen war geschickt im Rechnen und in der Buchführung, was er im Kontor gelernt hatte, nicht im Formulieren. *Der Tod selbst auf seinem fahlen Pferd* – das sind Worte, die ihm nicht einfallen würden. Nur wenn er sich diesem Mann, seinem Mann, ausliefert, kommen solche Worte.

Und Lockenten: Was wusste er, Robinson, von Lockenten? Gar nichts, bis sein Mann ihm Berichte zu schicken begann. Die Lockenten der Sumpfgebiete von Lincolnshire, der große Hinrichtungsapparat in Halifax: Berichte von einer ausgedehnten Rundreise, die sein Mann offenbar auf der britischen Insel macht, was ein Sinnbild seiner eigenen Reise im selbstgebauten Boot um seine Insel ist, der Reise, die zeigte, dass es eine andere Seite der Insel gab, felsig und düster und unwirtlich, die er danach nie mehr besucht hat, obwohl Kolonisten, falls solche einmal auf die Insel kommen sollten, sie vielleicht erforschen und besiedeln werden; und auch das ist ein Sinnbild – für die dunkle Seite der Seele und die lichte Seite.

Als die ersten Scharen von Plagiatoren und Nachahmern sich auf seine Inselchronik stürzten und der Öffentlichkeit ihre frei erfundenen Geschichten vom Leben eines Schiffbrüchigen unterschoben, sah er in ihnen nicht mehr und nicht weniger als eine Horde Kannibalen, die über sein Fleisch, das heißt, sein Leben, herfielen; und er hatte keine Bedenken, das auch zu sagen. *Als ich mich gegen die Kannibalen verteidigte, die mich erschlagen, braten und verschlingen wollten,* schrieb er, *glaubte ich mich gegen die Sache selbst zu verteidigen. Ich ahnte kaum,* schrieb er, *dass diese Kannibalen nur Sinnbilder einer noch teuflischeren Gier waren, die an der Wahrheit selbst nagen würde.*

Aber bei weiterem Nachdenken schleicht sich nun in seine Brust allmählich ein gewisses Mitgefühl für seine Nachahmer. Denn es scheint ihm jetzt, als gebe es nur eine Hand voll Geschichten auf der Welt; und wenn es den Jungen verboten sein soll, die Alten auszubeuten, dann müssten sie für immer schweigen.

So berichtet er bei der Schilderung seiner Inselabenteuer, wie er eines Nachts in panischer Angst aufwachte und überzeugt davon war, der Teufel in Gestalt eines riesigen Hundes läge auf ihm in seinem Bett. Deshalb sprang er auf, packte ein Entermesser und hieb damit nach rechts und links, um sich zu verteidigen, während der arme Papagei, der neben seinem Bett schlief, erschreckt kreischte. Erst viele Tage später begriff er, dass weder ein Hund noch der Teufel auf ihm gelegen hatten, sondern dass er eine vorübergehende Lähmung gehabt hatte, und da er sein Bein nicht bewegen konnte, daraus gefolgert hatte, irgendein Wesen läge auf ihm. Und die Lehre aus diesem Vorfall war offenbar, dass alle Leiden, einschließlich des Schlaganfalls, vom Teufel kommen, ja der Teufel selber sind; dass eine Heimsuchung durch Krankheit als Heimsuchung durch den Teufel versinnbildlicht werden kann, oder durch einen Hund als Sinnbild des Teufels, und umgekehrt, dass die Heimsuchung eine Krankheit versinnbildlicht, wie in der Pestchronik des Sattlers; und dass deshalb keiner, der Geschichten über den Teufel oder die Pest schreibt, sofort als Fälscher oder Dieb abgetan werden sollte.

Als er vor Jahren den Entschluss fasste, seine Inselgeschichte zu Papier zu bringen, stellte er fest, dass die Worte nicht kamen und die Feder ihm nicht gehorchen wollte, dass selbst seine Finger steif und unwillig waren. Aber Tag für Tag, nach und nach, meisterte er das Geschäft des Schreibens, und als er dann seine Abenteuer mit Freitag im eisigen Norden beschrieb, floss ihm der Text schließlich leicht aus der Feder, sogar ohne großes Nachdenken.

Diese alte Leichtigkeit des Schreibens hat ihn leider im Stich gelassen. Wenn er sich an den kleinen Schreibtisch vor das Fenster setzt, das auf den Hafen von Bristol blickt, erscheint ihm seine Hand so ungeschickt und die Feder so ungewohnt wie eh und je.

Ob er, jener andere, sein Mann, das Geschäft des Schreibens leichter findet? Seine Geschichten von Enten und Hinrichtungsapparaten und London während der Pest sind angenehm flüssig geschrieben; aber das waren seine eigenen Geschichten auch einmal. Vielleicht beurteilt er ihn falsch, jenen agilen kleinen Mann mit dem flinken Gang und dem Muttermal am Kinn. Vielleicht sitzt er gerade jetzt allein in einem gemieteten Zimmer, irgendwo in diesem großen Königreich, taucht die Feder ein, taucht sie noch einmal ein, voller Zweifel, Vorbehalte und Bedenken.

Als was sollen sie auftreten, dieser Mann und er? Als Herr und Sklave? Als Brüder, Zwillingsbrüder? Als Waffenbrüder? Oder als Feinde, Widersacher? Welchen Namen soll er diesem Namenlosen geben, mit dem er seine Abende und manchmal auch seine Nächte verbringt, der nur am Tag abwesend ist, wenn er, Robin, über die Kais wandert und die kürzlich eingelaufenen Schiffe besichtigt und sein Mann im Eiltempo durchs Königreich reist und seine Besichtigungen macht?

Wird dieser Mann auf seinen Reisen auch einmal nach Bristol kommen? Er sehnt sich danach, dem Mann persönlich zu begegnen, ihm die Hand zu schütteln, mit ihm am Kai entlangzuschlendern und ihm zu lauschen, wenn er von seinem Besuch auf der düsteren Nordseite der Insel oder von seinen Abenteuern beim Geschäft des Schreibens berichtet. Aber er fürchtet, dass es keine Begegnung geben wird, nicht in diesem Leben. Wenn er sich für ein Bild für sie beide – für seinen Mann und ihn – entscheiden muss, dann würde er schreiben, sie seien wie zwei Schiffe, die in entgegengesetzte Richtungen segeln, das eine nach Westen, das andere nach Osten. Oder besser, dass sie Hilfsmatrosen sind, die in der Takelage arbeiten, der eine auf einem nach Westen segelnden Schiff, der andere auf einem nach Osten segelnden Schiff. Ihre Schiffe fahren dicht aneinander vorbei, in Rufweite. Aber die See ist rau, das Wetter stürmisch: Gischt peitscht ihnen in die Augen, ihre Hände brennen vom Tauwerk, so fahren sie aneinander vorbei und sind zu geschäftig, um auch nur zu winken.

[Aus dem Englischen von Reinhild Böhnke]

STEPHAN WACKWITZ

Schnee

In den letzten Jahren ist eine Art Sog, den die Zeit, von der ich erzählen will, auf mein Inneres ausübt, der bestimmende Einfluss in meinen literarischen und theoretischen Träumereien geworden. Vollends seit ich ein Buch über meinen Großvater abgeschlossen und den Einfluss dieses eigenartigen, deutschnational bewegten Mannes (seine Verachtung für mich war der *basso continuo* meiner Kindheit und Jugend) gleichsam exorziert hatte, belebte sich meine so lang schon fast ganz verblasste Erinnerung an die neomarxistischen s iebziger Jahre plötzlich und drang unaufhaltsam in meine Träume und Tagträume ein. Sie bestimmte auf untergründige Weise die Bücher, die ich fand und las (hatten sie vielleicht nicht eher mich gefunden?), die Menschen und Orte, die ich kennen lernte, die Wendung vieler Gespräche. Es waren zwanzig Jahre vergangen, seit ich mein marxistisch-leninistisches Jugendirresein zumindest so weit überwunden hatte, dass es meiner Lebensführung und Karriere dann nicht mehr manifest geschadet hat. Und zugleich war es, als begänne ich jetzt erst ernsthaft, mich für die Gedanken, großen Männer und Bücher zu interessieren, deren falsche, desinteressierte und illoyale Autorität mein Leben und meine berufliche Laufbahn damals bis dicht an den Rand eines frühen Scheiterns geführt hatte.

Wochenlang fand ich aus Lebensbeschreibungen Lenins oder Stalins und seiner Kamarilla, aus der Autobiographie Trotzkis nicht mehr heraus. Aber erst als eine Freundin mich in unserem Lieblingscafé über der Lektüre von Oleg V. Khlevniuks Biographie des georgischen Altbolschewisten Grigorii K. Ordzhondikidzes antraf und kopfschüttelnd zur Rede stellte, wurde auch mir selber klar, dass meine derzeitigen Interessen ein wenig außer Kontrolle zu geraten begannen. Die (wie mir manchmal vorkam, entschieden dämonische) Strahlkraft gerade dieser Vergangenheit auf mein gegenwärtiges Leben aber offenbarte sich damals noch in etwas so Merkwürdigem, dass der Chef eines Fernsehteams, das nach Krakau gereist war, um über mich und mein Großvater-Buch einen Magazinbeitrag zu drehen, sich nach einigen Gesprächen als ausgerechnet derjenige Genosse einer damals mit meiner eigenen Partei konkurrierenden, heute ebenfalls längst untergegangenen Politsekte herausstellte, der 1977 mein altes Zimmer in einer Stuttgarter Wohngemeinschaft übernommen hatte (wir hatten es nicht gewusst oder wieder vergessen und sahen uns, als es dann heraus war, einen Moment lang an, als stünde ein Gespenst im Raum).

Dabei sind die siebziger Jahre, die wir miteinander geteilt und dann vergessen hatten, ihrerseits die farcenhafte Reprise einer noch weiter zurückliegenden Zeit und einer heute fast nicht mehr begreifbaren, gleichsam sternenfernen Parallelwelt des zwanzigsten Jahrhunderts gewesen. An einem nebligen Novembernachmittag des Jahres 1999 erwanderte ich mir diese Zeit und jene Welt – kaum 15 Kilometer von den Renaissance- und Barockfassaden Krakaus entfernt – auf den Boulevards, in den Parks, Innenhöfen, unter den neobarocken Straßenlaternen der heute noch fast vollständig erhaltenen und von wirklichen Menschen bewohnten stalinistisch-volkspolnischen Musterstadt Nowa Huta.

Ich habe die mich in gewissen Beleuchtungen, Tageszeiten und Wetterlagen an nichts so sehr wie an die Gemälde des italienischen Malers De Chirico erinnernden Straßen und Plätze von Nowa Huta in den dann folgenden Jahren immer wieder und zu den verschiedensten Jahreszeiten gesehen. Im Mai 2001 zum Beispiel, als ich in der neoassyrischen Säulenhalle eines früher sicher nach Stalin oder Gorki benannten Proletariertheaters in der Pause irgendeiner nachmittäglichen Kindertheateraufführung eine Cola kaufte und sie auf der bewirtschafteten Terrasse des Theatercafés aus einem dreckigen Glas trank, unter den hellgrünen Vegetationsexplosionen eines Parks (auf fernen Boulevards rauschte der Großstadtverkehr). An einem strahlend kalten und sonnigen Wintertag, als ich die zentrale Prachtstraße mit dem Auto hinunterfuhr (sie geht in eine park- und seengesäumte Allee über, auf der man zum zinnengeschmückten Renaissance-Verwaltungs-Zauberschloss des ehemaligen Leninkombinats fährt). Ich bog dann in eine fast feldweghaft unscheinbare Seitenstraße ein, die kaum zwei Kilometer weiter im schon wieder ganz dörflichen Hinterland der sozialistischen Fassadenphalanx an der kunstgeschichtlich berühmten gotischen Abtei Mogila endete (»die Jahreszeiten von Nowa Huta«).

Aber in meiner sozusagen kanonischen Erinnerung an Nowa Huta ist es trotzdem immer nebliger Spätherbst. Man fährt mit der Straßenbahn von Krakau nach Nowa Huta. Wo man einsteigt, umgibt einen noch der Mauerring der mittelalterlichen Königsstadt. In den historischen Palästen leuchten die auf immer ausgepichtere musikalische, kulinarische oder modische Bedürfnisse und Trends spezialisierten Bars, Bistros, Diskotheken und

Restaurants der polnischen Jugendkultur- und Lifestyle-Metropole; elegante Geschäfte überbieten sich gegenseitig in ihrer Exklusivität, der Schönheit und Arroganz ihrer Verkäuferinnen, in ihren Preisen; die Altstadtgassen sind von morgens bis spät in die Nacht belebt durch ein Gedränge jugendlicher Hübschheit, Energie und Gesundheit, durch eine nicht abreißende Revue des Luxus und der Moden, zu der es im alten Europa keine Parallele gibt. Dann ein Gürtel aus Jugendstilpalästen und historistischen Mietskasernen aus dem neunzehnten Jahrhundert. Die Verwaltungshochhäuser, Zubringer- und Ausfallstraßen, Kreisverkehrsanlagen, Straßenbahnhaltestellen, Schlaglöcher und Pfützenteiche der spätsozialistischen Angestelltenwelt. Wohnblocks der fünfziger Jahre. Kein Ende nehmende Parks, in denen rostende Panzer und Kampfflugzeuge auf Betonrampen stehen.

Schon ganz umstanden von Apartmenthochhäusern der Sechziger (sie sind schon die modernen Ränder von Nowa Huta) stieg ich an einem fünfmal fußballfeldweiten Kreisverkehr aus und verschwand in langen, niedrigen unterirdischen Gängen, in denen, vor zerbrochenen Passagenschaufenstern, alte Frauen und Männer Plastikblumen und Damenstrumpfhosen anboten, zerlesene Bücher und Zeitungen, gebrauchte Kinderkleidung, runde Bagels, kleine geräucherte Käselaibe aus den Bauerndörfern der Tatra, die wie Handgranaten aus lackiertem Bienenwachs aussehen. Es roch, als ich wieder emporstieg, nach Braunkohlenrauch, und der Nebel wurde dichter.

Neoklassizistische Fassaden, babylonisch-assyrische Anmutungen und Aufgipfelungen türmten und buckelten sich einen Stadtwanderungskilometer und zwei bis drei Kreuzungen weiter dann plötzlich: *prima-materia*-hafte Gebäudeberge, grobe Pyramiden und Turmbrocken, rhythmisiert durch verschwenderisch über sie ausgestreute Gesimse, Fensterumrahmungen und Balkonbrüstungen aus grauem Muschelkalk. Ihre Dachtraufen waren im Nebel und in der Dämmerung schon verschwunden. Kaputte Leuchtreklamen aus dünner 50er-Jahre-Kursivschrift warben am Zentralplatz über hohen, schlecht beleuchteten Schaufenstern für untergegangene Buchhandlungen, Restaurants, Friseursalons und Modegeschäfte (jetzt gab es dort nur noch Second-Hand-Kinderkleidung, billige Dessous und Videoausleihen). In Alleen und Parks bewegten sich die kahlen Zweige der Bäume (die ältesten wurden gepflanzt, als Stalin noch lebte) vor bis zum Boden reichenden Fenstern, in deren Licht Menschen zu Hause waren (die phantasierten, für immer ungeschriebenen Romane in den erleuchteten Fenstern fremder Städte).

Die Wohnungen der stalinistischen Arbeiterelite von Nowa Huta gehören noch heute zu den begehrtesten Krakauer Immobilien. Sie sind preiswert, großzügig geschnitten, handwerklich hervorragend gebaut. Von den Parkettböden zu den altmodischen, aber soliden Heizungsinstallationen und Bädern entsprechen sie den höchsten Standards des in den fünfziger Jahren auch international Üblichen. Es hat vielleicht nur an dem Nebel gelegen, der das städtebauliche Ideal der polnischen Arbeiterklasse an diesem Spätnachmittag im November bis in den entlegensten Winkel verhüllte und das gelbe Licht der Straßenlaternen kaum noch zu mir herunterdringen ließ, dass es mir, je länger ich dort durch die Straßen ging, in einem fast geschichtsphilosophischen Sinn eng ums Herz wurde und ich mehr als einmal in Versuchung war, in eins der an größeren Straßenkreuzungen wartenden Taxis zu steigen und die Wagentür hinter mir zuzuschlagen.

In nicht mehr als 20 Minuten wäre ich dann wieder im letzten Jahr des Jahrhunderts gewesen, in dessen träumendes Gehirn ich im Nebel von Nowa Huta, wie mir dann plötzlich schien, in Wirklichkeit und ohne es zu ahnen eingedrungen war. »Plötzlich fing etwas Unheimliches an. Jedesmal, wenn ich eine Nebenstraße kreuzen mußte und von dem verdammten Rinnstein hinuntertrat, hatte ich das Gefühl, daß ich die andere Straßenseite nicht erreichen könne. Es war, als ob ich hinunter, hinunter, hinunter sinken müßte und mich kein Mensch je wieder sehen würde.« So berichtet Holden Caulfield in Salingers »Fänger im Roggen« darüber, was einem in solchen fremden oder plötzlich fremd werdenden Straßen geschehen kann. Als es gegen halb vier dann fast schon dunkel war, flüchtete ich mich vor dem Versinken und Verschwinden (*»Versinken und Verschwinden in Nowa Huta« wäre auch ein guter Buchtitel*, lese ich in meinem Tagebuch aus jenem November) in eine der familiär anheimelnden »Drink-Bars« – zu einem Bier und in den Schutz des freundlich erstaunten Lächelns einer Kellnerin, die so elegant angezogen, aufwendig frisiert und professionell geschminkt war, wie es der polnische Kellnerinnen-Ehrenkodex auch in verlassenen »Drink-Bars« stalinistischer Idealstädte vorschreibt.

Ich hielt dann, dort gestärkt und getröstet, doch noch durch. In einem fast außerirdisch armseligen kommunalen Kulturzentrum sah ich mir an den folgenden beiden Spätnachmittagen Dokumentarfilme über die Planung, den enthusiastisch schaufelnden Bau, die blumenstrauß- und fahnengeschmückte Eröffnung und schließlich den Niedergang und die revolutionäre Auflösung derselben Stein gewordenen sozialistischen Utopie an, die ich zuvor bis an den Rand der Selbstauflösung durchwandert hatte. Im Kinosaal saßen außer mir kaum mehr als zehn Menschen. Es waren langhaarige, bärtige Filmstudenten mit ihren schweigenden Freundinnen; und alte Männer, die sich bei Gesprächen über Dosenbier und Nescafé im ungeheizten, schwach beleuchteten Foyer dann als die Regisseure herausstellten.

Der Nebel und die Armut der Gegenwart. Das heroische, falsche und süße Licht aus der Geschichte, das im Dunkel des Vorführraums strahlte. Der mit einem Schmuckgitter (zeigte es stilisierte Kristalle? Blumen? Sterne?) aus verschweißten Stahlträgern umgebene Foyerkiosk, wo wir bei einer ironisch mütterlichen, blond toupierten Angestellten unsere Getränke kauften und die spärlichen Auslagen betrachteten. Wir waren eine über die beiden Tage gleichbleibende, hier gleichsam gestrandete Publikumsgemeinschaft, die langsam miteinander ins Gespräch kam. Am zweiten Festivaltag kannten wir uns dann schon und zwinkerten uns in einer Art Verschworenheit zu, wenn wir uns im Foyer trafen (»wir *connaisseurs* spätstalinistischer Dokumentarfilme«).

Die blindfleckige Spiegelfront vor einer verlassenen Garderobiere im holzgetäfelten Eingang. Ein Mosaik aus Marmor, Glas und Keramik (aufgehende Sonne an Meer). Unbequeme Polsterstühle auf zu dünnen Stahlbeinen an wackeligen Tischen. Dann wieder Kinonacht; die geschwungenen Spitzhacken, die weiten Kamerafahrten über unbebaute Wiesen, wo die Zukunft träumte und schlief; die Lastwagen, auf denen lachende junge Menschen über staubige Landstraßen ihr entgegenfuhren; die Arbeit, mit der sie sie der Natur abtrotzen; strahlendes, stirntollenwerfendes Aufblicken von blechernen Essgeschirren; Volksversammlungen im Sonntagsstaat der fünfziger Jahre; wackelnd ihren Zügen vorangetragene Bilder des Völkervaters und -mörders und seines jeweiligen nationalen Epigonen. Die Renaissancezinnen der Leninhütte (sozialistisch im Inhalt, national in der Form). Nowa Huta im Luftbild: ein sozialistischer Traum Palladios, das geplante Vernunftideal. Das Verwaltungszentrum des Kombinats auf dem Hügel mit der Allee: aus der Vogelschau ein Villenkomplex in der Toskana. Die Flussebene, auf die der Zentralplatz aus hohen französischen Fenstern hinaussieht.

*

Im März des Jahres 1975 bin ich, dreiundzwanzigjährig, als Mitglied einer »Studiendelegation« des Marxistischen Studentenbunds »Spartakus«, deren Stuttgarter Ortsgruppe mich zu ihrem »Bildungsbeauftragten«, einer Art von oberstem Ideologie- oder Schulungskommissar machen wollte (eine Zumutung, der ich mich in der Folge dann freilich zu entziehen gewusst habe), unter konspirativen Umständen in die DDR eingereist – in einen Staat, den es (was 1975 auch klügere und erfahrenere Männer und Frauen als ich nicht gewusst oder auch nur geahnt haben) von damals an gerechnet nur 15 Jahre lang noch geben würde.

Im Rückblick scheint es mir, als hätte ich diese Befristung des sozialistischen deutschen Staates damals schon in Gestalt einer wissenden Müdigkeit, Resignation und Melancholie der mich menschlich sehr beeindruckenden Professoren der Geschichte der Arbeiterbewegung, der Ökonomie und der »Marxistisch-Leninistischen Philosophie«, die mir in den folgenden Tagen allerlei Vorträge halten würden, ablesen und spüren können, wenn ich in der Lage gewesen wäre, mir solche Beobachtungen einzugestehen oder sie auch nur zu machen.

Ich blättere in meinem Tagebuch:

> Mo. Tag der Professorin R., der Eindruck, den die DDR-Bürger auf mich machen, ist schwer zu beschreiben. Eine alte, vornehme Intellektuellendame, aber auch die Kämpferin mit dem Decknamen L., die Thälmann persönlich kannte. Persönliche Informationen aus den zwanziger Jahren: man hätte Stalin wohl abschießen wollen, aber die Menschen liebten ihn und die KPdSU wäre auseinandergebrochen. Über die Sowjets hier, erstaunliche Geschichten über ihre Korrektheit nach dem Krieg, ein Telephongespräch, das eindeutig Sabotage war, blieb unbeachtet, sie werden vor Luftangriffen geborgen, ein Sowjetsoldat rettet ein Kind und bricht sich die Arme dabei, Piloten fliegen aus Wohnvierteln und verbrennen, gibt's auch und hat's gegeben offenbar.
>
> Di. Ein anderer leitender Genosse, sehr gute und sympathische Diskussionen, sehr lustig, offen, ich habe laut ihm einen Doppelgänger, der am Berliner Ostbahnhof wohnt, die Leute sind anders als wir, diszipliniert, höflich, freundlich, aber bestimmt, sehr qualifiziert und intelligent. Freier Vortrag, didaktisch sehr geschickt, man plaudert viel über interessierende Fragen.

Was die mich 1975 »interessierenden Fragen« gewesen sind, weiß ich schon lange nicht mehr. Vielleicht die nahe liegende und mir bei aller Verbohrtheit doch nicht aus dem Kopf gehende, warum der Sozialismus es nötig hatte, alle seine ideologisch nicht mit ihm einverstandenen Bürger zu drangsalieren: *Übrigens: frustrierendes Gespräch über Biermann, die Metapher »Insekt« fällt, mich im Verständnis weit zurückwerfend.* Unsere Mentoren auf diesem Lehrgang waren kluge und informierte Leute. Sie werden gewusst haben, dass ihre Untertanen ihnen die Kehlen durchschneiden würden, wenn sie könnten. Und ich weiß, dass ich an meinem ersten Abend im Bett in irgendeinem Gewerkschafter-Erholungsheim im brandenburgischen Caputh konkrete Pläne schmiedete, wie ich mich nach meiner Rückkehr nicht nur dem mir zugedachten »Bildungsbeauftragten«-Job entziehen, sondern mich meiner »Spartakus«-Mitgliedschaft überhaupt entledigen würde und könnte, was mir freilich erst nach Jahren wirklich gelungen ist.

> Ich sitze in einer Kneipe im Bahnhof Zoo und schaue zurück. Am So fahre ich mit C. rein, eine Pennerin, die ihre Habe im Kinderwagen schiebt, Babsi, mit der ich tags zuvor sehr schön im »Napoli« geredet habe, und ausfliegenden Kegelclub verabschiedet, durch die DDR, tatsächlich liegt Schnee, C. ist wie alle Genossen, die ich treffe, in Ordnung, aber mir nichtssagend, Bier und Gottfried Keller und Lenin im Zug, ich bin schwach, noch müde, mir ist schlecht, nichtssagender B. am Zoo, ich sehe lange vom Hochgleis in die Frontstadt und erhole mich stark, Einreise in die DDR mit einem brummigen Fahrer und einem holprigen Bus, fremd anmutendes Thälmannheim, Essen, ins Bett.

Der Hinweis darauf, dass die so schwierig abzuschüttelnde Mitgliedschaft im Marxistischen Studentenbund »Spartakus« 1975 für mich zugleich die Mitgliedschaft in einer viel umfassenderen und wirklich wohl kaum jemals zu verlassenden deutschen Zwangsvereinigung gewesen ist, findet sich in dem unscheinbaren Satz *tatsächlich liegt Schnee* in der Mitte dieser Aufzeichnung verborgen. Eine oder zwei Wochen vor meinem konspirativen Schulungsaufenthalt in Caputh nämlich hatte ich einen Traum von der DDR gehabt, den mein Tagebuch nicht verzeichnet, der mir aber, wie andere »große Träume« meines Lebens, bis heute im Gedächtnis geblieben ist und aus seinen Tiefen immer wieder auftaucht.

Ich fuhr in einem Zug durch einen tief verschneiten Wald aus märchenhaft riesigen Tannenbäumen. Von einer Höhe aus sah ich durchs Fenster, dass in dem Tal, in das wir nach einer weiten Biegung nun einfuhren, jedoch plötzlich eine mediterrane Landschaft sich auftat. Ein Meer war in der Nähe. Dunkle Pinien wuchsen auf Hügeln. Die Ruine eines Amphitheaters stand im Sonnenlicht. Schöne junge Frauen mit Kindern auf dem Arm winkten unserem Zug aus den Straßen kleiner toskanischer Landstädtchen zu, Männer in römischen Togas waren über Schriftrollen gebeugt, und im Traum wusste ich, dass dies hier die »wirkliche DDR« war, ein esoterisches Land, das sich hinter und gleichsam in den Industrieanlagen, den mittelalterlichen Städten, den thüringischen und sächsischen Landschaften, die ich auf früheren Transitfahrten nach Berlin vom Zug aus gesehen hatte, auftun würde und der eigentliche Sinn dieses verschlossenen Staatswesens war.

Große, andächtige, strenges Schweigen wahrende Festgemeinden der elysisch-traumhaften DDR-Bürger waren unter Felsklippen – und einmal auch um einen hohen zigguratartigen Turm – versammelt, von deren Höhe sich junge Männer mit starkem Anlauf in die Luft hinauswarfen, um in derselben Haltung, wie ich sie auf kretischen Fresken gesehen hatte, im Fall kunstspringerhafte Pirouetten und Überschläge in der Luft zu vollführen, bevor sie in der Luft abbremsten und sanft, ohne Schaden zu nehmen, am Boden aufkamen. Manchmal aber – dies war der unheimliche, durch den

Traum ermöglichte Höhepunkt ihrer Kunst – begannen sie zu fliegen und landeten erst nach weiten, eleganten Kurven über die Hügel und Meeresbuchten, während deren sie unseren Augen fast entschwunden waren, wieder bei uns. Und es wurde mir im Traum erklärt, diese Kunst des Fliegens sei in der Traum-DDR nicht nur ein Sport, sondern der eigentliche Zweck des Landes, der Sinn seiner Abgesperrtheit, Unzugänglichkeit und Eingemauertheit, und die politischen Verhältnisse dort würden nur deshalb so anders als bei uns eingerichtet und aufrechterhalten, damit die Kunst oder eigentlich eher die Religion des Fliegens dort geübt werden könne.

*

An den beiden nebligen Wochenendnachmittagen im November 1999 habe ich die elysischen DDR-Bürger meines Traums von 1975, die mich in der Folge noch so intensiv und vielfältig beschäftigen sollten, dann plötzlich zum ersten Mal nach fast zwei Jahrzehnten wiedergesehen, und als ich am ersten Tag der Nowa-Huta-Dokumentarfilmretrospektive gegen sechs über all den schwarzweißen Paraden, Reden, Fahnen, Aufbauleistungen und Planübererfüllungen Hunger bekam und in einem »Pizza-Hut« am nahe gelegenen Hauptboulevard wohlig seufzend eine »Deep Pan Quattro Stagioni« und ein großes Bier zu mir nahm, glaubte ich ihre unsichtbare Gegenwart einen Moment lang fast greifbar nahe. Sie gingen über den heute novemberlich verlassenen Boulevard im Licht des Völkerfrühlings zur Arbeit, genossen in hellen Petticoatkleidern, spitzen Schuhen und taillierten Anzügen in heute längst verrotteten Eisdielen »kulturvoll« ihren Feierabend, verwandelten am roten Maifeiertag (»Heraus zum roten 1. Mai«) die heute noch viel zu breiten und metropolitanen Fahrbahnen in Marschstraßen und Tanzplätze.

Mit ihnen ging die neue Zeit. In ihrem Alltag verwirklichte sich ein Jenseits, das aus den Tiefen der Geschichte zu sich selbst gekommen, aus seiner Himmelsverbannung auf die Erde gefallen war. Die Welt war zwar immer noch das schlechthin Unmenschliche (»Wer hat mich in das Leid der Welt geworfen? Diese Welt wurde nicht nach dem Wunsche des Lebens geschaffen, nicht nach dem Willen des großen Lebens bist du hier. Wer hat mich in die böse Finsternis versetzt? Erlöse uns aus der Finsternis dieser Welt, in die wir geworfen sind«). Aber der göttliche Funke, der in der Arbeit der neuen Menschen, in ihrem Lachen und Marschieren, in ihrer enthusiastischen Durchgottung auf Erden erschienen war, regierte »schon ein Fünftel des Erdballs«. Unter der weisen Führung des großen Stalin war die Menschheit dort zu sich selbst gekommen. Aus den »Schriften der Klassiker«, niedergelegt in jenen bibel- oder gesangbuchartig blauen und braunen Bänden, hatte sie das Wissen (»Gnosis«) über ihre Vorgeschichte, die Gesetze des Weltgangs, die notwendige und planbare Zukunft geschöpft und verwandelte es nun – wo immer jene von Jahr zu Jahr weiter anschwellende, sich stärkende und mit Wissen durchdringende Schar der Reinen schuf, plante, kämpfte – in sichtbare Wirklichkeit. »Eine erhabene Rührung hat in jener Zeit geherrscht, ein Enthusiasmus des Geistes hat die Welt durchschauert, als sey es zur wirklichen Versöhnung des Göttlichen mit der Welt nun erst gekommen.«

Es ist wohl diese enthusiastische Versöhnung mit dem Göttlichen, das schauernde Einswerden mit dem Absoluten, was jene imaginären sozialistischen Bewohner von Nowa Huta auszeichnet, die ich mir im »Pizza-Hut« auf dem großen Zentralboulevard an jenem Novemberabend über meiner »Quattro Stagioni« und einem dann noch bestellten zweiten Bier nach dem Muster des berühmten Zitats aus Hegels »Philosophie der Geschichte« zusammenphantasiert habe. In ihrem Leben ist als konkrete Wirklichkeit, als Alltag erschienen, was die theologische Tradition uns erst als *visio dei beatifica*, als die Gnadenschau Gottes im Moment unseres Todes in Aussicht stellt. »Ha! – an der Fahne allein soll niemand unser künftig Volk erkennen«, ruft zum Beispiel Hyperion in Friedrich Hölderlins Revolutionsroman von 1796 aus, während er seine Freischaren inspiziert, »nichts, auch das kleinste, das alltäglichste nicht ohne den Geist und die Götter!« Und überhaupt erinnerte ich mich, je mehr ich in den letzten Monaten über meine erste Begegnung mit Nowa Huta nachgedacht habe, immer deutlicher daran, dass mir das gnostisch durchgottete Volk der Nowa-Huta-Dokumentarfilme während meines Studiums der deutschen Literaturgeschichte so oft begegnet ist, dass es vielleicht nur auf den ersten Blick zum Verwundern ist, wie bekannt es mir aus meinem eigenen Leben und Träumen vorkam.

Die phantastischen Bürger des sozialistischen Nowa Huta tummeln sich in ihrer vom Absoluten durchdrungenen Alltäglichkeit nicht nur in Hölderlins Hyperion, sondern als idealisch nacktes Meeresstrand-Jungmannentum sogar auf den frühen Gemälden eines so vernünftig-skeptischen Malers wie Max Beckmann. Sie besiedeln den Monte Ascona der zwanziger Jahre; selbst Max Weber, in dessen Leben und Werk das Vernünftigsein, wie ich immer fand, geradezu etwas Verehrungswürdiges angenommen hat, bestaunt verliebt das Inanspruchgenommensein der dort wohnenden »Zauberweiber« durch »nur das Außeralltägliche und die wechselnden

Erlebnisse« (»das alltäglichste nicht ohne den Geist und die Götter«). Am deutlichsten aber sprechen die enthusiastisch vergeistigten deutsch-idealistischen Seelenvölker, glaube ich, ihr Lebensgesetz und worauf es mit ihnen hinauswill, in dem berühmten »Schneekapitel« von Thomas Manns »Zauberberg« aus, das ich erst Jahre nach meinem DDR-Traum gelesen habe und wo dieses Volk in den wirren und dann plötzlich doch bis zur Maximenhaftigkeit deutlichen Träumen und Überlegungen des erfrierenden Hans Castorp erscheint: »Jünglinge tummelten Pferde, liefen, die Hand am Halfter, neben ihrem wiehernden, kopfwerfenden Trabe her, zerrten die Bockenden an langem Zügel oder trieben sie, sattellos reitend, mit bloßen Fersen die Flanken der Gäule schlagend, ins Meer hinein, wobei die Muskeln ihrer Rücken unter der goldbraunen Haut unter der Sonne spielten und die Rufe, die sie tauschten oder an ihre Tiere richteten, aus irgendeinem Grund bezaubernd klangen.«

Wobei diese Bezauberung eben gerade durch die unmittelbar das Alltägliche regierende Durchdrungenheit jener Seelenvölker mit ihrer eigenen Idee und dem ihnen zugehörigen und sich in ihnen ausdrückenden Absoluten zustandekommt: »Wie hübsch, gesund und klug und glücklich sie sind! Ja, nicht nur wohlgestalt – auch klug und liebenswürdig von innen heraus. Das ist es, was mich so rührt und ganz verliebt macht: der Geist und Sinn, so möcht' ich sagen, der ihrem Wesen zugrundeliegt, in dem sie miteinander sind und leben!« Das Lebensgesetz der Hans Castorp im Tiefschnee auf der Schwelle des Todes erscheinenden Sonnenleute und all der anderen Seelenvölker, der tiefere Grund der Verliebtheit unserer Tradition in sie liegt darin, dass sie an ihr Absolutes so unmittelbar und reflexionslos angeschlossen sind wie es einem Mann in der Betrachtung einer Frau scheinen mag, wenn er – mit welchem Recht auch immer – in ihren Bewegungen und Blicken unmittelbar auf den Grund ihrer Seele sehen zu können glaubt. »Seit Hegel haben wir uns vorstellen können, in unserem Inneren wohne der fleischgewordene Logos, wir würden eins mit dem wachsenden Selbstbewußtsein Gottes, seiner Selbstverwirklichung in der Geschichte des Menschengeschlechts. Seit Hegel bezeichnet der Name ›Weltgeschichte‹ das beflügelnde, verschwommene Gebilde, das entsteht, wenn man die Unterschiede zwischen dem Immateriellen und dem Materiellen, zwischen dem Unzeitlichen und dem Zeitlichen, zwischen dem Göttlichen und dem Menschlichen verwischt« (Richard Rorty).

Ich weiß nicht mehr recht, wie ich an jenem Wochenende im November 1999 aus der politischen Erotik Nowa Hutas und seiner imaginären Seelenvölker herausfand und aus dem abgeschabten Kulturzentrum an jener nebligen Straßenecke wieder nach Hause nach Krakau gekommen bin. Ich werde wohl, als das Dokumentarfilmfestival am Sonntagabend zu Ende war, in Gottes Namen in eins der nicht weit entfernt wartenden Taxis gestiegen sein und meine Adresse genannt haben. Der fünfmal fußballfeldweite Kreisverkehr und die Apartmenthochhäuser der sechziger Jahre am modernen Rand von Nowa Huta werden vor dem Fenster an mir vorbeigezogen sein, jene kein Ende nehmenden Parks, in denen rostende Panzer und Kampfflugzeuge auf Betonrampen stehen; die Wohnblocks der fünfziger Jahre. Schneeluft und Braunkohlengeruch. Dieselben, jetzt verlassen und nächtlich im Nebel daliegenden Verwaltungshochhäuser, Zubringer- und Ausfallstraßen, Kreisverkehrsanlagen, Straßenbahnhaltestellen, Schlaglöcher und Pfützenteiche der sozialistischen Verwaltungsstadt, die ich am Morgen gesehen hatte und schließlich, schon fast wieder heimatlich, die Jugendstilpaläste und historistischen Mietshäuser aus dem neunzehnten Jahrhundert fast schon im inneren Stadtring, der von Stadtautobahnen (die man hier »Alleen« nennt) eingefasst ist.

Ich denke, dass ich mich zu Hause, wieder am Ausgang meines eigenen Jahrhunderts, geduscht, umgezogen und mich mit jener Freundin im »Pauza«, im »Corleone« oder im »Mezzanine« verabredet habe, irgendwo eben, wo Menschen hinkommen, die zwar hübsch, gesund und klug und glücklich aussehen, aber beileibe nicht deswegen, weil sich die Weltgeschichte, das Selbstbewusstsein Gottes, eine Idee oder das Absolute in ihnen ausdrückt. Ich glaube mich sogar erinnern zu können, dass sie an diesem Abend ein cremefarbenes Rohseidenkostüm anhatte und ein Paar Stiefel aus Leinen und hellem Leder, das ich damals besonders an ihr liebte (aber vielleicht ist das auch nur eine Phantasie von mir). In ihren schönen Augen wird vieles sichtbar gewesen sein, ein Grund ihrer Seele aber nicht. Sie wird, wie immer, einen Martini bianco getrunken haben, ich einfallsloserweise ein Bier, und sie wird mich wieder einmal wegen meiner realsozialistischen Forschungen (»ausgerechnet in Nowa Huta!«) ausgelacht haben. Um uns, in den unzähligen Bars, Restaurants, Clubs, Diskotheken und Bistros der alten Stadt, ging das Leben weiter und vor sich, so geistlos und fern aller Ideen, wie es in Wirklichkeit Gott sei Dank ist. »Die hochzivilisierte Atmosphäre des ›Berghofs‹ umschmeichelte ihn eine Stunde später. Beim Diner griff er gewaltig zu. Was er geträumt, war im Verbleichen begriffen. Was er gedacht, verstand er schon diesen Abend nicht mehr so recht.«

Einsprüche und Nachreden

Wolfgang Matz
Ein surrealistischer Geheimrat

Aris Fioretos
An der Peripherie entlang

Horst-Jürgen Gerigk
Die Brüder Karamasow

Martin Seel
Notwendige Illusionen?

WOLFGANG MATZ

Ein surrealistischer Geheimrat

Kleine Nachlese zu Adornos 100. Geburtstag

»Man ist als Künstler innerlich Abenteurer genug. Äußerlich soll man sich gut anziehen und benehmen wie ein anständiger Mensch.« *Thomas Mann*

I

Hatte Platon Recht? Irrte Kant vielleicht doch? Ist die Welt nur alles, was der Fall ist, oder nicht tatsächlich eher Wille und Vorstellung? Ist die Dialektik in Wirklichkeit positiv? Die Naivität der Fragen illustriert nur die allgemein bekannte Tatsache, dass der Wahrheitsgehalt von Philosophie nicht von einer abstrakten »Richtigkeit« ihrer Aussagen, Theoreme oder Begriffe abhängt; denn wäre es so, dann hätte keine Seite des *Timaios* oder der *Weltalter* heute mehr als archivarisches Interesse. Jedes Verfahren philosophischer Interpretation von Texten der Vergangenheit hat also zwangsläufig mit einer Form der Relativierung zu tun, mit *Historisierung*. Es zählt zu den befremdlichsten Standards des deutschen intellektuellen, akademischen und publizistischen Lebens, dass die Geschichtsschreibung vor der Beschäftigung mit dem Individuum Halt zu machen hat. Was anderes ist eine Biographie als die Geschichte eines Menschen? Die bei Adornos 100. Geburtstag unvermeidliche Klage, eine Beschäftigung mit der Biographie werde die mit dem Werk verdrängen, hat am bündigsten leider Rolf Tiedemann, der hoch verdiente Herausgeber der Werkausgaben von Adorno und Walter Benjamin, formuliert, wenn er den Publikationen des Jubiläumsjahrs eine »Kammerdienerperspektive« unterstellt, für seine eigene Edition von Adornos »Aufzeichnungen bei der Rückkehr aus dem Exil« dagegen ein »allein sozialphysiognomisches Interesse« an »Sachen und Personen« bekennt. Welcher vernünftige Mensch aber liest *Dichtung und Wahrheit* oder die *Vie de Henry Brulard*, die Tagebücher von Thomas Mann oder Julien Green, Biographien über Robert Musil, Walter Benjamin, Gustave Flaubert, Vladimir Nabokov, Sören Kierkegaard und all die anderen aus »sozialphysiognomischem Interesse«, und noch dazu *»allein«*? Nein: Er liest sie aus Interesse an einer Gestalt, an einer intellektuellen Physiognomie, an einer geistigen Existenz, die sich so und nicht anders nur hier in diesem geschichtlichen und individuellen Moment verwirklicht hat. Und auch Adorno, *gerade* Adorno ist kein Exempel für allgemeine Demonstrationen der Sozialwissenschaften, sondern ein einzigartiges Individuum, an dem der Leser sehr zu Recht ein individuelles Interesse nimmt.

Der hundertste Geburtstag Theodor W. Adornos am 11. September 2003 war der richtige Zeitpunkt, diese biographische Historisierung zu beginnen. Vierunddreißig Jahre nach seinem Tod ist der Abstand so weit gewachsen, dass auch persönliche Lebensumstände ohne den Hautgoût des Indiskreten zu berichten sind, und selbst solche, die man, fehlte diese zeitliche Distanz, als penibel oder gar kompromittierend ansehen müsste. Der wahre Biograph kennt keine kompromittierenden Tatsachen. Es ist erfreulich, dass der runde Geburtstag die Flut von Spezialstudien und Sammelbänden zu akademischen Fragen, wovon es nachgerade einiges gibt, nicht übermäßig vermehrt, sondern stattdessen die Figur Adornos in seiner Zeit sichtbar gemacht hat. Denn die gleichen Herausgeber, die bei Walter Benjamin noch den privatesten Brief druckten und seine Liebesgeschichten katalogisierten, übten bei Adorno bisher eine asketische Zurückhaltung, die gerade bei dieser Zentralfigur des zwanzigsten Jahrhunderts wichtige Facetten auch seines Denkens und Schreibens unsichtbar machte. Adorno und seine Freunde und Kollegen teilen mit anderen bedeutenden philosophischen Schulen dieses politisierten Jahrhunderts das gleiche Schicksal: Ihre Philosophie ist von Geschichte durchdrungen, ist von der Politik beschädigt und befruchtet worden, hat auf die Katastrophen Antworten gesucht. Exil und Emigration sind nicht nur lebensgeschichtliche, sondern zugleich auch entscheidende geistige Tatsachen. Die umstandslose Identifizierung von biographischer Arbeit mit Klatsch und Tratsch ist ein Unglück des deutschen Geistes. Da aber jeder Biograph weiß, dass es »die« biographische Wahrheit nicht gibt, ist die Vielzahl von Büchern, die der Geburtstag anregte, ein zusätzliches Glück.

Adornos eigene Vorbehalte gegenüber dem biographischen Genre können kein Argument sein. Zum einen bedeutet das Historischwerden für das Individuum auch, dass es die Verfügungs- und Interpretationsmacht über das eigene Leben und Werk verliert; zum anderen verdankt sich Adornos Haltung einem zeitgebundenen Impuls und natürlich auch der Ablehnung jener trivialen Biographien und Romanbiographien, wie sie sich in seiner Jugend großer Beliebtheit erfreuten. Und zu guter Letzt kann keinem Leser entgehen, dass Adorno dem ausgestellten Vorbehalt selber in seinem Denken durchaus nicht folgte. Nicht nur schrieb er mit seinem Aufsatz über den Briefwechsel von George und Hofmannsthal die kanonische Interpretation eines lebens- und werkgeschichtlich höchst komplizierten Verhältnisses; nicht nur kommentierte er Proust auch von seinen existentiellen Voraussetzungen her und verbarg dabei in seinen Deutungen auch eigene Lebensmotive; es gibt von Adorno zudem eine erhebliche Reihe versteckter wie offener autobiographischer Texte – die *Minima Moralia* sind das prominenteste Beispiel –, die tief in die eigene Erfahrung eindringen, Orte und Menschen porträtieren, Lebenssituationen skizzieren. Adorno wusste sehr gut, wie sehr die *Erfahrung*, deren emphatischen Begriff er bei Benjamin wiedergefunden hatte, sein philosophisches und künstlerisches Werk bis in die Fasern hinein bestimmt hat.

2

Adorno nämlich war nicht nur, wie billig, das Kind seiner Zeit, sondern auch eines ganz bestimmten Milieus, einer Erziehung und einer Familie. Judentum und romanische Wurzeln, Bildungsbürgertum und die Liberalität der Stadt Frankfurt, sein Aufwachsen als spätes und behütetes Einzelkind, ein Elternhaus, in dem die geistigen und künstlerischen Interessen, vor allem anderen das tägliche Musizieren, selbstverständlich waren; all das schuf jenes Biotop, das für die Entwicklung eines frühreifen, hochkomplizierten, porösen, empfindlichen, produktiven Organismus wie diesen Theodor Wiesengrund-Adorno Voraussetzung war. In einem autobiographischen Brief an Thomas Mann schrieb er am 5. Juli 1948, er habe die Entscheidung zwischen Philosophie und Musik, also zwischen Theorie und Expression, von Anfang an abgelehnt: »Anstatt mich zu entscheiden, hatte ich mein Leben lang das Gefühl, in den divergenten Bereichen eigentlich das Gleiche zu verfolgen.« In der beiläufig scheinenden Bemerkung verbirgt sich jedoch ein wesentlicher, für seine geistige Existenz gar nicht zu überschätzender Gedanke, den Adorno explizit nie formuliert hat, wahrscheinlich aus der für ihn typischen Angst vor dem Schein ungebrochener Positivität: Dass nämlich Werk und Leben eines Menschen von einem Grundimpuls getragen wird, der noch *vor* rationalen Erkenntnissen und Absichten, *vor* bewussten Entscheidungen, *vor* künstlerischen Gestaltungen liegt. Wenn in der *Metakritik der Erkenntnistheorie*, in den *Noten zur Literatur* und in der Komposition eines Streichquartetts sich »eigentlich das Gleiche« aussprechen kann, dann wird dieses identitätsstiftende Moment nichts anderes sein als die individuelle Erfahrung desjenigen, der das Divergente schuf. Wer sonst nichts weiß von Adorno, der vermag zumindest zwei Sinnsprüche falsch zu zitieren: Es könne nach Auschwitz keine Gedichte mehr geben und im falschen kein richtiges Leben. Adorno besaß aber sehr wohl einen Begriff nicht nur des falschen, sondern auch des richtigen Lebens, und dieser ist es, der durch die lebensgeschichtliche Erfahrung des »Gleichen« hindurchscheint. Es fiele schwer, darin etwas anderes zu sehen als das Festhalten an der Konstellation seiner Kindheit. Das richtige Leben, das getreu der Maxime der *Minima Moralia* nur ex negativo zu erschließen wäre, ist die Erfahrung, die Erinnerung und die erinnernde Wieder-Erschaffung der Kindheit, und Adorno teilt diese Vorstellung mit den Wahlverwandten Proust und Benjamin.

Der wahre Biograph aber leitet eine solche Vorstellung nicht kausal aus wirklichen Vorgängen in der Vergangenheit ab, um sie auf diese Weise als »biographisch« zu relativieren; er zeichnet vielmehr nach, wie eine bestimmte wirkliche Konstellation notwendig war, um eine spätere Vorstellung, einen Gedanken oder ein Werk möglich zu machen. Es ist offensichtlich, dass der emphatische Begriff der Erfahrung, der unausgesprochen das Bild eines richtigen, eines musischen, intellektuellen und affektiven Lebens in sich weiß, an ein bestimmtes Herkommen gebunden war, und die Namen Proust, Benjamin und Wiesengrund-Adorno zeigen, welches dies ist: ein gebildetes und verfeinertes, traditionsbewusstes, aber sich selbst längst prekär gewordenes und unbedingt wohlhabendes Großbürgertum, das zugleich jene materiellen und geistigen Grundlagen vermittelte, aus denen einer dann zu schöpfen vermag und die für den, der sie nicht besitzt, nur mit unendlicher Mühe nachzuholen sind. Siegfried Kracauer schrieb am 4. Dezember 1921 an Leo Löwenthal über den gemeinsamen Freund Teddie: »Etwas Unvergleichliches hat er uns beiden voraus, ein herrliches äußeres Dasein und eine wundervolle Selbstverständlichkeit des Wesens«; was Löwenthal 1983 kommentierte: »Nun, der Adorno dieser Jahre [...] war ein zarter, schlanker, junger Mensch. Wirklich das klassische Ebenbild eines Poeten, von einer delikaten Bewegungsart und Sprechweise, die man heute kaum noch finden kann. [...] Und es war ein Dasein, das man lieben mußte, wenn man nicht fast vor Eifersucht über dieses behütete schöne Leben vergehen wollte, in dem Adorno die Sicherheit gewann, die ihn sein ganzes Leben nicht mehr verließ.«

In Adornos wechselhafter Biographie ist die Kinder- und Jugendzeit wohl das faszinierendste, ja, ein zauberhaftes Kapitel, das tatsächlich aus einer anderen Welt zu uns herüberkommt, und zwar in Gestalt eines eigenen, selbst wieder zauberhaften Bändchens *Adorno, Kindheit in Amorbach* von Reinhard Pabst. Dieser Ferienort im Odenwald, dem Adorno später einen seiner seltsamsten autobiographischen Texte widmete, erscheint hier in einem Photoalbum voller Kuriositäten, in dem weder die Nilstute Lieschen fehlt, der Adornos Mutter ihren Kosenamen verdankte, noch die gezähmte Wildsau von Ernsttal, die durch ihr aufsässiges Verhalten gegenüber der Gattin des Eisenbahnpräsidenten Stapf bei eingefleischten Adornianern längst mythischen Ruhm genießt: »Die gezähmte Wildsau von Ernsttal vergaß ihre Zahmheit, nahm die laut schreiende Dame auf den Rücken und raste davon. Hätte ich ein Leitbild, so wäre es jenes Tier.« Doch exotischer noch muten die Bilder des längst Vergangenen an: Dorfstraßen ohne Kraftfahrzeuge, Verkehrszeichen und Werbung, Gaststuben ohne Lautsprecher, Hotels ohne Aluminiumvorbauten, und auf der Photographie »Der Marktplatz in Miltenberg mit dem Schnatterlochsturm, um 1910« kann man die Langsamkeit und die Stille dieser untergegangenen Welt förmlich sehen, einer provinziellen Welt, deren gesellschaftliche Wirklichkeit mit der Eichendorffs wohl mehr noch zu tun hatte als mit jenen sechziger Jahren, an deren Ende Adorno starb. Kann man Proust verstehen ohne Combray? Adorno ohne Amorbach? Ein philosophisches Werk ist selbstverständlich nur aus sich selbst heraus zu lesen und zu deuten; will man Adorno als Gestalt, als Subjekt einer intellektuellen Erfahrung nahe kommen, dann führt kein Weg an Amorbach vorbei.

Besonders der angelsächsischen Tradition ist es bewusst, dass die Grundlage biographischer Arbeit die möglichst umfangreiche Sicherung des biographischen Materials ist. Diese Arbeit hat für Adorno Stefan Müller-Dohm geleistet, mit seinem monumentalen Werk aber auch ihre Grenzen deutlich gezeigt. Die sprachlichen Schwächen des Bandes sind ein individuelles Problem, die ungelöste Frage, wie das – hier wahrhaft ausufernde und strapaziöse – Referat der Theorie in die Lebensgeschichte einzufügen wäre, schon eines der biographischen Form selber. Am schwersten jedoch wiegt, dass Müller-Dohm ein Verständnis für den Literaten, den Musikwissenschaftler, besonders aber für den Komponisten Adorno vollkommen abgeht, und dies ist bei einem, den Alban Berg zwischen »Kant und Beethoven« sah, eine unverzeihliche Leerstelle. Ob man Adornos hohe Selbsteinschätzung gegenüber seinem musikalischen Œuvre nun für gerechtfertigt hält oder nicht: der Intellektuelle, dem der »Erkenntnischarakter der Kunst« ein zentrales Theorem war, dessen musikalische Schriften, die er nicht unbedacht so nannte, den größten Werkkomplex darstellen, hat in seiner Arbeit als Komponist »das Gleiche« am Werk gesehen wie in seinen Schriften, und allein deshalb geht es nicht an, seine musikalische Aktivität als Komponist, Lehrer und Kritiker mit ein paar Gemeinplätzen abzutun. Das ist nicht nur ein biographisches Versäumnis, es verfehlt einen, wenn nicht sogar *den* zentralen Impuls von Adornos Gestalt und Produktivität, seine Existenz als Künstler *und* Philosoph. Auch die spätere Theorie der Kulturindustrie, die im dritten Jahrtausend sozusagen glanzvoll bestätigt wird, enthält in ihrem Kern die eigene Erfahrung ernsthafter musikalischer Produktivität, und auch hier gilt, dass diese Kritik nur möglich war vor dem biographischen Erleben einer selbstverständlichen musischen Erziehung.

Detlev Claussen gelingt in *Ein letztes Genie* die Beleuchtung dieses künstlerisch-intellektuellen Doppellebens viel überzeugender. Sein Buch ist die Überraschung dieses Gedenk-Herbstes, denn nicht nur ist es in seiner Sprache und in den inneren Proportionen das gelungenste, es beweist zugleich, dass ein von der tiefen Empathie des philosophischen Schülers durchdrungenes Buch seinem Gegenstand durchaus sehr viel besser gerecht werden kann als der viel zitierte »kritische Blick«. Ein wahres Glanzstück ist das Kapitel »Palimpsest des Lebens« mit der Darstellung der wichtigen intellektuellen Freundschaften Adornos: die hochkomplizierte, wechselhafte, doch immer enge Lebensbeziehung mit Kracauer; die seltsame, asymmetrische, eher persönliche als philosophische mit dem egozentrischen Ernst Bloch, der auch in späteren Jahren den weltbekannten Philosophen Adorno nur als abtrünnigen Adlatus sah; die intellektuell alles in den Schatten stellende zu Walter Benjamin, mit dem Adorno einen der ergiebigsten theoretischen Briefwechsel des zwanzigsten Jahrhunderts führte und dessen Wiederentdeckung in den sechziger Jahren – trotz aller Denunziationen – allein ihm und Gershom Scholem zu verdanken ist. Claussens Demonstration, wie Lebensgeschichtliches und Philosophisches, politische und materielle Interessen hier ineinander verwoben sind, mag jene ungebrochenen Idealisten, die nur an Gedanken, nicht aber an deren Subjekten Anteil nehmen, irritieren, doch genau darin liegt die eigentliche Qualität biographischer Arbeit.

Für die Jahre der amerikanischen Emigration gibt es nun noch eine weitere anrührende, zuweilen fast surrealistisch anmutende Quelle: den Briefwechsel, den Theodor Adorno und seine Frau Gretel mit Adornos Eltern führten. Will man nachvollziehen, was die nationalsozialistische Vertreibung auch für die bedeutete, denen das Schlimmste erspart wurde, hier steht es geschrieben. Auf einem Photo sieht man das alte Ehepaar Oscar und Maria Wiesengrund von der Frankfurter Schönen Aussicht bei einem Spaziergang in Kuba, und man sieht mit einem Blick die politischen Katastrophen, die ein solches Lebensende erzwungen haben. In Teddie (»Archibald Bauchschleifer«) und Gretel (»Giraffe Gazelle«) Adornos Briefen, voll von aberwitzigen Tiermetaphern, Kosenamen und Erinnerungen, spürt man den Wunsch, den Eltern (»Wundernilstute« und »Wildschweinkönig«) durch eine unablässige Beschwörung des Verlorenen doch noch so etwas wie die Kontinuität einer Lebensgeschichte festzuhalten – und vielleicht auch ein gutes Ende: »Ich möchte den Brief nicht schließen, ohne zu Protokoll zu geben, daß ich seit dem Eintritt Amerikas in den Krieg und dem russischen Widerstand von der schließlichen Niederlage Hitlers fest überzeugt bin.«

Mit Max Horkheimer schlägt man ein anderes, wohl das umfangreichste Kapitel auf: Die Emigration, der Aufbau des Instituts für Sozialforschung, die Niederschrift des ersten Hauptwerks *Dialektik der Aufklärung*, die akademische Befestigung der Frankfurter Schule nach dem Krieg sind die wichtigsten Stationen. Gerade hier aber war es für die biographische Historisierung die höchste Zeit, nachdem die politische bereits vor Jahren mit den Büchern von Rolf Wiggershaus und Martin Jay begonnen worden war. Wer die Dialektik der Aufklärung nicht in scholastischem Begriffsrealismus als der Weisheit letzten Schluß, vielmehr als eine geschichtsphilosophische Theorie lesen will, die Antworten sucht auf eine bestimmte historische Bedrohung, der muss an den historischen Bedingungen dieses Augenblicks zutiefst interessiert sein. Adorno rechnete in den vierziger Jahren, wie er nach Benjamins Tod an Horkheimer schrieb, mit einer »unablässigen Folge von Katastrophen, Chaos und Grauen für eine unabsehbar lange Periode«, und er richtete sein Leben und die »Flaschenpost« seines Werks darauf ein. Nach Hitlers Ende heißt es, wiederum an Horkheimer gerichtet, der Nationalsozialismus sei »die unmittelbare Ursache aller äußeren Entwicklung in unserem Leben während der letzten zwölf Jahre« gewesen und ihre biographische und theoretische Gemeinsamkeit könne

»vom Faschismus gar nicht getrennt werden«. Wer diesen Zeitkern in der *Dialektik der Aufklärung* verkennt, betreibt die Kanonisierung von Kirchenvätern. Adorno selbst hat die politischen Veränderungen nach dem Ende des Nationalsozialismus sehr wohl wahrgenommen, und ein Gutteil seines Briefwechsels mit Thomas Mann dokumentiert die Erfahrung der Rückkehr nach Europa und Deutschland. Adorno, einerseits überwältigt von der Wiederbegegnung mit dem alten Europa, andererseits zum ersten Mal konfrontiert mit der Wirklichkeit des zerstörten, nachfaschistischen Deutschland, schickt eine so differenzierte und weithin sogar optimistische Einschätzung über den Atlantik, dass sein älterer, tiefdeutscher Briefpartner in Kalifornien ihn schnell der Schönfärberei verdächtigt. Adorno hat sich in seinen zwei deutschen Jahrzehnten nie entsprechend dem Dogma eines universellen Verblendungszusammenhangs verhalten, sondern nach der zuweilen fast naiven Hoffnung gehandelt, die praktische Vernunft von Denken, Lehre und Überzeugung könne genau diese Verblendung überwinden.

Das Ende dieser zwei Jahrzehnte, also die berühmten achtundsechziger Jahre, sind noch einmal ein heikles Kapitel, und für die Biographen ihrer eigenen Biographie wegen ein wohl unlösbares. Die offizielle, vom Theodor W. Adorno Archiv herausgegebene Bildmonographie, auch sonst an Kuriositäten reich, löst die Sache sehr eigenwillig, indem sie sie schlechthin ignoriert: Fürwahr eine sehr eigene Art der Historisierung! Hätte man nicht Wolfram Schüttes großartige, in Text und Bild ungeheuer materialreiche und intelligent geordnete Chronik *Adorno in Frankfurt*, man wüsste und man sähe nichts von den Auseinandersetzungen, Angriffen, Polemiken, Prozessen, die Adornos letzte Jahre prägten. Und hier braucht es wohl tatsächlich die historische Distanz für eine neue Bewertung: Der Nachgeborene sieht fassungslos, wie der zurückgekehrte Emigrant nach der Erfahrung von Nationalsozialismus und Stalinismus sich wiederfindet im Angesicht einer studentischen Bewegung, die aber auch nichts weiß von jenem historischen Bewusstsein, das sie beständig plakatiert. Halbwüchsige, die einen Mao feiern, der im fernen China die Massaker der Kulturrevolution anheizt; Erwachsene, die im nahen Frankfurter Westend den Suhrkamp Verlag in einen »sozialistischen Betrieb« umwandeln wollen; Studenten, die eine Institutsbesetzung und Dauerdebatten für »die Revolution« halten; ein Spektakel aus rosa Teddybären, entblößten Busen, auf dem Podium des Hörsaals hüpfenden »Aktionskünstlern«, »Karl-Marx-Universität«-Schildern – auch wenn die achtundsechziger Jahre nicht *nur* das waren, für Adorno sah so der Frankfurter Politzirkus aus. Am härtesten aber traf ihn, der, wie mehr noch der Freund Horkheimer, trotz allem immer ein tiefes Misstrauen in die demokratische Verlässlichkeit Deutschlands verspürte, dass diese Studentengeneration so umstandslos und unreflektiert totalitäre Verhaltensweisen wiederbelebte. Wie soll man Adornos letzte Jahre interpretieren? Kann man sagen: »Adorno war zum inspirierenden Mentor und gleichzeitig zum ersten Opfer der neuen Studentenbewegung geworden«, wie es Lorenz Jäger in seiner sonst so genauen »politischen Biographie« tut? Kann man über den Revolutions-Karneval der Berliner Kommune I sagen: »Gerade hier hatte die kritische Theorie vorgearbeitet«? Man kann nicht. Gewiss kann jede politische, gesellschaftskritische Theorie irgendwie als »inspirierend« dingfest gemacht werden, über die Binsenweisheit hinaus jedoch hat gerade Adorno niemals geglaubt, eine politische Revolution sei tatsächlich durchführbar, ja: auch nur wünschbar. Und keiner der nassforschen Kulturrevolutionäre hat den Satz aus den *Minima Moralia* auf sich selbst bezogen: »Mit Schrecken muß man einsehen, daß man oft frühe schon, wenn man den Eltern opponierte, weil sie die Welt vertraten, insgeheim das Sprachrohr der schlechteren Welt gegen die schlechte war.«

Adornos Frankfurter Nachkriegsjahre zeigen eine Existenz, die ihre Produktivkraft aus ihren inneren Widersprüchen zieht: Auf der einen Seite der Professor und Institutspolitiker, auf der anderen der Schriftsteller, der mit seinen Verlegern Peter Suhrkamp und Siegfried Unseld Publikationsstrategien verhandelt, hier der gesellschaftskritische Theoretiker, dort der staatliche Funktionsträger, und neben allem noch der einflussreichste Kritiker und Mentor der Neuen Musik und, verborgen, der esoterische Komponist und der Literat, der gegen alle Moden Beckett und Borchardt, Celan und Eichendorff für sich zu vereinen weiß. Nichts kann der platten Überzeugung der Achtundsechziger, das richtige und natürlich proletarische Leben sofort und komplett verwirklichen zu können, vollkommener widersprechen als eine solche Existenz, die sich, trotz der politisch verankerten Theorie, mit dem Bereich des Ästhetischen der totalen Politisierung der Wirklichkeit, dem fatalen Grundirrtum jener Generation, konsequent entzog. Günther Anders, der alte Bekannte aus Vorkriegs- und Emigrationsjahren, schrieb Adorno schon 1963 einen kuriosen, aus Eifersucht und intellektueller Insuffizienz gemischten, aber gerade darin bezeichnenden Brief, der genau auf diese Existenzform Adornos zugespitzt ist: »Mir scheint, man kann nicht als ein Professor Nietzsche leben oder als ein surrealistischer Geheimrat. Etwas von dieser Kreuzung haben Sie aber in meinen Augen an sich. Solche Doppelexistenz muss sich, glaube ich, rächen. Ein Revolutionär – und als Theoretiker sind Sie das natürlich – der sich durch seine Stellung selbst die Hände bindet, der erregt Misstrauen.« Die Naivität, mit der Anders hier biographische Konsequenz einfordert, verblüfft; mehr aber noch, dass er die Doppelexistenz als eigentliche intellektuelle Lebensform so prinzipiell verkannte. Schon Thomas Mann nannte Adorno in der Widmung zum *Doktor Faustus* seinen »wirklichen geheimen Rat«; malgré lui hat Günther Anders dieses Kompliment noch aufs Schönste gesteigert.

3

Adorno ist bis in seine letzten Jahre, seine letzten Tage der Mann seiner Anfänge geblieben. Sommers zog er sich aus dem Frankfurter Treiben zurück in die Schweizer Berge, in Nietzsches Engadin oder in Rilkes Wallis, wo er Hermann Hesse traf, Gershom Scholem oder Peter Szondi. Er arbeitete an seiner *Ästhetischen Theorie*, besuchte Beckett in Paris und hielt in Berlin seinen Vortrag zum Klassizismus in Goethes *Iphigenie*. Während die Literaten den Tod der Literatur verkündeten, blind nach Kuba reisten oder alberne Gedichte auf »Adornos Zunge« schrieben, erarbeitete dieser einen Auswahlband der unbekannten und deshalb als reaktionär verschrienen Lyrik Rudolf Borchardts. Während der politische Druck von außen wuchs, wurden in Adornos Doppelleben die künstlerischen Antriebe in den letzten Jahren immer stärker. Als die Emeritierung in Sicht kam, erwogen Theodor und Gretel Adorno eine Übersiedlung nach Wien, wo Adorno in den Zwanzigern bei Alban Berg studiert hatte und nun noch einmal als Komponist arbeiten wollte. Diese Pläne, aus denen dann nichts mehr werden sollte, spielen ihre Rolle in einem der seltsamsten, persönlichsten und faszinierendsten Lebensdokumente, das dieser hundertste Geburtstag ans Licht gebracht hat, in dem »privaten Briefwechsel« mit Lotte Tobisch, der Burgschauspielerin, die Adorno gerne als »Baronin« titulierte. Seltsam und faszinierend, weil dieser Briefwechsel für jene Freundschaften Adornos steht, die außerhalb des intellektuellen Feldes ihr Leben hatten, und damit etwas sichtbar macht, was so bislang nur zu ahnen war. Sichtbar wird Adornos Wunsch, eine lebensgeschichtliche Kontinuität herzustellen zu den Konstellationen seiner Kindheit, zu einer von künstlerischen und geistigen Interessen zwanglos durchdrungenen Gesellschaftsschicht, die Adorno nunmehr, nach dem endgültigen Verschwinden der großbürgerlichen Bildungswelt, vor allem bei Resten des Adels und seiner Traditionen zu finden glaubte, ganz gleich wie vor ihm der große Wiener Karl Kraus. Sichtbar wird eine Form der Kultiviertheit, die sich als Lebensform verwirklicht: Kunst und Musik, Philosophie und Literatur sind keine Fachgebiete für Spezialisten, sondern fügen sich zu einem gesellschaftlichen Leben, in dem der Besuch im Sacher nach der Oper so selbstverständlich ist wie die Lektüre der avancierten Literatur. Auch wenn man einen Gutteil an Inszenierung und Koketterie abzieht, taucht für den heutigen Leser das Unwahrscheinliche einer solchen Beziehung auf wie aus einer unendlich fernen Vergangenheit.

Für die kulturellen Verluste, die solches bewirkt haben, liefern die Herausgeber des auch höchst unterhaltsamen Bandes unfreiwillig die Belege gleich mit, schon allein in dem, was sie glauben einem Adorno-Leser in Fußnoten erklären zu müssen. Vor allem aber scheinen sie nicht einmal die Gründe für ihre eigene Edition zu kennen. Mit spürbar schlechtem Gewissen beginnt das Nachwort: »Es ist ziemlich ungehörig, in den Briefen anderer Leute herumzuschnüffeln«, und kulminiert nach einigen Divagationen über »Biographismus« und »Voyeurismus« in einem letzten, das vollständige Zitat verlangenden Satz: »Um es mit einer adornitischen Denkfigur abzuschließen: Erst indem wir den Biographismus so auf die Spitze treiben, überwinden wir ihn in Richtung auf das schockierende und beschämende, zum Trost oft auch komische Bild einer nur für Naive guten Gesellschaft.« I would prefer not to. Wer die Lektüre von Lebenszeugnissen mit »Schnüffeln« und »Voyeurismus« verwechselt, demonstriert selbst jene kulturindustrielle Verödung, gegen die Adornos ganzes Denken sich wehrte: Briefe, Briefwechsel und Tagebücher, Memoiren, Biographien und Gespräche bilden in der europäischen Tradition seit Jahrhunderten neben den künstlerischen Werken im engeren Sinne einen Korpus der Reflexion, der Erfahrung und des geistigen Austauschs, ohne den jene überhaupt nicht zu denken wären, und heute muss an diese Selbstverständlichkeit bereits erinnert werden.

Adorniten hat es in den vergangenen Jahrzehnten, Gott sei's geklagt, genug gegeben. Die biographische Historisierung anlässlich des hundertsten Geburtstages lässt nun zum ersten Mal die Gestalt Adornos, seine geistige Physiognomie, seine intellektuelle raison d'être, erkennbar werden. In einem späten Brief an Kracauer schrieb er: »Je mehr ich den sogenannten Erfolg zu schmecken bekomme, desto gründlicher werde ich der Nichtigkeit der eigenen Existenz mir bewußt. Denn diese wird zu einer Funktion des Erfolgs. Hoffentlich nicht von mir her, aber in der Beziehung zur Realität, und von der ist das Ich nicht unberührt, es ist, gegenüber seinen Verflechtungen, eine bloße Abstraktion. ›Der Adorno‹, mit dem man all das anstellt, das ist eigentlich schon ein Toter. Wie man aber diesen Prozess zu Lebzeiten an sich verspürt, das gibt einen Geschmack davon, wie sehr man, als lebendiges Subjekt, Nichts ist. Verkündet auch durch das ungeminderte Gefühl der Fragwürdigkeit alles dessen, worauf der Erfolg beruht.« Adorno weiß sich selbst demselben Prozess unterworfen wie jedes produktive Individuum, welches außerhalb von sich selbst jenes Geistige schafft, das man ein Werk nennt; ein Werk, das sein Schöpfer zugleich *ist* und nicht mehr ist. Für das produzierende Individuum gibt es keine Identität mehr zwischen sich und dem Geschaffenen, in dem es sich objektivierte, zwischen sich selbst als empirischer Gestalt und als geschichtlicher, öffentlicher Person – und trotzdem erlebt es sich mit jedem Tag als *Eines*. Genau hier beginnt jener Prozess des Sich-selbst-historisch-Werdens, den der alte Goethe erfuhr, und genau hier beginnt die Arbeit des Biographen: Er hat zu rekonstruieren, was in der empirischen, niemals aber in der geistigen Welt mit sich identisch war, und es wird ihm nicht gelingen, da er diese Rekonstruktion wieder nur in der geistigen Welt vollbringt. Das Ganze eines Lebens gibt es nicht, sowenig wie den wirklichen Adorno. Die biographischen Annäherungen aber haben einiges von dem erkennen lassen, was diesen Menschen ein Werk schaffen ließ, das zu den bedeutendsten des Jahrhunderts zählt.

Postskriptum

Der Melancholiker, der das verzweifelte Bewusstsein, was in der intellektuellen Öffentlichkeit seit Adornos Tod vor sich gegangen ist, auch sinnlich genießen will, sei nachdrücklich auf die Kassette mit Radioaufnahmen verwiesen, die der Hör-Verlag schon 1999 veröffentlicht hat. Zweiundfünfzig Minuten »Bemerkungen über Hegel« oder sechsundvierzig Minuten eines Gesprächs über »Erziehung zur Mündigkeit« im Hessischen Rundfunk – diese Welt ist uns noch ferner gerückt als Adornos Amorbach oder Prousts Combray.

Frankfurter Adorno Blätter. Im Auftrag des T. W. Adorno Archivs hg. von Rolf Tiedemann. Edition Text und Kritik, München 2003, 253 Seiten.

Theodor W. Adorno, Kindheit in Amorbach. Hg. von Reinhard Pabst. Insel Verlag, Frankfurt/Leipzig 2003, 228 Seiten.

Stefan Müller-Dohm: *Adorno. Eine Biographie*. Suhrkamp Verlag, Frankfurt 2003, 1032 Seiten.

Detlev Claussen: *Theodor W. Adorno, Ein letztes Genie*. S. Fischer Verlag, Frankfurt 2003, 479 Seiten.

Theodor W. Adorno: *Briefe an die Eltern 1939–1951*. Suhrkamp Verlag, Frankfurt 2003, 569 Seiten.

Adorno, Eine Bildmonographie. Hg. vom Theodor W. Adorno Archiv. Suhrkamp Verlag, Frankfurt 2003, 309 Seiten.

Adorno in Frankfurt. Hg. von Wolfram Schütte. Suhrkamp Verlag, Frankfurt 2003, 423 Seiten.

Lorenz Jäger: *Adorno. Eine politische Biographie*. Deutsche Verlags-Anstalt, München 2003, 320 Seiten.

Adorno und seine Frankfurter Verleger. Der Briefwechsel mit Peter Suhrkamp und Siegfried Unseld. Suhrkamp Verlag, Frankfurt 2003, 767 Seiten.

Theodor W. Adorno/Lotte Tobisch: *Der private Briefwechsel*. Hg. von Bernhard Kraller und Heinz Steinert. Literaturverlag Droschl, Graz 2003, 349 Seiten.

ARIS FIORETOS

An der Peripherie entlang

*Laudatio auf Klaus Böldl**

Von Abaris, einem rätselhaften Seelsorger, der Griechenland um 770 vor unserer Zeitrechnung besucht haben soll, wird berichtet, er habe gelebt – oder vielmehr überlebt –, ohne Nahrung zu sich zu nehmen, von Wasser und Luft allein, und sei auf einem goldenen Pfeil gereist, den ihm sein Schutzgott Apoll verehrt habe. Mit seinem ebenso feingliedrigen wie gefährlichen Beförderungsmittel konnte sich dieser Vertraute der Atmosphären nicht nur über gewaltige geographische Areale fortbewegen, sondern auch Gebrechliche und Kranke heilen, sich unsichtbar wie der Wind machen und mit verheerender Hellsichtigkeit Prophezeiungen aussprechen. Er war, kurzum, der Ombudsmann des Dichtergottes.

Ich bin fast drei Jahrtausende jünger und meiner Herkunft nach zudem nur Halbgrieche. Dennoch vermute ich, dass Abaris keine aus der Luft gegriffene Gestalt war, deren Handlungen im Reich der Mythen anzusiedeln und dessen Worte leeres Gerede sind. Den Quellen zufolge entstammte er nämlich jener seltsamen Region, die Hesiod »jenseits des Nordwinds« ahnte – will sagen, buchstäblich gesprochen: Hyperboreas. Dieses wundersame Glücksreich platzierten griechische Kartographen am äußersten Rand des Erdtellers, während bodenständigere Seelen sich mit der Feststellung zufrieden gaben, dass es allein im hohen Norden gelegen sein könne, der irgendwo auf der anderen Seite der Donau begann. Zu seinen sagenumwobenen Verbündeten gehörten das afrikanische Aithiopien sowie das skythische Arimaspen, aber auch das sagenhafte Elysium. In jüngerer Zeit hat man in dem Land mal nomadische Gesellschaften auf der pontischen Steppe, mal germanische Territorien auf der anderen Seite der Alpen erkennen wollen. Sicher ist im Grunde nur, dass Hyperboreas dort anfing, wo die bekannte Welt endete. Und gerade das, meine Damen und Herren, lässt mich glauben, wir sollten Abaris nicht als einen apollinischen Luftmenschen betrachten, dessen Aussagen für uns dreitausend Jahre später weder Gewicht noch Wert haben. Denn dort zu beginnen, wo die bekannte Welt aufhört: Was ist das anderes als eine Definition der Literatur, sobald sie aufhört, Ansichten bloß zu vermitteln, und anfängt, zu bedeuten?

Es freut mich feststellen zu dürfen, was Sie alle bereits wissen: Die Stadt Hanau verfügt über wesentlich bessere hellseherische Fähigkeiten als ich. Immerhin hat man den Scharfblick besessen, genau diese Art von Randliteratur mit dem diesjährigen Brüder-Grimm-Preis zu ehren. Klaus Böldls *Die fernen Inseln* erweist sich nämlich als ein Buch jenseits des gängigen Romans sowie des konventionellen Reiseberichts, ein glücklicher Wurf von einem Text, der diskret unsere Vorstellungen vom Nutzen der Genrehygiene zurücklässt und sich ebenso unbekümmert zwischen den verschiedenen Gattungen bewegt wie der Wind durch einen Wald. Wenn Sie mir gestatten wollen, diese Metapher etwas weiter zu spinnen, die auf eine Art linkisch ist, wie sich Böldls Prosa dies niemals erlaubt hätte, würde ich sagen, Erinnerung, Beschreibung und Aufmerksamkeit sind die Mittel, mit denen das Buch mal das Laub der Reflexionen in Bewegung setzt, um die Gedanken vor Erkenntnis zittern zu lassen, mal über den

* Die Laudatio wurde anlässlich der Verleihung des Brüder-Grimm-Preises der Stadt Hanau am 8. November 2003 gehalten.

Boden streicht und den knorrigsten Wurzelarmen des Gefühlslebens folgt. Diese Schrift ohne Heimstatt in etablierten Textsorten zieht es vor, sich am Rande der Literatur aufzuhalten, in jener äußeren Region, in der erstarrte Lava oder taubengraues Morgenlicht die Charakterzeichnung liefern und der einsame Horizont Handlung genug sein kann. Aber vor allem ist *Die fernen Inseln* ein Buch, so solidarisch mit diesem Niemandsland des Gefühls sowie der Reflexion, dass es ihm gelingt, der Welt eine verjüngte Perspektive abzuringen, die Wirklichkeit in ein gerechteres Licht zu tauchen: als gleichzeitig unendlich alt und sagenhaft neu. In einer Prosa, klar wie Luft, durchsichtig wie Eis, geschrieben mit »nordatlantischer Überdeutlichkeit«, erzeugt es Schauer entlang dessen, was bei uns Lesern einem Baumstamm am nächsten kommt, will sagen, entlang unseres Rückgrats, um dort Kitzel von der Art zu verbreiten, wie sie die Literatur uns nur dann schenkt, wenn sie die Wahrheit verblüffend und das Überraschende selbstverständlich macht. Meine Damen und Herren, ich denke, uns bleibt keine andere Wahl: Ein Text mit solchen Fähigkeiten wie der von Klaus Böldl muss hyperboräisch genannt werden.

Folgendermaßen klingt es, wenn Böldls namenloser Erzähler – eine Person mit bayerischer Kindheit in den siebziger Jahren, aber einem Gefühl für historische Zusammenhänge bedeutend älteren Datums – das erlebt, was in der Moderne Abaris' schimmerndem Pfeil am nächsten kommt. Er ist soeben durch die Tür getreten, die »in das nordatlantische Hinterzimmer der Welt« führt:

> In den ersten Tagen hier in Reykjavík bin ich, wie als Kind, jedes Mal ans Fenster oder gar auf die Terrasse hinausgerannt, wenn ich ein Flugzeug gehört habe, und noch immer sehe ich es mit einer gewissen Spannung und sogar Ergriffenheit, wenn so eine Maschine geschmeidig über die glänzenden Dächer hinwegschwebt oder im behutsam zielgenauen Anflug hinter ihnen verschwindet.

Das dumpfe Grollen von Motoren, die angeworfen werden, oder das schläfrige Surren von Propellern, die zur Ruhe kommen, träge federnde Flugzeugflügel oder der Geruch von Diesel und verbranntem Gummi, der über Grasflächen und Kieswegen schwebt: Die Maschinen, die am Rande von Islands Hauptstadt starten oder landen, kündigen die älteste wie jüngste aller Erzählungen an: den Anfang und das Ende von Abenteuern. Zu gleichen Teilen mit vergangener Sehnsucht wie mit der Verheißung zukünftiger Erlebnisse gefüllt, lassen diese Fahrzeuge den Erzähler »die alle Zeitzonen umspannende Gleichzeitigkeit des gerade stattfindenden Augenblicks« spüren:

> und ohne dass die Welt einem tatsächlich auf den Leib rückte, meint man sie als etwas Ganzes, uns Umgebendes zu erleben, als einen Zusammenhang, in den wir mitverwoben sind. Mit den Flugzeugen schwebt uns die Erreichbarkeit der Welt vor.

Meine Damen und Herren, Sie sehen: Man braucht nicht den Nabel der Welt, also Delphi, besuchen, Apoll, dem Gott des Gesangs und der Kunst der Weissagung geweiht, um die Gleichzeitigkeit zu erfahren, die von der Mitte der Welt ausgeht. Manchmal reicht es schon, »ein stilles und kühles Zimmer« in der abseits gelegenen Eggertsgata zu bewohnen, einen Katzensprung von Reykjavíks Stadtflugplatz entfernt.

Es fragt sich natürlich, welche Erlebnisse diese »an Dezenz freilich kaum zu überbietende Weltteilnahme« erlaubt. Die Orte, die von den modernen Pfeilen auf den Start- und Landebahnen angeflogen und verlassen werden, liegen nicht gerade an den großen Routen der Kommunikationsströme. Böldls ebenso schöne wie gewagte Antwort lautet: »Nur Reisen an der Peripherie entlang sind in diesem überhaupt nur aus Rändern bestehenden Kosmos vorstellbar.« Man könnte auch sagen: An der Schwelle der Welt bewegt man sich seitwärts. In einer Region ohne Mittelpunkt, so schmal, dass sie nichts anderes zulässt als Marginalität, befindet sich prinzipiell gesehen alles auf einer Linie. Dies ist nicht Nivellierung, sondern Potenzialisierung, denn für die Literatur bedeutet ein »aus Rändern bestehender Kosmos« vor allem eines: keine Unterordnung. Hier wiegen Zeit, Raum und Handlung gleich. Wer sich an der entlegenen Grenze aufhält, befindet sich merkwürdigerweise in der Mitte des Lebensdramas.

Die fernen Inseln besucht eine Reihe solcher Schwellenorte, verstreut auf einem Areal tausender windumtoster Quadratkilometer, geprägt von »Weite und Licht«. So sondiert der Erzähler etwa Reykjavíks Stadtrand und entdeckt die stattliche, jedoch von unseligen Wesen heimgesuchte Villa, die ein reicher, aber verrückter französischer Konsul zu Beginn des letzten Jahrhunderts von Norwegen nach Island verschiffen ließ, und in der achtzig Jahre später Reagan und Gorbatschow zu einem jener Treffen zusammen kamen, die gemeinhin »welthistorisch« genannt werden; er macht Ausflüge zum mächtigen Helgafell und Snæfellsjökull, verbringt Stunden über mittelalterliche Schriften in der Nationalbibliothek gebeugt und wandert »auf dem episch langen, durch kaum eine Begegnung gezeichneten Nachhauseweg vom Tal der Elliðaá«. Zudem begibt er sich auch auf die Färöer, diese achtzehn Reste von Zivilisation, nördlich von Schottland und südlich von nirgendwo, in alle Winde gestreut. »Vor etwa zwölfhundert Jahren sind Menschen auf den Gedanken verfallen, man könnte diese Welt besiedeln«, überlegt er, während die Maschine an Höhe verliert und die schmutziggrauen Schafe, die auf den steilen Hängen grasen, sichtbar werden. Dann konstatiert er mit der Art verzagter Munterkeit, die zu den nicht geringen Verdiensten dieses Buchs gehört, dass »die menschliche Anwesenheit auf den Inseln etwas Unverfrorenes [hat]«, und ergänzt: »eine gewisse, nicht gerade zielgerichtete Trotzigkeit sagt man den Färingern ja auch nach«.

Auch an diesem grimmigen Ort jenseits privilegierter Verbindungsnetze und schematisierter Existenz bewegt sich der Erzähler als der sympathische Fremdling, der er sowohl für die Einheimischen wie auch für sich selbst bleibt. Er besucht die senkrechte Felswand Trælanípa, von der aus man in heidnischer Zeit Todkranke ins Wasser stürzte; er nimmt den Bus in die Hauptstadt Torshávn, wo er durch die schäbigen Straßen flaniert; und er begibt sich nach Kirkjubøur weiter südlich, eine schmale Landzunge zwischen Bergen und Küste, wo man um 1300 eine neun Meter hohe und fast dreißig Meter lange gotische Kathedrale errichten ließ, die niemals einen Turm oder ein Dach bekam, und nun wie ein »riesiger offener Steinsarg in der Landschaft« ruht. An einem »trüben Freitagnachmittag im August« spaziert er dann durch die kleine Ortschaft Sørvágur, vorbei an Kindern auf Fahrrädern und »seltsam phlegmatischen« Hunden, die umherstreunen, betrachtet eine einsame Frau, die emsig »das Schaufenster eines kleinen Modegeschäfts« putzt, und bleibt schließlich vor einem »winzigen Juwelierladen« stehen. In diesem Laden, gefüllt mit Edelsteinen, in denen die Zeit zu Zierrat gehärtet worden ist, entdeckt er ein Schild. Blau lackiert und angestoßen zeigt es eine Uhr altmodischer Art, auf der die Zeiger zum flehenden zehn vor zwei der Ewigkeit gefroren sind. Nun erinnert sich der Erzähler, einmal gelesen zu haben, für Künstler sei es ratsam, einen Wasserfall abzubilden, »während den Betrachter das

Bild einer Kanne, aus der gerade Wasser gegossen wird, irritiere, weil die Einbildungskraft sich mit dem Gedanken quält, dass das Gefäß nicht leer wird«.

Diese Beobachtung beschreibt die Darstellungskunst, für welche *Die fernen Inseln* eine glückliches Exempel ist. Immer wieder schildert Böldl Momente von seltsam lebendiger Unvergänglichkeit. Man könnte auch sagen, er gibt uns die Antwort auf die uralte Frage, die gemeinhin als das Paradox von Zeno bekannt ist. Sie kennen sie: Seitdem der griechische Philosoph *seinen* Pfeil durch die Zeit hindurchsausen ließ, wird man nicht müde danach zu fragen: Wie kann sich etwas, das sich in jedem einzelnen Moment als ein stillstehender Punkt erweist, dennoch bewegen? Klaus Böldl zeigt uns wie. In seinem Text mögen die Zeiger still stehen, friedlich ruhend in was er in gutem metaphysischen Deutsch »Weltraumstille« nennt, gleichwohl bewegt sich etwas. Man könnte es Schauder nennen. Denn die Sprache in dieser Studie in Kristallbildung ist niemals hölzern, geschweige denn tot; im Gegenteil, sie hat die verblüffende Fähigkeit, die Zeit in Bildern einzufangen, die es dieser erlauben, weiterhin zu verstreichen.

> Die Kinderschar, die den ganzen Nachmittag in einem für mich undurchsichtigen Spiel um die Häuser manchmal schlich, manchmal rannte, schien das Fortbestehen dieser kaum begreiflichen Kontinuität auch in eine unbestimmte Zukunft hinein zu gewährleisten

– heißt es beispielsweise einmal. Und als der Erzähler »die fremdartige, keinen Zusammenhang mit meinem Alltagsdasein aufweisende Landschaft« studiert, die ihn umgibt, fällt ihm ein, der Mensch ist in Gedanken zwar fast immer woanders;

> in jenem Sommer auf Island aber brachte ich es zu einer anhaltenden, fast rauschhaften Gegenwart, zu einem Hier-und-Jetzt-Gefühl, wie ich es vielleicht seit meiner Kindheit nicht mehr gehabt hatte und das mich doch gleichzeitig in einer vorher nicht gekannten Weise zum Träumen anstiftete.

Das vielleicht denkwürdigste Beispiel für dieses von vergangener und kommender Zeit durchdrungene, von geträumtem und erlebtem Leben geprägte Gefühl des Hier-und-Jetzt wird allerdings gegeben, als der Erzähler in »eine der gespenstischsten Landschaften, die ich je gesehen habe«, fährt. Er besucht Eldfell auf der kleinen Insel Heimaey vor der isländischen Südküste, eine karge Lavalandschaft, gemalt in Jettschwarz und Karminrot, ohne die geringste Spur von Leben. An diesem so gut wie abstrakten Ort, an dem die Welt ausgelöscht wurde, es an jeglicher Vegetation fehlt und die einzige verbliebene Wärme nicht von der in weiter Ferne schimmernden matten Sonnenscheibe herrührt, sondern »von dem weiß glühenden Kern im Inneren dieses Planeten«, wird ihm klar, dass er, während Heimaey am Abend des 23. Januar 1973 von gewaltigen Eruptionen erschüttert wurde, in seinem Bett daheim im subborealen Bayern gelegen und aus dem Wohnzimmmer »die Fanfare der Acht-Uhr-Tagesschau« gehört haben muss.

Während seines späteren Besuchs auf den Färöern erlebt der Erzähler ein ähnlich zitterndes Gefühl der Gleichzeitigkeit. Kaum auf der bescheidenen Insel Vágar gelandet, erinnert er sich auch schon an einen Tag in der Kindheit, »der in meiner Erinnerung von Unmengen schweren Schnees erfüllt war«. An diesem weißen Morgen in entlegener Vergangenheit entdeckte er eine Ansichtskarte im Briefkasten, abgestempelt auf den Färöern, und musste »unwillkürlich an all die Geschichten von Karten und Briefen [zu] denken, die jahrzehntelang unterwegs waren, ehe sie ihren Adressaten fanden, oder dessen Enkel«.

Meine Damen und Herren, warum machen Schilderungen wie diese den Leser glücklich? Der Erzähler erinnert sich zwar an seine launenhafte Lehrerin Frau Linder, die peinlichen Schwimmlektionen im chlorhaltigen Schulbassin und die beiden Klassenkameradinnen Eva und Evi, in die er sich so tödlich verliebt hatte, jedoch nicht einmal ansatzweise an den vielleicht gewaltigsten Vulkanausbruch in moderner Zeit. Er erinnert sich an eine unansehnliche Ansichtskarte im Briefkasten daheim in München, vermag aber keine eigenen Erfahrungen in die schwarz-weiße Fotografie auf ihrer Vorderseite hineinzulesen. Wenn etwas diese beiden Schnappschüsse aus der Vergangenheit, dem Bild im Juwelierladen ähnlich, kennzeichnet, dann ist es ja Vergessen und Ignoranz.

Ich glaube, dass der Glücksschauder, den der Leser empfindet, darauf beruht, dass Beschreibungen wie diese – einerseits eine von lockerem Magma bedeckte Kraterlandschaft so nahe dem Nirgendwo, wie man nur kommen kann; andererseits ein in den weißesten Schnee der Erinnerung eingebettetes Versandstück von einem Ort, der fremder nicht sein könnte – ich glaube, dass Beschreibungen wie diese uns ein Bild von gefrorener, jedoch lebendiger Zeit schenken. Die Lavamasse mag vor über dreißig Jahren erstarrt sein, aber sie ist immer noch porös und durchlässig; die unversiegelte Ansichtskarte mag vor langer Zeit abgeschickt worden sein, aber auch wenn sie ihren vergangenen Adressaten nicht erreichen sollte, kann sie doch immer von »dessen Enkel« gelesen werden. Der weiße, glühende Kern im Inneren des Planeten, von dem *Die fernen Inseln* spricht, ist Sinnbild für diese ungenutzte Kraft der Zeit.

Darüber hinaus, meine Damen und Herren, ist er die Verheißung eines unbeschriebenen Blatts, sonderbarerweise vollgepackt mit Erinnerung. In einer Ära, in der praktisch jeder Winkel der Welt aufgesucht und untersucht, fotografiert und von Medien propagiert worden ist, deren Abenteuerlust niemals zur Neige zu gehen scheint, fällt es einem schwer, sich übertriebenen Fantasien über Hyperboreas als unbeflecktes Glücksreich hinzugeben, in dem Apoll die Wintermonate verbrachte und die Bewohner keine Sorgen kannten. Dass jemand, der heute diese Region am Rande der Zivilisation aufsuchen möchte, nicht rittlings auf dem glänzenden Pfeil des Gottes reisen kann, sondern sich gezwungen sieht, mit einem Platz in einer Propellermaschine aus grauem Blech vorlieb zu nehmen, muss wohl als Ausdruck poetischer Gerechtigkeit betrachtet werden. Doch durch seinen Bericht über eine Reise nicht ans mythische Ende der Welt, sondern entlang ihrer laufend sich verändernden Grenze, zwischen schmutzigen Schafen, wortkargen Menschen und rostigen Autowracks, zeigt Klaus Böldl, wie durchlässig ein »nur aus Rändern« bestehender Kosmos noch für Vergangenheit wie Zukunft ist. Geschrieben mit unterkühltem Humor und emsiger Nachdenklichkeit ist *Die fernen Inseln* eine Huldigung der »alle Zeitzonen umspannende[n] Gleichzeitigkeit des gerade stattfindenden Augenblicks«.

Sehr geehrte Damen und Herren, lieber Ombudsmann Apolls, wo hier die Grenze zwischen Diesseits und Jenseits verläuft, ist nicht so leicht zu sagen. Sicher ist nur – und nun wäre es passend, wenn die Fanfare der Acht-Uhr-Tagesschau erklänge –, dass in der zeitlichen Verwerfungsspalte, die sich so zwischen Ende und Anfang auftut, eine neue Literatur darauf wartet, sich zu ereignen.

[Aus dem Schwedischen von Paul Berf]

HORST-JÜRGEN GERIGK

Die Brüder Karamasow

Eine Einführung in Dostojewskijs letzten Roman

I

Russische Literatur ist wie deutsche Musik – die beste der Welt!«[1] Das schrieb 1911 William Lyon Phelps, Literarhistoriker an der Yale University. Mir scheint, er hat auch heute noch Recht, wenn man die russischen Klassiker ins Auge fasst, die er im Sinne hatte. Unter diesen russischen Klassikern von Puschkin bis Tschechow ist Dostojewskij (1821–1881) zweifellos der aggressivste. Seine Kennmarke ist die Provokation. Jedes Mittel ist ihm recht, um den Leser zu fesseln.

Auffällig, sein obsessives Interesse am Verbrechen, an der Psychopathologie der Täterpersönlichkeit. In Marcel Prousts »Auf der Suche nach der verlorenen Zeit« findet eine ausgiebige Unterhaltung über Dostojewskij statt – und Albertine sagt dort: »Die Romane, die ich von ihm kenne, könnten alle ›Die Geschichte eines Verbrechens‹ heißen. Er ist offenbar ganz besessen von dieser Vorstellung, es ist nicht natürlich, daß er immer nur von so etwas spricht.«[2] Ich werde sogleich noch auf Marcel Proust und seine Albertine zurückkommen, wenn es nämlich um die verborgene mythische Dimension der »Brüder Karamasow« geht. Erinnern wir uns zunächst an Dostojewskijs Vorliebe für die Provokation.

In »Verbrechen und Strafe« (1866) sind ein Mörder und eine Prostituierte die Hauptpersonen. Nicht genug damit: beide lesen sogar gemeinsam in der Bibel. Solch kalkulierte Mixtur aus Schauerromantik und Empfindsamkeit hat Vladimir Nabokov zu ästhetischer Schelte gezwungen.[3] Im darauffolgenden Roman, »Der Idiot« (1869), wählt Dostojewskij einen impotenten jungen Mann zum Helden, in den sich eine *femme fatale* unsterblich verliebt, die dann aus Eifersucht vom vitalen Nebenbuhler erstochen wird. Ernest Hemingway hat an dieser Personenkonstellation ganz offensichtlich solchen Gefallen gefunden, dass er sie in seinem Roman »Fiesta« (1926) wiederholte: Jake Barnes, der impotente Held, Brett Ashley, die *femme fatale*, und Robert Cohn, der Boxer. Allerdings fehlt hier der Mord. In den »Bösen Geistern« (1872), so heißen jetzt Dostojewskijs »Dämonen« in Übereinstimmung mit der Luther-Bibel von 1984, – in den »Bösen Geistern« also, präsentiert uns Dostojewskij einen epileptischen Ingenieur, der sich kurz vor seinem Selbstmord eines Mordes schriftlich für schuldig erklärt, den er gar nicht begangen hat. Angesichts solcher Absurdität verfällt Albert Camus ins Philosophieren und schreibt seinen »Mythos von Sisyphos«.[4] Auf die »Bösen Geister« folgt »Der Jüngling« (1875), über den ich hier nichts sagen möchte, weil er uns noch nicht in der neuen Übersetzung von Swetlana Geier vorliegt. Kommen wir zu den »Brüdern Karamasow« (1880)!

Wie sieht hier Dostojewskijs Provokation aus? Es gibt mehrere. Ich greife eine heraus. Die »Brüder Karamasow« sind ein Roman mit einem parfümierten Mörder und einem stinkenden Heiligen – wie das mein australischer Kollege Boris Christa treffend formuliert hat.[5] Es wird uns tatsächlich ein Kapitel lang (Buch VII, Kapitel 1) der Verwesungsgeruch des Starez Sosima geschildert. Was soll das? Dostojewskij veranschaulicht hier seine Lösung eines theologischen Streits. Die Auferstehung findet nicht nach dem Tode statt, sondern ist Sache des rechten Lebens. Sie hat im Leben, im lebendigen Leben des Starez Sosima *immer wieder* stattgefunden: als richtiges Denken und Tun. Der Verwesungsgeruch demonstriert, *ex negativo*, realisierte Eschatologie.

Schwieriger ist es mit anderen Provokationen Dostojewskijs, die sich nicht so ohne weiteres oder gar nicht in vernünftigen Sinn auflösen lassen. Im poetischen Universum der »Brüder Karamasow« sind Türken, Polen und Juden die Prügelknaben.[6] Ins Grundsätzliche gewendet, heißt das: Dostojewskij bekämpft auf dem Boden der russischen Orthodoxie, die er allerdings mit seinen eigenen Akzenten versieht, die großen Weltreligionen Islam, Katholizismus und Judentum, weil sie in seinen Augen für Russland eine Gefahr bedeuten. Aus türkischen Gräueltaten an der bulgarischen Zivilbevölkerung bezieht Iwan Karamasow Zweifel an der Existenz Gottes. Der große und der kleine Pole, die von Dmitrij Karamasow in Mokroje zum Mitfeiern eingeladen werden, sind reine Spottgestalten: ökonomisch schädlich, moralisch minderwertig, ästhetisch häßlich. Und von Fjodor Karamasow, der seinem Sohn Dmitrij das mütterliche Erbteil vorenthält, lesen wir, er habe seine Finanzpraktiken bei den Juden in Odessa gelernt.

Ganz offensichtlich hatte Dostojewskij seinen eigenen Begriff von »political correctness«. Mit seiner unverhohlenen Ablehnung von Türken, Polen und Juden wäre er zweifellos ein Fall für den Verfassungsschutz!

Diesen Sachverhalt hat Sigmund Freud sofort auf seine Weise mit untrüglichem Scharfblick erfasst, als er 1928 schrieb, Dostojewskij habe es mit seiner »Ehrfurcht vor dem Zaren und dem Christengott« versäumt, »ein Lehrer und Befreier der Menschen zu werden«; er habe sich »zu ihren Kerkermeistern gesellt«. Freuds Fazit: »[...] die kulturelle Zukunft der Menschen wird ihm wenig zu danken haben.« Derselbe Freud aber sagt in derselben Abhandlung – und das einleitend: »Am Dichter [Dostojewskij] ist am wenigsten Zweifel, er hat seinen Platz nicht weit hinter Shakespeare. ›Die Brüder Karamasoff‹ sind der großartigste Roman, der je geschrieben wurde, die Episode des Großinquisitors eine der Höchstleistungen der Weltliteratur, kaum zu überschätzen. Leider muß die Analyse vor dem Dichter die Waffen strecken.«[7] – Analyse meint hier tiefenpsychologische Analyse.

Man sieht: Freud trennt den Ideologen Dostojewskij, den er ablehnt, vom Dichter Dostojewskij, den er bewundert. Ist aber solche Trennung überhaupt zulässig? Noch grundsätzlicher formuliert: Ist denn solche Trennung überhaupt möglich? Diese zweite, grundsätzliche Frage möchte ich nun beantworten.

II

Seit seinem sibirischen Sträflingsbericht »Aufzeichnungen aus einem Totenhaus« (1862) wird Dostojewskij von einem Probleminfekt heimgesucht. Diesem liegt die Frage zugrunde: Wie kommt das Böse in die Welt? Die Antwort wird in den »Brüdern Karamasow« zu höchster Anschaulichkeit gebracht. Dostojewskijs Antwort auf die Frage: Wie kommt das Böse in die Welt? lautet: Weil es vom Menschen gewünscht wird.

Jeder weiß: In den »Brüdern Karamasow« wird geschildert, wie Fjodor Karamasow von seinem unehelichen Sohn Pawel Smerdjakow, der im Karamasowschen Hause als Koch angestellt ist, mit einem gusseisernen Briefbeschwerer ermordet wird. Durch eine Reihe von Umständen wird aber Dmitrij Karamasow für den Täter gehalten, von einem Geschworenengericht für schuldig befunden und zu 20 Jahren Zwangsarbeit in Sibirien verurteilt. Die Provokation: Dmitrij nimmt die Strafe an!

Dostojewskij benutzt die Ermordung Fjodor Karamasows dazu, eine Phasen- und Wesenslehre des Bösen vor Augen zu führen. Dostojewskijs poetisches Universum kennt keine Naturkatastrophen, kennt nicht das »Erdbeben in Chili«, sondern nur das, was Menschen einander antun. Es ist der »Wahnsinn des Eigendünkels«, mit Hegel gesprochen, der Dostojewskijs Aufmerksamkeit erregt. Aus der Freiheit der Entscheidung erwächst, paradoxerweise, die Wirklichkeit des Bösen.[8]

Die drei Brüder Karamasow, die der Titel nennt, Aleksej, Iwan und Dmitrij, verkörpern die drei Haltungen des Menschen zum bösen Wunsch. Man beachte die Rollentypen, denen sie zugeordnet werden: Aleksej – das ist der »Mönch«, Iwan – das ist der »Intellektuelle«, Dmitrij – das ist der »Soldat«. Und der tatsächliche Mörder, das ist Smerdjakow, der »Lakai«, der vom »Intellektuellen« als Werkzeug des Teufels bereitgestellt und vom »Soldaten« in Aktion gesetzt wird. Pawel Smerdjakow steht zu seinen Stiefbrüdern in einem nicht anerkannten Verwandtschaftsverhältnis. Dostojewskij bringt damit zum Ausdruck, dass sich die Exekutive des Bösen in keinem anerkannten Verwandtschaftsverhältnis zum Wesen des Menschen befindet. Smerdjakow ist im wörtlichen Sinne »des Teufels« und kann nur in Aktion treten, wenn der böse Wunsch im Soldaten die offene Bejahung durchlaufen hat. Kurzum: abgewiesene Bejahung des bösen Wunsches – das ist der »Mönch« (Aleksej Karamasow); insgeheime Bejahung – das ist der »Intellektuelle« (Iwan Karamasow); und offene Bejahung – das ist der »Soldat« (Dmitrij Karamasow). Der vom Intellektuellen bereitgestellte Täter aber, der vom Soldaten in Aktion gesetzt wird – das ist der »Lakai« (Pawel Smerdjakow). Der Lakai aber hat kein eigenes Sein. Als Smerdjakow den Mord durchführt, überlegt er bei jedem Schritt: Was hätte Dmitrij an seiner Stelle getan. Er schlüpft ganz in die Rolle dessen, der sich offen dazu bekannt hat, Fjodor Karamasow umzubringen. Die Spuren der Gesinnung Dmitrijs setzt Smerdjakow in die Tat um. Das aber heißt: Ohne Dmitrij kein Mord. Ohne Dmitrij wäre Smerdjakow nicht in Aktion getreten. Iwan Karamasow stellt den Täter nur bereit. Das Verbrechen ist geschehen. Wer ist schuld? Dostojewskijs Antwort: Der Mönch, der Intellektuelle und der Soldat gemäß ihrer Einstellung zur Wirklichkeit des Bösen. Der »Mönch« ist schuld, weil er sich vom Treiben der Welt abgekehrt hat, der »Intellektuelle«, weil er absichtsvoll verreist ist, um dem Lakaien freie Bahn zu lassen, der »Soldat«, weil er durch sein Reden und Tun dem Lakaien die Rolle schuf, in der dieser, gleichsam anonym, tätig werden konnte.

Um nun Dostojewskijs Konstruktion in ihrem ganzen Ausmaß zu verstehen, ist folgende Überlegung durchzuführen. Die drei Brüder Karamasow mitsamt ihrem unehelichen Stiefbruder sind als Komponenten innerhalb eines einzigen Bewusstseins aufzufassen, das nach dem Vollzug einer Untat, nämlich eines Mordes, mit sich selber ins Gericht geht. Die im letzten Buch des Romans (Buch XII) ausführlich geschilderte Gerichtsverhandlung hat einen doppelten Sinn: sie mündet auf der realistischen Ebene, d.h. auf der Ebene des Strafgesetzes, in einen Justizirrtum, denn nicht Smerdjakow wird verurteilt, sondern Dmitrij. Auf der allegorischen Ebene aber, d.h. auf der Ebene des Sittengesetzes, ist dieser Justizirrtum gar kein Justizirrtum, sondern die gerechte Verurteilung des wahrhaft Schuldigen. *Ohne*

Dmitrij kein Mord! Jetzt ist nämlich die Gerichtsverhandlung bei aller sachgetreuen Realistik der Details nichts anderes als die Veranschaulichung des Gerichtshofs im Innern des Menschen, wie ihn Kant in der »Metaphysik der Sitten«[9] so eindrucksvoll geschildert hat: das Geschehen vor Gericht ist nun ein Geschehen der reinen Innerlichkeit, ein monumentales Emblem – eine Pictura nämlich, die die Genese des Bösen veranschaulicht, wie sie im menschlichen Bewusstsein stattfindet.[10] Als Emblem verstanden, ist diese Gerichtsverhandlung Bewusstseinsphotographie: Staatsanwalt, Verteidiger und Geschworene sind Stimmen, die die Arbeit des Gewissens ausmachen, wobei die drei Brüder Karamasow und Smerdjakow als die Komponenten einer einzigen Person zu denken sind. Der Verteidiger wird, *nota bene*, als »gemietetes Gewissen« bezeichnet! Dostojewskij läßt Sittengesetz und Strafgesetz, also Innerlichkeit und Öffentlichkeit, für einen Moment zur Deckung kommen. Die Implikation solchen Vorgehens ist der Justizirrtum auf der realistischen Ebene. Der Teufel zieht sein Werkzeug, Smerdjakow, wieder in die Anonymität zurück, nachdem es seine Wirkung getan hat. Nur so ist zu verstehen, warum Dmitrij die Strafe für ein Verbrechen annimmt, das er gar nicht begangen hat. Im Hollywood-Film von 1958, Regie Richard Brooks, entflieht Dmitrij (gespielt von Yul Brynner) nach der Verurteilung, wodurch Dostojewskijs Intention unsichtbar wird.

III

Die strafrechtliche Verfolgung Dmitrijs macht zweifellos den Hauptanteil der äußeren Spannung des Romans aus. Dostojewskij hält jedoch unter der soeben erläuterten Konstruktion noch eine andere, *gegenläufige* parat, die den Roman wie ein »unterbrochener und immer wieder fortgesetzter Fries« durchzieht, so lässt es Marcel Proust seine Albertine formulieren: ein Fries, »würdig, der Kunst der Antike« an die Seite zu treten. Auf diesem Fries ist »Lizawjeta, die Stinkende«, die Mutter Smerdjakows, die Hauptfigur: eine halbirre Spottgestalt, die, zwergwüchsig und kerngesund, an Bachrändern im Unkraut schläft und von Fjodor Karamasow vor 25 Jahren vergewaltigt wurde. Das Resultat dieser Vergewaltigung ist Smerdjakow. Und, was Proust so beeindruckt, diese »arme Irre« kletterte eines Nachts, kurz vor ihrer Niederkunft, über den Zaun von Fjodor Karamasows Garten, wo sie ihr Kind zur Welt bringt und stirbt. Und Proust sinniert: Warum ist die Mutter, »die, ohne es zu wissen, das Werkzeug der Rache des Schicksals ist«, über den Zaun geklettert? Vielleicht habe sie »einer Mischung aus Groll und physischer Dankbarkeit für ihren Vergewaltiger« gehorcht. Mit einem Wort: Lisawjeta, die geringste aller Frauen im Roman, bringt Fjodor Karamasow seinen Mörder ins Haus und rächt damit auch die anderen beiden Mütter, an denen er gefrevelt hat.[11] Damit ist Fjodor Karamasow nicht nur Opfer, sondern Täter, ein Täter, der seinen Tod verdient hat: als Rache der Mütter, als Rache der Erde. Und der Tod Smerdjakows, der sich nach begangenem Verbrechen erhängt, sei, so lesen wir bei Marcel Proust, ein »Vorgang von ebenso dunkler und natürlicher Schönheit wie die Niederkunft im Garten des alten Karamasow«.[12] Nicht der Mörder, der Ermordete ist schuldig. So könnte man jetzt Franz Werfel einbringen. Marcel Proust zielt auf die verborgene mythische Dimension der »Brüder Karamasow« ab, würdig der »Kunst der Antike«. Doch fehlt auch der Hauptlinie der Handlung mit der Ermordung des leiblichen Vaters durch seine vier Söhne nicht die mythische Tiefe.

IV

Nun bin ich am Ende meiner Ausführungen angelangt. Nur noch eins: Dostojewskij provoziert uns nicht nur im thematischen Bereich, sondern auch auf der Ebene der Erzähltechnik. Er lässt in den »Brüdern Karamasow« an der spannendsten Stelle, nämlich mitten im Kapitel »Im Dunkeln« (Buch VIII, Kapitel 4), die Schilderung abbrechen. Dmitrij will soeben seinen Vater, der sich aus einem hellerleuchteten Fenster in den dunklen Garten beugt, erschlagen. Es heißt: »Mitja war seiner Sinne schon nicht mehr mächtig und riß plötzlich den Messingstößel aus der Tasche…« Der Satz bricht ab. Es folgt eine Leerzeile, im russischen Original und in unserer neuen Übersetzung gepunktet. Der nächste Absatz beginnt: »›Gott‹, wie Mitja selbst später sagte, ›hat damals über mich gewacht‹ […].«

Hinter der Leerzeile verbirgt sich das wahre Geschehen am Tatort. Sie verweist in das Dunkel, das den wahren Tathergang verhüllt. Man darf sagen: diese Leerzeile ist die wichtigste Zeile des ganzen Romans.[13] Alles, was vorher geschieht, weist auf das hin, was sie verschweigt. Alles, was nachher geschieht, sucht Aufschluss über das, was sich tatsächlich im Dunkeln zugetragen hat.

Darf ein Autor mit seinem Leser so umspringen, wie das Dostojewskij hier tut? Ist es nicht unfair und Willkür, dem Leser an der spannendsten Stelle die erlösende Information zu verweigern? Aber auch diese Provokation ist nicht Provokation um ihrer selbst willen, sondern geboren aus der gestalteten Sache. Die Leerzeile besagt, dass wir es hier mit der Sicht, d.h. der nachträglichen Zeugenaussage Dmitrijs zu tun haben, obwohl der Chronist in der dritten Person erzählt. Dostojewskij macht uns mit der Leerzeile darauf aufmerksam, dass der Chronist über kein absolutes Wissen verfügt, sondern auf Hinterbringungen angewiesen ist – und das gerade, was den Tathergang betrifft: eine Erzähltechnik, die wenig später von Joseph Conrad und William Faulkner weitergeführt wird. William Faulkner, 1931 in einem Interview über die »Brüder Karamasow« befragt, meinte lapidar: Dostojewskij hätte die drei Brüder ihre Geschichte besser in der Ich-Form erzählen lassen sollen – und das ohne den verbindenden Text des Chronisten. Der Roman wäre dann um zwei Drittel kürzer gewesen.[14] Und genau so war Faulkner zwei Jahre zuvor in »Schall und Wahn« (1929) mit seinen drei Brüdern Compson verfahren, ganz offensichtlich in direkter Reaktion auf die »Brüder Karamasow«.

V

Fazit: Die »Brüder Karamasow« sind in der Hauptsache völlig frei von den nationalistischen, russisch-orthodoxen Phobien ihres Autors. Das war zu beweisen. Freud hatte Recht, den Dichter vom Ideologen zu trennen, kam aber trotzdem zur Fehleinschätzung des Ethikers. Die »Brüder Karamasow« sind Dostojewskijs »Nikomachische Ethik«. Und wie Aristoteles hat er *seine* für die junge Generation geschrieben, eine Ethik, die gleichzeitig eine Enzyklopädie der Erzählformen ist.[15]

Vortrag, gehalten auf Einladung der Oberbürgermeisterin von Frankfurt am Main, Frau Petra Roth, am 11. Oktober 2003 im Kaisersaal des Römer aus Anlass der Lesung Swetlana Geiers aus ihrer neuen deutschen Übersetzung der »Brüder Karamasow«, soeben erschienen im Verlag Egon Ammann, Zürich.

1 »Russian fiction is like German music – the best in the world.« Hier zitiert nach René Wellek: The Nineteenth-Century Russian Novel in English and American Criticism, in: The Russian Novel from Pushkin to Pasternak, ed. John Garrard. New Haven and London: Yale University Press 1983, S. 241.

2 Vgl. Marcel Proust: Auf der Suche nach der verlorenen Zeit. Deutsch von Eva Rechel-Mertens. 13 Bde. Frankfurt am Main: Suhrkamp 1964. Bd. 10, Die Gefangene 2, S. 512 (zuerst 1924: La prisonnière).

3 Vgl. Vladimir Nabokov: Lectures on Russian Literature. Edited with an Introduction by Fredson Bowers. London: Weidenfeld and Nicolson 1981, S. 110: »The murderer and the harlot reading the eternal book – what nonsense. There is no rhetorical link between a filthy murderer, and this unfortunate girl. There is only the conventional link of the Gothic novel and the sentimental novel. It is a shoddy literary trick, not a masterpiece of pathos and piety. Moreover, look at the absence of artistic balance.«

4 Vgl. Albert Camus: Der Mythos von Sisyphos. Ein Versuch über das Absurde. Hamburg: Rowohlt 1959, S. 87ff.: »Kirillow« (zuerst 1942: Le mythe de Sisyphe). Dieser Roman Dostojewskijs hat es Camus besonders angetan. Er dramatisiert ihn unter dem Titel »Die Besessenen« (Les possédés, 1959) und kommt auch in seiner Schrift »Der Mensch in der Revolte« (Reinbek: Rowohlt 1969, zuerst 1951: »L'homme révolté«) auf ihn zu sprechen.

5 »Far from accepting traditional correlations, Dostoevsky gives us the paradoxical parallel of Smerdyakov, a fragrant murderer and Father Zosima, a stinking saint.« Vgl. Boris Christa: »Vestimentary Markers as an Element of Literary Communication in *The Brothers Karamazov*«, in: »Die Brüder Karamasow«. Dostojewskijs letzter Roman in heutiger Sicht. Elf Vorträge. Herausgegeben von Horst-Jürgen Gerigk. Dresden: Dresden University Press 1997, S. 103 (= Artes liberales; Bd. 1).

6 Vgl. die grundlegende Monographie von Josef Bohatec: Der Imperialismusgedanke und die Lebensphilosophie Dostojewskijs. Ein Beitrag zur Kenntnis des russischen Menschen. Graz und Köln: Böhlau 1951. Speziell zu Dostojewskijs Polen-Bild jetzt Małgorzata świderska: Studien zur literaturwissenschaftlichen Imagologie. Das literarische Werk F. M. Dostoevskijs aus imagologischer Sicht mit besonderer Berücksichtigung der Darstellung Polens. München: Sagner 2001 (= Slavistische Beiträge; Bd. 412). Zum Antisemitismus vgl. David J. Goldstein: Dostoevskii et les Juifs. Paris: Gallimard 1976, Felix Philipp Ingold: Dostojewskij und das Judentum. Frankfurt am Main: Insel 1981, Maxim D. Shrayer: »Dostoevskii, the Jewish Question, and *The Brothers Karamazov*«, in: Slavic Review 61 (2002) No. 2, S. 273–291, Joseph Frank: Dostoevsky. The Mantle of the Prophet, 1871–1881. Princeton and Oxford: Princeton University Press 2002, und die Rezension von Aileen Kelly: »The Two Dostoevskys«, in: The New York Review of Books, Vol. 50 (2003), No. 5, March 27, S. 23–25, sowie hierzu die Replik Joseph Franks und die erneute Stellungnahme Aileen Kellys: »The Millennium and Dostoevsky: An Exchange«, in: The New York Review of Books, Vol. 50 (2003), No. 15, October 2, S. 47–48.

7 Vgl. Sigmund Freud: Dostojewski und die Vatertötung [1928], in: Freud-Studienausgabe, 10 Bde., Frankfurt am Main: S. Fischer 2000, Bd. 10, Bildende Kunst und Literatur, S. 271–286, hier S. 271–72 und 271.

8 Theodor W. Adorno hat 1954 in seinem Vortrag »Standort des Erzählers im zeitgenössischen Roman« schlagend formuliert, dass es bei Dostojewskij den empirischen Menschen nicht gibt: »soweit es bei ihm [Dostojewskij] überhaupt Psychologie gibt, ist es eine des intelligiblen Charakters, des Wesens, und nicht des empirischen, der Menschen, so wie sie herumlaufen. Und gerade darin ist er fortgeschritten.« Vgl. Adorno, Noten zur Literatur I, Frankfurt am Main: Suhrkamp 1965, S. 64. Vgl. des Weiteren vom Verf.: Dostojewskij und Tschechow: Vom intelligiblen zum empirischen Menschen, in: Geschichte und Vorgeschichte

der modernen Subjektivität, 2 Bde. Herausgegeben von Reto Luzius Fetz, Roland Hagenbüchle, Peter Schulz. Berlin und New York: de Gruyter 1998, Bd. 2, S. 965–978 (= European Cultures. Studies in Literature and the Arts; Bd. 11.2).

9 Vgl. Immanuel Kant: Die Metaphysik der Sitten. Zweiter Teil, I. Ethische Elementarlehre, § 13. Kant, Werke, 6 Bde., hrsg. von Wilhelm Weischedel. Wiesbaden: Insel 1956–1964. Bd. 4, S. 572f. Zum Detail vgl. vom Verf.: Die zweifache Pointe der »Brüder Karamasow«. Überlegungen mit Rücksicht auf Kants »Metaphysik der Sitten«, in: Euphorion, 69 (1975), S. 333–349.

10 Die Begriffe »Emblem« und »Allegorie« für die Schuldigsprechung Dmitrijs werden von Dostojewskij selber im Roman verwendet. Den Kniefall des Starez Sosima vor Dmitrij (Buch II, Kapitel 6), den Sosima als Schuldigen erkennt, kommentiert Rakitin, allerdings in dekuvrierender Absicht, »als Emblem, als Allegorie und der Teufel weiß, was« (Buch II, Kapitel 7).

11 Fjodor Karamasow hat die zwei Mütter seiner ehelichen Söhne in ihrer Wesensart unterdrückt. Aleksej (20 Jahre) und Iwan (23 Jahre) stammen aus seiner zweiten Ehe mit der zarten und hysterischen Sofja Iwanowna, der früh verwaisten Tochter eines finsteren und namentlich nicht genannten Diakons, während Dmitrij (27 Jahre) aus Fjodor Karamasows erster Ehe mit der heißblütigen Adelaida Iwanowna Miusowa stammt, die ihren unerträglichen Mann mit einem halbverhungerten Seminarlehrer verlässt und dann verarmt in Petersburg stirbt. Smerdjakow (24 Jahre) wird altersmäßig Iwan zugeordnet.

12 Vgl. Marcel Proust, wie in Anm. 2, S. 514.

13 Vgl. hierzu vom Verf.: Die Architektonik der »Brüder Karamasow«, in: »Die Brüder Karamasow«. Dostojewskijs letzter Roman in heutiger Sicht, wie in Anm. 6, S. 47–74. Der auf die Leerzeile folgende Satz lautet komplett: »›Gott‹, wie Mitja selbst später sagte, ›hat damals über mich gewacht‹: gerade zu dieser Zeit erwachte auf seinem Lager Grigorij Wassiljewitsch.« Nach dem Doppelpunkt lässt der Chronist die Sicht Dmitrijs kommentarlos in die rekonstruierte Sicht des Dieners Grigorij übergehen. Und das etwa eine Seite lang, bis Grigorij von Dmitrij niedergeschlagen und bewusstlos wird. Den tatsächlichen Hergang der Ermordung Fjodor Karamasows erfährt der Leser erst durch Smerdjakows Geständnis im Gespräch mit Iwan (Buch XI, Kapitel 8), also Hunderte von Seiten später. Die Leerzeile des Kapitels »Im Dunkeln« bildet vom logischen Akzent her die Mitte des Romans, dessen zwei Säulen die Zusammenkunft im Kloster (Buch II) und die Gerichtsverhandlung (Buch XII) sind. Das eine Mal geht es um die Wirklichkeit des Sittengesetzes mit Starez Sosima als innerem Richter, das andere Mal um die Wirklichkeit des Strafgesetzes mit den Geschworenen als öffentlichem Richter.

14 Das Interview mit Faulkner aus dem Jahre 1931 findet sich in: Lion in the Garden. Interviews with William Faulkner, 1926–1962, ed. James B. Meriwether and Michael Millgate. New York: Random House 1968, S. 16–18. Faulkner spricht von »soliloquies«, also Monologen der drei Brüder Karamasow. Auch die Dehnung der Zeit hat Faulkners »The Sound and the Fury« mit Dostojewskijs Roman gemein. Die »Brüder Karamasow« schildern in ihren ersten neun Büchern, nach einer expositionsartigen Einführung (Buch I), nur dreieinhalb direkt aufeinanderfolgende Tage Ende August des Jahres 1866. Und die Überschriften der vier Teile von »The Sound and the Fury« sind wie die Blätter aus einem Abreißkalender gestaltet: 7. April 1928 (erster Teil), 2. Juni 1910 (zweiter Teil), 6. April 1928 (dritter Teil), 8. April 1928 (vierter Teil, in der dritten Person mit Dilsey als zentralem Bewusstsein). Faulkner hat sich offensichtlich der Lektion des Meisters aus Russland kritisch gestellt. Vgl. hierzu vom Verf.: Die Russen in Amerika. Dostojewskij, Tolstoj, Turgenjew und Tschechow in ihrer Bedeutung für die Literatur der USA. Hürtgenwald: Guido Pressler 1995, S. 433–437.

15 Wladimir Sacharow hat darauf aufmerksam gemacht, dass jedes der zwölf »Bücher« von einer gattungspoetischen

Dominante geprägt werde, sodass das Ganze der »Brüder Karamasow« eine »Enzyklopädie« verschiedener Romantypen und Erzählformen ergebe: Familienroman, sozialpsychologischer Roman, erotischer Roman, Conte philosophique, Kriminalroman (»Mitja«), Detektivroman (»Die Voruntersuchung«), Adoleszenzroman (»Die Knaben«) etc. Vgl. Sacharow, »Brat'ja Karamazovy«: metafizika teksta, in: »Die Brüder Karamasow«. Dostojewskijs letzter Roman in heutiger Sicht, wie in Anm. 5, S. 213–227.

MARTIN SEEL

Notwendige Illusionen?

Über die Wirklichkeit der phänomenalen Welt

1. Dialektik der Aufklärung

Wir Menschen schreiben uns Wissen und Freiheit zu. Wir können gar nicht anders, als in unserem Denken und Handeln so zu verfahren; denn andernfalls wäre es in unseren Augen kein Denken und Handeln. In dieser minimalen Phänomenologie des Geistes stimmen Humeaner und Kantianer, Materialisten und Idealisten, Monisten und Dualisten, Natur- und Geisteswissenschaftler überein. Sobald es aber um die Frage geht, was von dieser Selbstbeschreibung zu halten ist, ist es mit der Einigkeit vorbei. Ob es sich wirklich so verhält, wie es uns unvermeidlicherweise erscheint – dass die Welt von festen Dingen bevölkert und von flüchtigen Ereignissen belebt wird, dass sie Klang und Farbe hat, dass wir uns in ihr einigermaßen frei bewegen können –: in Sachen dieser Metaphysik des Geistes gibt es einen kleinsten gemeinsamen Nenner nicht. Denen, die dem natürlichen Bewusstsein als Anwälte einer Realität der phänomenalen Welt zur Seite stehen, treten mit schöner Regelmäßigkeit diejenigen entgegen, die den Scheincharakter dieser Wirklichkeit aufzudecken suchen.

In unseren Tagen ist es nicht zuletzt die Neurobiologie, die das Selbstverständnis des Menschen als eines freien Akteurs in einer vielgestaltigen Welt massiv in Zweifel zieht. In seinem Buch *Das Gehirn und seine Wirklichkeit* beispielsweise beschreibt Gerhard Roth die phänomenale Welt mit einem Ausdruck von Wolfgang Metzger als ein vom Gehirn inszeniertes »Aktionstheater«, als eine »virtuelle Welt«, die dem Menschen eine Fülle von Erscheinungen »vorgaukelt«, um deren Realität es höchst fragwürdig bestellt sei.[1] In seiner Untersuchung über *Fühlen, Denken, Handeln* wird entsprechend die Willensfreiheit ausdrücklich als »Täuschung« und »Illusion« bezeichnet.[2] Denn »was (...) letztendlich getan wird«, so heißt es zusammenfassend, »entscheidet das limbische System«.[3] Ähnlich ist bei Wolf Singer von den »illusionäre(n) Komponenten« die Rede, von denen das menschliche Selbstverständnis insbesondere unter dem Aspekt der Freiheit geprägt ist.[4] Auch seiner Auffassung nach muss vieles, was aus der Perspektive der ersten Person als gegeben erscheint, aus der objektivierenden Perspektive der Wissenschaft als »Illusion« beschrieben werden – als eine Täuschung freilich, die im sozialen Leben der Menschen höchst reale Wirkungen zeitigt. Das Gefühl der Freiheit und das Erlebnis der Farbe sind für Singer also keine bloßen Phantasmen; sie sind äußerst hilfreiche Konstrukte unseres Gehirns, durch die all das ausgeblendet wird, was dem Überlebensvorteil im Wege stehen könnte. Es handelt sich, mit einem Wort, um notwendige Illusionen.

Wir haben es hier mit einer durchaus neuen Stufe der Dialektik der Aufklärung zu tun. Die Naturwissenschaft ist an der Erkundung ihrer Gegenstände reflexiv geworden und zerstört in eben dieser reflexiven Wendung das Vertrauen in die Kräfte des Geistes, deren Zeugnis sie doch selber ist. Wenn nämlich das praktische Selbstverständnis und Selbstverhältnis des Menschen weithin illusionär ist, so gilt dies auch für die Einstellung des praktizierenden Wissenschaftlers. Als Wissenschaftler nimmt er eine Freiheit des Urteils in Anspruch, die er in seiner Diagnose als Makulatur entlarvt. Darin liegt eine petitio principii ähnlich derjenigen, die Max Horkheimer und Theodor W. Adorno in der Vorrede ihres epochalen Buchs eingestanden haben: sie mussten für sich die Freiheit in Anspruch nehmen, zu erkennen, dass es in der modernen Gesellschaft keine Freiheit gebe. Heute stimmen Neurobiologen aus freien Stücken der These bei, dass Freiheit zusammen mit vielen anderen Qualitäten der phänomenalen Welt nur ein Trugbild ist. Einmal mehr, so scheint es, führt die Intensivierung der Aufklärung zu einer Zersetzung ihres ureigenen Ideals, nämlich den Menschen zu einem von Illusionen freien und darin selbstbestimmten Leben zu verhelfen.

Ich möchte zeigen, dass dieser Eindruck zumindest voreilig ist. Dabei werde ich versuchen deutlich zu machen, dass der Begriff einer »notwendigen Illusion« in erkenntnistheoretischer und bewusstseinsphilosophischer Bedeutung irreführend, ja inkonsistent ist. Diese Erinnerung schafft Raum für eine Rehabilitierung der Farben und der Freiheit – und somit für die Rehabilitierung des Sinns für die phänomenale »Einmaligkeit der Welt«, die Horkheimer und Adorno mit guten Gründen vor dem Zugriff einer reduktiven Ontologie schützen wollten.

2. Existentielle Illusionen

Der Begriff der notwendigen Illusion ist jedoch nicht in jeder Hinsicht selbstwidersprüchlich. In existentieller Bedeutung hat er manchmal einen guten Sinn. Bei kranken Menschen kann es besser sein, sie in dem Glauben zu lassen, dass sie bald wieder gesund sein werden. Ärzte oder Verwandte sind zu diesem Verhalten berechtigt, wenn sie Grund zu der Annahme haben, dass es für die Genesung oder das Wohlbefinden von Patienten notwendig ist, ihnen nicht die volle Wahrheit zu sagen. Ein extremes Beispiel für diese Situation stellt der Film *Good Bye Lenin* dar. Der Sohn der schwer herzkranken Mutter ist davon überzeugt, dass sie nur dann eine Chance zum Überleben hat, wenn ihr die Wahrheit über den Zusammenbruch der DDR verheimlicht wird. Darum veranstaltet er zusammen mit seiner mehr oder weniger unwilligen Umgebung ein aufwendiges Aktionstheater, um die Mutter entgegen allem Anschein in ihrem Glauben an die Prosperität der untergegangenen Republik zu bestärken.

Diese prekäre Situation ist jedoch aus einem einfachen Grund theoretisch harmlos. Denn notwendig ist die Illusion hier – wenn überhaupt – nur für eine der Beteiligten. Und selbst wenn es mehrere oder viele wären, die in einer solchen Illusion gehalten würden, der Begriff der existentiellen Illusion – und ihrer gelegentlichen Notwendigkeit – ist hier an den ihrer Durchschaubarkeit durch andere gebunden. Die Bedeutung von »Illusion« hängt in diesem Fall von der Verfügbarkeit einer nichtillusionären Sicht der Dinge ab. Einige oder viele können in dieser Art der Täuschung befangen sein, aber niemals alle. Dies unterscheidet den wohlvertrauten Begriff der existentiellen Illusion kategorial von denjenigen Redeweisen, mit denen die neueste Biologie das Selbstverständnis der Menschen decouvriert. Denn hier geht es um Illusionen, in denen alle Menschen unvermeidlicherweise gefangen sein sollen. Diese können von der Wissenschaft nur erkannt, nicht jedoch aufgehoben werden. Denn es sind, wenn die Wissenschaftler Recht haben, Täuschungen, die für das Gedeihen der Individuen dieser Gattung notwendig sind.

3. Die Illusion der Farben

Meine These ist, dass es solche schlechthin notwendigen Illusionen nicht gibt. Ein erster Prüfstein sind die Farben. Bereits in der Antike, vor allem aber im Gefolge der neuzeitlichen Physik ist über die Farben viel gestritten worden. Seit Lockes Unterscheidung zwischen primären und sekundären Qualitäten befinden sich diejenigen in der Minderheit, die sich zur Realität der Farben bekennen. In der Nachfolge Wittgensteins und Thomas Nagels hat sich die Debatte jedoch erheblich verändert. Ihr Kern liegt in der Frage, wie sich eine physikalische Beschreibung der differenten elektromagnetischen Wellen, die für das unterschiedliche Farbempfinden kausal verantwortlich sind, und eine neurophysiologische Beschreibung der Verarbeitung dieser Reize im Gehirn zu den Beschreibungen verhält, mit denen seh- und sprachfähige Individuen über die Farbigkeit von Gegenständen sprechen. Die klassische Position ist die, dass die naturwissenschaftlichen Beschreibungen uns sagen, was – und wie es – wirklich zugeht, wenn wir den Eindruck farbiger Objekte haben. Da der Eindruck der Farbigkeit von Objekten allein von der Art herrührt, wie sich das Licht an ihrer Oberfläche bricht, so lautet der Schluss, kommt den Farben keine Realität zu. Sie sind Illusionen oder Projektionen, zu denen wir durch die Art unseres sensorischen Empfindens lediglich veranlasst werden. Wenn wir aus objektiver Warte fragen, wie die Welt beschaffen ist, kommen daher die Farben nicht länger vor. Gewiss, wir nehmen Objekte im Licht ihrer Farbdifferenzen wahr, und es hat unzweifelhafte Vorteile, dass wir dies tun; aber das ist eben nur für unsereinen so. Für uns sind diese Gegenstände rot; sie selbst aber sind es nicht, auch wenn es uns unweigerlich so scheint, als ob sie es wären.

Dies ist ein ernst zu nehmender Kandidat für den Zustand einer notwendigen Illusion. Ein erster Vorbehalt ergibt sich jedoch aus dem Verständnis von Objektivität, das einer Leugnung der Realität der Farben zugrunde liegt. So ist es durchaus irreführend zu meinen, etwas, das nur »für uns« als sehende Wesen da ist, sei nicht wirklich gegeben. Denn wenn das »für uns« so viel bedeutet wie »für jemanden wie dich und mich«, so haben wir bereits ein sehr tragfähiges Kriterium der Wirklichkeit dieses Gegebenen zur Hand: Wirklich ist, was nicht nur für dich oder für mich, sondern für beliebige andere (also für jemanden wie du und ich) erkennbar ist. Dieses Kriterium erfüllen die Farben durchaus. Einen Gegenstand der Wahrnehmung »objektiv« zu nennen bedeutet, dass er der Erfahrung beliebiger, mit der entsprechenden Sensitivität ausgestatteter Subjekte offen steht. Diese Erläuterung, wie sie John McDowell verschiedentlich gegeben hat, macht darauf aufmerksam, das auch die sekundären Eigenschaften in einem bestimmten Sinn »ohnehin«, nämlich unabhängig von ihrer jeweiligen Wahrnehmung, gegeben sind. Zwar bestehen sie nicht unabhängig von der Möglichkeit ihrer Wahrnehmung durch entsprechend ausgestattete Sinnenwesen, aber sie bestehen unabhängig von den einzelnen Vollzügen dieser Wahrnehmung.[5] Legt man dieses liberale Verständnis von Objektivität zu Grunde, so sind auch sekundäre Qualitäten objektive Beschaffenheiten der Gegenstände, an denen sie sich zeigen. Das farbliche Aussehen eines Wahrnehmungsobjekts, mit einem Wort, ist kein bloßer Eindruck und erst recht keine Projektion; es ist, wie McDowell sagt, eine wesentlich phänomenale Eigenschaft, die in sinnlicher Rezeption aufgenommen, übersehen oder verkannt werden kann.

Dem Illusionismus in Bezug auf die Farben liegt letztlich eine verfehlte Idee von Transperspektivität zugrunde: die Annahme, es gäbe Kenntnis und Erkenntnis, die – wenigstens in letzter Instanz – überhaupt nicht mehr an die Voraussetzungen eines wie immer beschränkten Erkennens gebunden wären. Es gibt jedoch keinen Grund, diesem metaphysischen Realismus zu folgen, der seinerseits nur die Kehrseite eines überdrehten Konstruktivismus ist. Denn es gibt kein Erkennen ohne eine Beschränkung auf leitende Gesichtspunkte, mögen dies nun solche der Naturwissenschaft oder des Alltagsverstandes sein. Eine absolute oder aspektfreie Erkenntnis des Wirklichen – wie sie einem »Blick von Nirgendwo« zugänglich wäre – dürfte schon aus begrifflichen Gründen unmöglich sein; sie wäre keine Erkenntnis, weil sie weder Erkenntnis von etwas Bestimmtem noch von etwas Wissenswertem wäre. Der Verzicht darauf, relevante Aspekte der Welt zu erkennen, wäre ein Verzicht darauf, über die Welt Aufschluss zu gewinnen.

Diese Aspekthaftigkeit der Erkenntnis macht deutlich, warum das Kriterium, das ich bei der Identifizierung existentieller Illusionen angewandt habe, im Fall der Farben nicht greift. Eine kognitive Dissonanz, wie sie zwischen dem Realitätsglauben der Mutter und dem aller übrigen Figuren in dem Film *Good Bye Lenin* besteht, existiert hier nicht. Es wäre ein Trugschluss zu glauben, von den beiden Weltbeschreibungen, der des Common Sense, in dem die Farben vorkommen, und der der Wissenschaft, aus der sie verschwunden sind, könne nur eine richtig sein. Dieser Schluss wäre nur gültig, wenn wir sicher sein könnten, dass beide Beschreibungen ihren Gegenstand unter demselben Aspekt behandeln. Dies ist jedoch nicht der Fall. In der Sprache der Naturwissenschaften sind die Ursachen des Sehvorgangs ebenso wie dieser selbst detailliert beschreibbar; nicht jedoch das im Sehvorgang Sichtbare, also das, wie die betreffenden Objekte für diejenigen sind, die über den spezifischen Wahrnehmungssinn des farblichen Sehens verfügen. Dass der Unterschied der Farben durch eine Theorie der neuronalen Verarbeitung reflektierter elektromagnetischer Strahlung erklärbar ist, bedeutet nicht, dass er nicht besteht. Wer farblich sehen kann, dem sind Unterschiede an Körpern unmittelbar zugänglich, die aus anderer Warte zwar messbar, aber eben nicht wahrnehmbar sind. Er hat Zugang zu Phänomenen, die vielen anderen Lebewesen nicht zugänglich sind, denen aber deswegen nicht weniger Realität zukommt – wie dies gleichermaßen für die Beobachtungen der modernen Naturwissenschaft gilt.

In diesem Zusammenhang ist auch daran zu erinnern, dass die Kenntnis und Erkenntnis der phänomenalen Welt eine unverzichtbare Voraussetzung aller naturwissenschaftlichen Arbeit ist. Ohne diese Voraussetzung gingen ihr die Objekte verloren, die sie zum Gegenstand ihrer Experimente macht; die Spur eines atomaren Teilchens in der Nebelkammer muss nun einmal sehend identifiziert werden. Wir müssen raumzeitliche Objekte in der natürlichen Sprache identifizieren können, um sie in der Sprache der Naturwissenschaft identifizieren und erklären zu können. Daher hat Peter Strawson in meinen Augen Recht, wenn er den Illusionsverdacht gegenüber der phänomenalen Welt an alle diejenigen zurückreicht, die glauben, die naturwissenschaftliche Erkenntnis laufe auf eine Derealisierung der manifesten Welt hinaus. Am Ende seiner Abhandlung über *Perception and its Objects* aus dem Jahr 1979 bemerkt er lapidar, dass der szientistische Hardliner »die Konsequenz akzeptieren [muss], dass jeder von uns an einer andauernden und unausweichlichen Illusion leidet, und dass dies glücklicherweise so ist, denn wäre es anders, wären wir unfähig, das Unterfangen der Wissenschaft überhaupt zu verfolgen«.[6]

4. Die Illusion der Freiheit

Es könnte jedoch sein, dass Forscher wie Roth und Singer dies gar nicht als Einwand empfinden. »Das sagen wir doch!«, könnten Sie antworten: Die Wissenschaft erkennt, dass wir in der Wahrnehmungswelt unausweichlichen Täuschungen unterliegen; dieser Befund gilt selbstverständlich auch für die wissenschaftliche Praxis, soweit diese sich in der lebensweltlichen Realität vollzieht. Aus der Perspektive der dritten Person können wir jedoch erkennen, wie die Welt aus der Perspektive der ersten Person zurechtgemacht wird; was hier eine Illusion darstellt, kann dort, aus der objektivierenden Warte der Wissenschaft, durchschaut und in seiner lebensdienlichen Notwendigkeit anerkannt werden.

Hier gibt es jedoch ein Problem. Denn auch eine Aussage, die in der dritten Person formuliert ist, verweist als Aussage an die erste Person derer zurück, die sie vorbringen, und zugleich an die zweite Person derer, denen gegenüber sie vorgebracht wird. Sie kann nur im Austausch solcher Perspektiven, also unter Personen, beglaubigt werden. Dazu ist eine Freiheit des Urteils nötig, ohne die gerade die wissenschaftliche Praxis nicht auskommen kann. Damit bin ich bei meinem zweiten Beispiel. Urteilsfreiheit ist eine wesentliche Komponente der Willensfreiheit, da zu dieser die Fähigkeit gehört, das faktische Wollen aus eigener Überlegung modifizieren zu können. Wenn nun aber die Willensfreiheit – und mit ihr die Urteilsfreiheit – eine Illusion ist, wie beispielsweise Roth und Singer es mit unterschiedlicher Verve behaupten, ist die Wissenschaft selber eine, und zwar eine notwendige, Illusion. Wenn aber die Wissenschaft auf Illusion gebaut ist, so sind es naturgemäß auch ihre Diagnosen: nicht zuletzt diejenige, dass Phänomene wie Farben und Freiheit Illusionen sind. Der strikte Naturalismus der Gehirnphysiologie führt uns in ein Spiegelkabinett, in dem alles, einschließlich dieses Verdachts, unter Illusionsverdacht gestellt werden muss. Droht er mit dem Ausradieren der phänomenalen Eigenschaften einen einsichtigen Begriff des Objekts zu verlieren, so gibt er mit der Leugnung der Freiheit zugleich einen einsichtigen Begriff des Subjekts preis.

Ich möchte zum Schluss andeuten, wo ich den Ausweg aus diesem Labyrinth der wissenschaftlichen Reflexion vermute. Er dürfte in einem plausiblen Verständnis von Freiheit liegen, das seinerseits an einen einsichtigen Begriff des Geistes gebunden ist.

Um hierhin zu gelangen, muss dasjenige Modell der Willensfreiheit verabschiedet werden, an das sich die szientistische Aufklärung mit einer gewissen Inbrunst klammert: die Vorstellung einer unbedingten Freiheit, mit der der Mensch aus der Kette seines Bestimmtwerdens heraustreten könnte. Diese Freiheit ist in der Tat eine Illusion; diese Illusion ist jedoch alles andere als notwendig. Die überzeugende Kritik, die zuletzt Peter Bieri an dieser Idee von Freiheit geübt hat[7], macht den Weg für eine moderate Naturalisierung frei, die den Erkenntnissen der Wissenschaft und der menschlichen Selbsterfahrung gleichermaßen zu entsprechen vermag. Das Ergebnis ist nicht länger eine rückhaltlose Freiheit, sondern eine, die in Natur und Kultur gleichermaßen ihren Rückhalt hat. Auf dieser Linie kann Freiheit verstanden werden als Fähigkeit einer sehr voraussetzungsreichen Sondierung dessen, was im eigenen Leben wichtig und in gegebenen Situationen angebracht ist. Mit der Entwicklung dieser Fähigkeit tritt der Mensch nicht aus dem Gang der Evolution heraus; er erweitert und differenziert vielmehr die Fähigkeiten, die er mit anderen Spezies teilt. Zusammen mit der Sprache entwickeln menschliche Individuen das Vermögen, Wege des Denkens und Handelns zu repräsentieren, zu variieren und zu imaginieren und sich so mit alternativen Möglichkeiten zu konfrontieren. Dabei lernen sie es, sich von Gründen bestimmen zu lassen, die nicht nur den einen oder anderen, sondern wiederum beliebige andere müssten überzeugen können. In allen diesen Erwägungen bleiben sie von Bestrebungen geleitet, die ihnen anzeigen, was ihnen wirklich wichtig ist. Diese Antriebe freilich können sie ihrerseits zur Disposition stellen, allerdings nur, sofern sie andere Leidenschaften haben, auf die sie sich bei dieser Distanzierung stützen können. Ihr Überlegen, mit einem Wort, ist stets eine Probe darauf, was sie vor allen Dingen tun und wie sie alles in allem sein möchten. Ihr Überlegen ist ein Weiterbestimmen des Bestimmtseins, dem sie als biologische und kulturelle Wesen unterliegen. In diesem Weiterbestimmen aber liegt ein Bestimmendsein, durch das sie den Kurs ihres Denkens und Handelns aus eigener Richtung modifizieren können. Sie entwickeln die Fähigkeit, sich von sich bestimmen zu lassen, zusammen mit der Fähigkeit, sich von sich und der Welt bestimmen zu lassen.

Nicht anders verfährt der Wissenschaftler, der mit seinen Experimenten mehr über die Funktionsweise des Gehirns erfahren möchte. Er ist in seiner wissenschaftlichen oder sonstwie erkennenden Tätigkeit frei, wenn er erwägen – also sondieren – kann, was unter gegebenen Umständen eine aussichtsreiche Forschungsstrategie, ein schlüssiger Beweis oder eine einleuchtende Behauptung ist. Und nur sofern er frei ist, kann er Erkenntnis für sich reklamieren: nämlich beanspruchen, einsichtigen Standards der wissenschaftlichen Praxis zu folgen. »Erkenntnis« ist ein normativer Begriff, dem nur entsprechen kann, wer in seinem Urteilen und Handeln den Spielraum hat, Regeln zu folgen oder sie zu übertreten. Nun kann die Urteilsbildung von Wissenschaftlern und anderen Sterblichen natürlich ihrerseits zwanghaft sein. So gibt es Menschen, denen es immer wieder gelingt, sich davon zu überzeugen, dass nur die nächste Zigarette es ihnen ermöglichen wird, einen weiteren annehmbaren Satz zu schreiben. Aber was die Kriterien sind, die ein freies von einem zwanghaften Überlegen und eine triftige von einer untriftigen Überlegung zu unterscheiden erlauben, dies muss bei der Untersuchung der neuronalen Prozesse, in denen sich unser Denken vollzieht, erneut vorausgesetzt werden. Es verhält sich hier einerseits wie bei den Farben: Wir müssen von unserem Verständnis ausgehen, wenn wir wissen wollen, auf welchen Voraussetzungen es beruht; und wir müssen dieses Verständnis einsetzen, um zu begreifen, was den Spielraum unserer Sondierungsleistungen bedingt. Anders aber als im Fall der Farben steht uns hier überhaupt keine alternative Beschreibung zur Verfügung: Wir müssen einen Spielraum der Freiheit selbst dort voraussetzen, wo wir ihn mit den Mitteln der Wissenschaft oder der Philosophie in Zweifel ziehen wollen.

Die phänomenale Welt ist die Welt, wie sie uns in unserem Erleben erscheint. Gestern wie heute ist es die Obsession einer sei es idealistischen, sei es empiristischen Metaphysik, dieses Erscheinen als einen Schein zu entlarven. Wir können aber, was Schein ist, nur begreifen, wenn wir uns zwischen Sein und Schein zu unterscheiden getrauen. Dies aber, so sollte an den Beispielen der Farben und der Freiheit deutlich werden, ist nur möglich, wenn wir diesen Unterschied auch in Bezug auf die Objekte unseres Erlebens zu treffen vermögen; wenn wir den Farben und der Freiheit – und den vielen anderen Zügen der Handlungswelt, für die sie hier stellvertretend stehen – eine unbestreitbare Realität zusprechen. Dass wir über belastbare Begriffe zur Beschreibung der phänomenalen Welt verfügen, beweist im Übrigen schon, dass wir mit ihnen echte Unterschiede markieren. Dass es darüber hinaus gut gesicherte Beschreibungen des Wirklichen gibt, in denen die Differenz farbiger und farbloser Objekte sowie aussichtsreicher und aussichtsloser Handlungsmöglichkeiten nicht vorkommt, ist jedenfalls kein Grund, an einer Lebenswirklichkeit zu zweifeln, die unter anderem aus diesen Realitäten besteht. Denn das Gesicht der Welt, das sich unserer alltäglichen Auffassung erschließt, ist nicht weniger ein Aspekt des Wirklichen als das, was Physik und Biologie in ihrer Sprache über es auszusagen wissen. Die Sprache der Naturwissenschaften ist abhängig von einer Sprache, die nicht allein die ihre ist. Die Fiktion einer »ultimaten« Sprache der Erkenntnis muss aufgegeben werden, wenn wir den Gedanken einer nichtillusionären Erkenntnis überhaupt aufrechterhalten wollen. Es besteht daher aller Grund, gegenüber den selbstdestruktiven Konsequenzen der gegenwärtigen wissenschaftlichen Reflexion mit Horkheimer und Adorno daran festzuhalten, dass »Freiheit in der Gesellschaft von aufklärendem Denken unabtrennbar ist«.[8]

1 G. Roth, Das Gehirn und seine Wirklichkeit, Frankfurt am Main 1994, 290f.

2 G. Roth, Fühlen, Denken, Handeln, Frankfurt am Main 2001, 443, 445, 453.

3 Ebd., 453 – Vgl. ebd., 448: »Ob und in welchem Maße aber das, was diese Gedankenspiele zum Ergebnis haben, in die Tat umgesetzt wird, entscheidet nicht das kognitive, sondern das limbische System.«

4 W. Singer, Der Beobachter im Gehirn, Frankfurt am Main 2002, 75; vgl. ders., Ein neues Menschenbild? Gespräche über Hirnforschung, Frankfurt am Main 2003, 58ff.

5 Entsprechend sagt John McDowell in seinen Reflexionen über phänomenale Eigenschaften, »dass sich eine Erfahrung auf eine objektive Realität bezieht, wenn der Gegenstand dieser Erfahrung unabhängig ist von der Erfahrung selbst«. J. McDowell, Wert und Wirklichkeit, Aufsätze zur Moralphilosophie, Frankfurt am Main 2002, 202.

6 P. F. Strawson, Perception and its Objects, in: G. F. MacDonald (Hg.), Perception and Identity, London 1979, 41–60, 59.

7 P. Bieri, Das Handwerk der Freiheit, München 2001.

8 M. Horkheimer/Th. W. Adorno, Dialektik der Aufklärung, Frankfurt am Main 1986, 3.

Die Autorinnen und Autoren

KLAUS BÖLDL, 1964 geboren, debütierte 1997 mit dem Roman *Studie in Kristallbildung*, für den er im selben Jahr den Tukan-Preis der Stadt München erhielt. Er ist wissenschaftlicher Assistent am Skandinavistik-Institut der Universität München und übersetzt auch mittelalterliche isländische Literatur. Zuletzt erschien im S. Fischer Verlag *Die fernen Inseln*.

J. M. COETZEE, 1940 in Kapstadt geboren, lehrt als Literaturprofessor und gehört zu den meistgerühmten Autoren der Gegenwart. Er wurde für seine Romane mit zahlreichen Preisen ausgezeichnet, u. a. zweimal mit dem Booker Prize, 1983 für *Leben und Zeit des Michael K.* und 1999 für *Schande*. 2003 erhielt er den Nobelpreis für Literatur. Anlässlich der Verleihung hielt er die in dieser Ausgabe abgedruckte Rede. Wir danken der Nobel Stiftung für die freundliche Genehmigung des Abdrucks. © Die Nobel Stiftung 2003. Sein gesamtes Werk erscheint im S. Fischer Verlag, im Frühjahr 2004 sein neues Buch *Elizabeth Costello. Acht Lehrstücke*.

ARIS FIORETOS, 1960 als Sohn griechisch-österreichischer Eltern in Göteborg geboren. Zuletzt erschien von ihm auf Deutsch der Roman *Die Wahrheit über Sascha Knisch* (2003) sowie der Essay *Mein schwarzer Schädel* (2003). Im letzten Jahr erhielt er für sein Werk die Lydia und Herman Eriksson-Auszeichnung der Schwedischen Akademie. Zur Zeit ist Fioretos Kulturattaché an der Schwedischen Botschaft in Berlin.

HORST-JÜRGEN GERIGK, 1937 geboren, lehrt seit 1974 als Professor für Russische Literatur und Allgemeine Literaturwissenschaft an der Universität Heidelberg. 1998 wurde er in New York zum Präsidenten der Internationalen Dostojewskij-Gesellschaft gewählt. Zuletzt erschienen seine Monographien *Dostojewskij, der ›vertrackte Russe‹. Die Geschichte seiner Wirkung im deutschen Sprachraum vom Fin de siècle bis heute* (2000) und *Lesen und Interpretieren* (2002).

THOMAS HAUSCHILD lehrt Ethnologie und Kulturanthropologie an der Universität Tübingen. Zuletzt sind erschienen: *Lebenslust und Fremdenfurcht. Ethnologie im Dritten Reich* (1995) sowie *Macht und Magie in Italien* (2002).

HANNO HELBLING, 1930 geboren, Historiker, Essayist, Übersetzer, hat in Zürich, Neapel, München und Rom studiert und war von 1958 bis 1995 Redakteur der Neuen Zürcher Zeitung. Zuletzt erschienen: *Katharina von Siena. Mystik und Politik* (2000) und in Vorbereitung: *Port-Royal. Zeugnisse einer Tragödie*.

CHRISTIAN KIENING, 1962 geboren, ist Professor für Deutsche Literaturwissenschaft an der Universität Zürich. Zuletzt erschienen *Das andere Selbst. Figuren des Todes an der Schwelle zur Neuzeit* (2003) und *Zwischen Körper und Schrift. Texte vor dem Zeitalter der Literatur* (2003). Im April 2004 erscheint das von ihm herausgegebene Buch *Wilhelm Werner von Zimmern, Totentanz*.

KARL-HEINZ KOHL, 1948 geboren, ist Professor für Ethnologie an der Johann Wolfgang Goethe-Universität Frankfurt und Direktor des Frobenius-Institutes. Zuletzt erschienen (Hg.) *New Heimat* (2001) sowie *Die Macht der Dinge. Geschichte und Theorie sakraler Objekte* (2003).

ALBRECHT KOSCHORKE ist Professor für Deutsche Literatur und Allgemeine Literaturwissenschaft an der Universität Konstanz. Im Jahr 2003 erhielt er den Leibniz-Preis der Deutschen Forschungsgemeinschaft. Zuletzt erschienen *Die heilige Familie und ihre Folgen* (2000) und *Des Kaisers neue Kleider. Über das Imaginäre politischer Herrschaft* (gemeinsam mit Thomas Frank, Susanne Lüdemann, Ethel Matala de Mazza und Andreas Kraß, 2002).

THOMAS MACHO ist Professor für Kulturgeschichte und Mitbegründer des Helmholtz-Zentrums für Kulturtechnik an der Humboldt-Universität zu Berlin. Zuletzt erschien *Science & Fiction. Über Gedankenexperimente in Wissenschaft, Literatur und Philosophie* (Hg. gemeinsam mit Annette Wunschel, 2004). Im Herbst 2004 erscheint *Tiere – Menschen – Maschinen. Zur Kritik der Anthropologie*.

WOLFGANG MATZ, 1955 geboren, arbeitet als Lektor, Übersetzer und Autor in München.

ARTHUR MILLER, in New York geboren, gilt mit seinen Theaterstücken *Tod eines Handlungsreisenden*, *Hexenjagd*, *Ein Blick von der Brücke* als der bedeutendste amerikanische Dramatiker seiner Zeit. Copyright © 2003 by Arthur Miller. Deutsche Rechte durch Paul & Peter Fritz AG, Literatur Agentur, Zürich. Wir danken für die freundliche Genehmigung des Abdrucks.

MARTIN SEEL ist Professor für Philosophie an der Universität Gießen. Zuletzt erschienen: *Vom Handwerk der Philosophie* (2001) und *Sich bestimmen lassen. Studien zur theoretischen und praktischen Philosophie* (2002).

WOLFGANG SOFSKY, 1952 geboren, ist Publizist und Professor für Soziologie. Er lehrte an den Universitäten Göttingen und Erfurt. 1993 erhielt er den Geschwister-Scholl-Preis für *Die Ordnung des Terrors. Das Konzentrationslager*. Zuletzt sind von ihm im S. Fischer Verlag erschienen: *Zeiten des Schreckens. Amok, Terror, Krieg* (2002) und *Operation Freiheit. Der Krieg im Irak* (2003).

MERETE TORP ist 1956 geboren und lebt in Kopenhagen. Bisher hat sie zwei Gedichtbände veröffentlicht: *Digte* (1982) und *Digte II* (1996). Ihnen sind die hier abgedruckten Gedichte entnommen. Wir danken der Autorin für die freundliche Genehmigung des Abdrucks. Merete Torp ist Mitarbeiterin vom Statens Museum for Kunst in Kopenhagen.

STEPHAN WACKWITZ, 1952 geboren, arbeitete als Lektor für Deutsch am King's College in London, danach für das Goethe-Institut in Frankfurt am Main, Neu-Delhi, Tokio und München. Seit 1999 leitet er das Goethe-Institut in Krakau. Im S. Fischer Verlag sind zuletzt erschienen: *Selbsterniedrigung durch Spazierengehen. Essays* (2002) und *Ein unsichtbares Land. Familienroman* (2003).

S. Fischer Verlag
Neue Rundschau
Postfach 700 355

60553 Frankfurt am Main

Absender: ____________________

Straße: ____________________

PLZ/Ort: ____________________

Für jedes neue Abonnement der *Neuen Rundschau* gibt es eine Buchprämie. Wenn Sie ein Abonnement für sich oder als Geschenk bestellen, kreuzen Sie eine der zwei genannten Prämien an. Sie wird Ihnen mit dem ersten Heft des Abonnements geliefert. Solange der Vorrat reicht.

❒ Raul Hilberg, *Die Quellen des Holocaust. Entschlüsseln und Interpretieren.* Aus dem Amerikanischen von Udo Rennert.

❒ Alain Corbin, *Die Sprache der Glocken. Ländliche Gefühlskultur und symbolische Ordnung im Frankreich des 19. Jahrhunderts.* Aus dem Französischen von Holger Fliessbach.

❒ Ich abonniere die *Neue Rundschau* zum nächstmöglichen Zeitpunkt. Zum Vorzugspreis von 34 € pro Jahr (inkl. Porto) erhalte ich vierteljährlich die *Neue Rundschau* frei Haus geliefert. Für das Ausland kostet das Abonnement 38 € (Europa) bzw. 45 € (Übersee). Ich kann ohne Kündigungsfrist abbestellen und erhalte bereits gezahlte Beträge für noch nicht gelieferte Hefte zurück. (Keine Vorauszahlung, Rechnung abwarten.)

____
Datum / Unterschrift

❒ Ich bestelle die *Neue Rundschau* als Geschenkabonnement. Bitte liefern Sie an:
Name, Vorname ____________________
Straße ____________________
PLZ, Ort ____________________

Bitte liefern Sie die Buchprämie an den oben genannten Absender. Mir ist bekannt, dass ich diese Vereinbarung innerhalb von 10 Tagen widerrufen kann (Poststempel), und bestätige dies mit meiner zweiten Unterschrift:

____
Datum / Unterschrift

❒ Ich bestelle folgende Einzelhefte der *Neuen Rundschau* à 9 €

____ 1/2002 ____ 1/2003
____ 2/2002 ____ 2/2003
____ 3/2002 ____ 3/2003
____ 4/2002 ____ 4/2003

Bitte kopieren und faxen: 069/60 62 214